奥威尔作品全集

- 奥威尔纪实作品全集

  《巴黎伦敦落魄记》

  《通往威根码头之路》

  《向加泰罗尼亚致敬》

- 奥威尔小说全集

  《缅甸岁月》

  《牧师的女儿》

  《让叶兰继续飘扬》

  《上来透口气》

  《动物农场》

  《一九八四》

- 奥威尔散杂文全集

  奥威尔杂文全集（上、下）

  奥威尔书评全集（上、中、下）

  奥威尔战时文集

George Orwell

奥 威 尔 小 说 全 集

缅甸岁月

Burmese Days

［英］乔治·奥威尔 著

陈超 译

上海译文出版社

"在这儿人踪不到的荒野里，躺在凄凉的树荫下。"

——《皆大欢喜》①

① 此句取自莎士比亚作品《皆大欢喜》，朱生豪译本。

第一章

上缅甸乔卡塔的地方法官吴柏金①正坐在凉台上。现在才八点半，但四月天的空气似乎凝固了，预示着今天将有一个漫长闷热的中午。偶尔轻风吹拂，令人顿生凉意，屋檐下吊着刚刚浇过水的兰花，迎风微微摆动着。越过兰花可以看到一棵棕榈树布满灰尘的虬曲的树干，直指热力逼人的深蓝色的天空。几只兀鹫在高得令人无法直视的天顶盘旋着，翅膀根本不需要扇动。

吴柏金直勾勾地盯着刺眼的阳光，眼睛眨都不眨，仿佛是一尊巨大的瓷塑雕像。他五十来岁，身材痴肥，最近好几年得别人帮忙才能从椅子上站起来，但是他那副庞大的身躯仍很匀称，甚至称得上好看，因为缅甸人不像白种人那样身材会下垂肿胀，而是呈对称的形状均衡地发胖，就像水果膨胀开来。他长着一张黄皮肤的大脸，上面没有一丝皱纹，眼珠子是茶褐色的。他的双脚——又粗又短，足弓很高，十只脚趾几乎一样长——没有穿鞋，而他那个不怎么周正的脑袋也是光秃秃的。他穿着一件阿拉干式②的笼衣，点缀着鲜艳的绿色和洋红色的方格。这是缅甸人在非正式场合的穿着。他正咀嚼着从桌子上的一个漆盒里取出来的蒌叶，回忆着自己的生平。

吴柏金混得很成功。他最早的回忆要追溯到八十年代，那时他还是个赤条条腆着肚子的小孩，站在那儿目睹英国军队胜利挺进曼德勒。他依然记得看到那一排排吃牛肉长大的魁梧的外国人时内心的恐惧。他们穿着红色的军服，脸膛赤红，肩膀上扛着步枪，军靴沉重而有节奏地踏着步子。他盯着他们看了几分钟，然后吓得仓皇而逃。他幼小的心灵已经知道自己的同胞们根本打不过这群巨人。即便还只是一个小孩，他就已经立志要为英国人服务，成为以他们为靠山的寄生虫。

十七岁的时候他去考政府公务员，但他既没钱又没关系，被刷了下来。接下来的三年他在曼德勒迷宫一样、臭气熏天的巴扎集市打工，帮米铺记账跑腿，时而干点小偷小摸的勾当。二十岁的时候他幸运地干了一票勒索，捞到了四百缅甸卢比，立刻跑到仰光通过贿赂成为一名政府文员，虽然工资不高，却有许多油水可捞。那时的政府人员都在亏空国库中饱私囊，柏金（那时候他的名字只是柏金，"吴"字这个敬称要到多年之后才加上去）自然也有样学样。但是，他是个聪明人，不可能一辈子屈就当个小吏，可怜巴巴地贪污几亚那几派斯③的赃款。有一天他得知政府准备从文员中提拔一些人担任低级官员。消息原本得到一周后才公布，但柏金总是能比别人早一个星期收到风声，这是他的长处之一。他看到自己的机会来了，乘同僚们还没反应过来就将他们全部检举揭发。他们当中大部分人锒铛入狱，而柏金因为老实忠诚，被提拔为镇长署理，从此平步青云。如今他五十六岁，当上了地方法官，而且还有可能继续获得提拔，担任代理行政副长官，与那些英国人平起平坐，甚至当他们的上司。

---

① 缅甸语中"吴"（U）为对上了年纪的男士的敬称，有"先生"之意。

② 阿拉干人是缅甸境内的原住民。

③ 卢比、亚那和派斯都是缅甸独立前的货币单位，1 卢比 = 16 亚那 = 64 派斯。

他当法官的方式很简单。就算贿赂再丰厚他也不会出卖判决权，因为他知道作为法官，任何错误的决断迟早都会被逮到。他的做法要稳妥得多，那就是：被告原告两头吃，然后严格依法判决，而这还为他赢得了公正严明的褒誉。除了从诉讼当事人那里搜刮钱财外，吴柏金还巧立名目，向治下的各个村庄课以重税。如果有村庄胆敢不乖乖进贡，他会实施惩戒——派遣土匪袭击村庄，然后以种种罗织的罪名将带头的村民逮捕——过不了多久钱就会自动送上门。而且，在他的地盘里，所有规模稍大的剪径抢劫都得分他一杯羹。当然，这种事已是众人皆知，只有吴柏金的上司仍蒙在鼓里（英国官员从不相信任何反对自己人的指控），任何检举他的指控都以失败告终；他以重金收买了一大帮忠实的走狗，一旦有人指控他，吴柏金可以找出许多被收买的人为他作证开脱，然后反咬对方一口，官位坐得比以前更加牢固。他的地位稳如泰山，因为他太洞察人心，从来没有用错过人，而且行事小心谨慎、深谋远虑。几乎可以肯定地说，他的罪行将永远不会被揭发，他将前程似锦，最后带着一堆荣誉和头衔死去，攒下几十万卢比的家产。

就算进了坟墓，他的成功也将延续下去。根据佛教的教义，那些今生造了恶业的人轮回转世后将变成青蛙或老鼠或别的低等动物。吴柏金笃信佛教，可不想让自己堕入这个危险。他决定在晚年时要多多行善积德，以此抵消前半生的罪孽。或许，建佛塔就是在行善积德。四座佛塔、五座、六座、七座——那些住持方丈会告诉他该修多少座——上面有石雕、镀金阳伞和小小的风铃。每一声叮当作响就是在向佛祖诵经。然后，他就能再次投胎转世，做一个男人——因为女人的地位其实和老鼠或青蛙差不了多少——顶多是地位高一些的动物，就像大象一样。

所有这些想法从吴柏金脑海中迅速掠过，大部分是以图像的形式呈现。他虽然很奸诈狡猾，思想却很原始落后，只会想一些具体的事情，要他进行纯粹的思考是不可能的。他已经想到了自己要做什么，两只呈三角形的小手按在椅子的扶手上，稍稍转过身，气喘吁吁地叫道："巴泰！喂，巴泰！"

巴泰是吴柏金的仆人，从凉台的珠帘后走了进来。他个头矮小、满脸麻子，看上去很胆怯，又似乎很饿。吴柏金没有给他支工资，因为他是个判了刑的贼，只要一句话就可以送回牢房。他弓着腰走了过来，身子弯得很低，看上去似乎他在往后走。

"至圣的主人，您叫我吗？"他问道。

"有人在等候见我吗，巴泰？"

巴泰掰着手指计算着有几个访客。"大人，提平基村的头人带了礼物过来。还有两个村民为一桩正等候您的判决的斗殴案件而来，他们也带了礼物。行政长官办公室的总管哥巴森①想和您见面。还有巡警阿里·沙和一个我不知道名字的土匪要找您。我想他们为了偷来的几只金手镯起了争执。还有一个年轻的村姑，抱来了一个婴儿。"

"她来干什么？"吴柏金问道。

"她说那孩子是您的骨肉，至圣的主人。"

"哦。头人带了什么过来？"

---

① 缅甸语中"哥"（Ko）为对年纪较轻的男士或平辈的敬称，有"先生"之意。

巴泰说只有十卢比和一篮芒果。

"告诉那个头人，"吴柏金说道，"他得带二十卢比来，如果明天钱不交到这儿来的话，他和他的村子可就有大麻烦了。我现在要见其他人。叫哥巴森过来见我。"

过了一会儿，巴森进来了。他身材笔挺，肩膀瘦削，在缅甸人中算高个子，长着一张出奇光滑的脸，像咖啡牛奶冻一样。吴柏金觉得他很帮得上忙，不会多想事情，干活又卖力，是一个很出色的书吏。行政副长官麦克格雷格先生几乎把办公室所有的行政机要都交给他处理。想到这里，吴柏金装出和蔼的神情，笑着问候巴森，朝那个蒌叶盒扬了扬手。

"嗯，哥巴森，我们的事情进行得怎么样了？我希望就像麦克格雷格先生所说的——"吴柏金说起了英语，"——贱宰①取得明显进展，是吗？"

听到他这么打趣巴森并没有笑。他在一张空椅子上坐了下来，腰杆挺得笔直，回答道："顺利得很，大人，我们那份报纸早上送来了，请您过目。"

他拿出一份名为《缅甸爱国者报》的缅英双语报纸。这份报纸只有可怜巴巴的八个页码，用的纸很吸墨，印刷十分粗劣。里面的一部分内容是剽窃自《仰光公报》的新闻，一部分是民族主义者虚张声势的激进言论。最后一页印刷脱色了，整个版面乌黑一片，似乎是在哀悼这份报纸小得可怜的发行量。吴柏金要看的那篇报道与其它报道决然迥异，内容如下：

"在这个安定祥和的时代，我们这些可怜的黑皮肤民族正

---

① "贱宰"二字是"正在"的别音。英文原文是 eetees，是"It is"的蹩脚的发音。

在接受强大的西方文明的启蒙，沐浴着它在各个领域的福音：电影、机关枪、梅毒等等。而当中我们最感兴趣的，莫如欧洲恩主们的私生活。因此，我们认为，或许读者们会乐意了解在内陆的乔卡塔地区所发生的故事，而故事的主角，就是该地区备受尊敬的行政副长官麦克格雷格先生。

"麦克格雷格先生是一位传统而高尚的英国绅士，在如今的太平年头为我们树立了良好榜样。正如我们亲爱的英国同胞们所说的，他是个'顾家的男人'，对家庭呵护备至。在乔卡塔地区才呆了一年，他已经有了三个孩子，而离开上任辖区什维米由时，他留下了六个子女。或许是麦克格雷格先生的疏忽，那六个孩子一直衣食无着，有几个孩子的母亲几乎快饿死了云云。"

整整一栏都是相似的内容，虽然文笔很卑劣，但它的水平远远高于其它报道。吴柏金细细地读完这篇报道，手臂伸得很直——他有远视眼——思考的时候双唇收了回来，露出一排小小的完美的牙齿，被蒌叶汁染成了血红色。

"登这篇报道的编辑得坐半年牢。"最后他说道。

"他可不在乎。他说只有在坐牢的时候债主们才不会去找他麻烦。"

"你说这篇文章是你那边的见习文员何拉沛独自撰写的？这小子很聪明——是个前途无量的年轻人！不要再告诉我读那些政府高中学校纯粹只是浪费时间。我们得把何拉沛转正。"

"您觉得这篇报道够分量吗，大人？"

吴柏金没有立刻回答。他喘着气，发出费劲挣扎的声音，正竭力想从椅子上站起来。巴泰很熟悉这个声音。他从珠帘后走出来，和巴森一人一边搀着吴柏金的腋下，将他扶了起来。

吴柏金站了一会儿，让双脚平衡好便便大腹的重量，就像鱼贩子在调整鱼筐的重量，然后挥手示意巴泰退下。

"还不够。"他回答了巴森的问题，"远远不够。还有很多事情要做。但这是个好的开始。听好了。"

他走到栏杆那边，吐出满满一口鲜红的蒌叶汁，然后背着手在凉台上踱起了碎步。两条肥嘟嘟的大腿摩擦着，让他走起来有点蹒跚，他边走边说话，满口政府官员的基层官话——由缅甸语和英语抽象词汇杂糅而成的洋泾浜。

"现在我们开始着手进行计划。我们将按照既定方针去攻击典狱长兼民政医务官维拉斯瓦密医生。我们将造谣中伤他，整垮他的名声，最后一举彻底消灭他。事情要干得干净利落。"

"是的，大人。"

"虽然没有风险，但我们得慢慢来。我们对付的不是一般的小文员或警察，我们对付的是一个高级官员，对付高级官员，就算他是印度人，也不像对付一个小文员那么简单。我们怎么毁掉一个小文员的？很简单：安一个罪名，找几个证人，将他免职，然后关进监狱。但这一次可不一样。我的做事方法就是不动声色，不动声色。不要搞得满城风雨，最重要的是，不能搞到展开官方质询的地步。我们不能给他安一个有机会为自己辩护的罪名，但三个月内我要让乔卡塔的每个欧洲人都深信那个医生就是一个恶棍。我得给他安个什么罪名好呢？贿赂这一招行不通，医生能收受什么贿赂呢？那该怎么办？"

"或许我们可以安排一场监狱暴动。"巴森说道，"作为典狱长，医生将因此受到责问。"

"不行。这太危险了。我可不想看到监狱里的狱卒四处开火。而且，这么做会花很多钱。显然，一定得安个不忠的罪名——民族主义和煽动性宣传。我们得让那帮欧洲人相信医生怀有不忠的反英思想。这个罪名可比收受贿赂严重多了。他们觉得本地官员收受贿赂很平常，但一旦他们怀疑某个官员不忠，他就完蛋了。"

"这个罪名很难坐实。"巴森提出反对意见，"医生对欧洲人忠心耿耿。只要任何人说起欧洲人一点坏话他就火冒三丈，欧洲人会知道这一点的。您不这么认为？"

"无稽之谈，无稽之谈，"吴柏金悠然自得地说道，"欧洲人才不会在乎证据呢。当一个人长着一张黑皮肤的面孔时，猜疑本身就是证据。只要几封匿名信就足以成事。关键是坚持不断地告发、告发再告发——对付欧洲人就得用这一招。一封匿名信接一封匿名信不停地发，给每个欧洲人都寄过去。然后，当他们的猜疑被彻底煽动起来时——"吴柏金从背后伸出一只短短的胳膊，打了个响指，补充道，"我们就从《缅甸爱国者报》这篇报道入手。看到这篇报道那些欧洲人会暴跳如雷的。嗯，而下一步就是，让欧洲人相信它就是医生写的。"

"那群欧洲人里有他的朋友，这么做不大容易。他们一有病就会去找他。这个冬天他治好了麦克格雷格先生的胃胀气。我想他们都认为他是一个很聪明的医生。"

"你对那些欧洲人的了解太少了，哥巴森！那些欧洲人去找维拉斯瓦密只是因为乔卡塔没有别的医生了。欧洲人绝不会相信长着黑皮肤面孔的人。不会的，就用匿名信这一招，问题只是寄出的信够不够多罢了。很快我就会看到他变成孤家寡人。"

"那个木材商人婆利(他把'弗罗利'说成了'婆利')，"巴森说道，"他是医生的密友。他在乔卡塔的时候我见到他每天上午都去他家里。他甚至还邀请医生吃过两次饭。"

"啊，这回你可说对了。如果弗罗利是医生的朋友，对我们可不是什么好事。如果一个印度人有欧洲朋友，要动他可就没那么容易了。这赋予了他——他们很喜欢的那个词是什么来着？——名望。但只要遇到麻烦，弗罗利就会抛下朋友不管。这些人对土著人可没什么忠诚可言。而且，我知道弗罗利是个胆小鬼，我能搞定他。哥巴森，你的任务是监视麦克格雷格先生的一举一动。他最近有没有给行政长官写信？——我是说密件。"

"两天前他写了封信，我们用蒸汽把信拆开，却发现里面并没有什么重要内容。"

"啊，那好，我们就让他有东西可写。他一怀疑医生，就是实施我告诉过你的其它安排的时机。这可是——麦克格雷格先生怎么说来着？啊，对了，'一石二鸟之计'，而且我们打的是一群鸟——哈哈哈！"

吴柏金的笑声很恶心，那是从肚子深处传出的咕嘟咕嘟的冒泡声，就像要咳嗽一样，但是听起来很欢乐，甚至很孩子气。他没有具体说起"其它安排"，这是即便在凉台也不能谈及的秘密。巴森知道谈话到此结束，站起身，像折尺一样鞠了个躬。

"大人还有什么吩咐吗？"他问道。

"一定要让麦克格雷格先生收到他那张《缅甸爱国者报》。你最好告诉何拉沛假装得了痢疾，先别去办公室。我会安排他撰写匿名信。暂时就这么安排。"

"小人可以告退了吗?"

"愿神明保佑你。"吴柏金心不在焉地说了一句,然后立刻高喊着要巴泰过来。他不会浪费一刻时间。很快他就把其他访客打发走了,而那个村姑也空手而回。他看了看她的脸,说根本不认得她。现在是他吃早饭的时间,每天早上到了这个时候他就会觉得饥肠辘辘。他急切地吼叫着:"巴泰!喂,巴泰!津津!我的早饭呢!快点,我饿了!"

在珠帘后的客厅,桌上已经摆好了一海碗白粥,几个盘子里盛着咖喱、干虾和青芒果切片。吴柏金蹒跚着走到桌子旁边,嘟囔着坐了下来,立刻狼吞虎咽地吃起早饭。他的妻子玛津①站在身后服侍他。她四十岁,身材瘦削,生了五个孩子,淡棕色的脸看上去像一只猴子,却很慈祥和蔼。吃饭的时候吴柏金根本没去理会她。他把海碗搁在鼻子下面,用油腻腻的手指迅速地将食物拨弄进嘴里,呼吸很急促。他每顿饭都吃得很快,饭量很大,而且胃口特别旺盛。吃饭对他来说就是一场狂欢,沉溺于咖喱与米饭之中。吃完饭后,他靠在椅背上,打了几个饱嗝,然后吩咐玛津给他拿来一支绿色的缅甸雪茄。他不抽英国烟,说淡得一点儿味道都没有。

在巴泰的服侍下,吴柏金很快穿上了官服,站在客厅的长镜前欣赏自己的英姿。房间的墙壁都是木头的,两根仍然认得出是柚木躯干的柱子支撑着屋顶。和所有缅甸的房间一样,屋里又黑又脏,但吴柏金将其装修成了"英格雷②风格",摆了

---

① 缅甸语中"玛"(Ma)为对女士的敬称,有"夫人、太太"之意。
② 奥威尔用的是一个类似于"英格兰"发音的词语(Ingaleik)。

一只胶合板餐具柜、几张椅子、几幅皇室成员的木版画像和一个灭火器。地板上铺着竹席，上面溅满了石灰和蒌叶汁。

玛津坐在角落的一张席子上，正在缝补一件长袖衬衣。吴柏金站在镜子前，慢慢地转过身，想看一眼自己的背影。他戴着桃红色的丝绸头巾，穿着浆硬的棉布衬衣，一条曼德勒绸缎筒裙和一条色泽像三文鱼肉般粉嫩鲜红、镶着黄边的织锦。他艰难地转过头，看到筒裙紧紧地、闪闪发亮地裹着硕大的屁股，心里觉得很满意。他对自己的臃肿身材感到很自豪，因为在他眼中，这些积聚的肥肉象征着他的伟大。他曾经地位卑微，连饭都吃不饱，现在却成了一位肥胖富有、受人敬畏的长官。这副身材是将敌人作为祭品养出来的，这个想法令他感觉很诗情画意。

"我这条新笼基很便宜，才二十二卢比。喂，津津？"他说道。

玛津一直埋头缝补衣服。她是个头脑简单的传统妇女，不像吴柏金那样学了那么多欧洲人的习惯，坐在椅子上她会觉得很不自在。每天早上她都会像村妇一样头顶篮子去巴扎集市，而到了傍晚人们会看到她跪在菜园子里，朝着整个镇子最高的佛塔白色的塔尖祈祷。二十多年来，吴柏金都会将自己的阴谋诡计告诉她。

"哥柏金，"她说道，"你这辈子造了太多孽了。"

吴柏金摇了摇手，"那又怎么样？我可以修佛塔洗净一切罪孽。来日方长呢。"

玛津又低下头继续缝衣服，只要她不满吴柏金的所作所为她就会摆出这副倔强的模样。

"但是，哥柏金，你又何必要这些阴谋诡计呢？我听到你在凉台上和哥巴森说了些什么。你准备玩阴招对付维拉斯瓦密医生。为什么你要陷害那个印度医生呢？他可是个好人。"

"官场的事情你知道什么，婆娘？那个医生碍了我的道。首先，他不肯收受贿赂，这让我们很为难。而且——嗯，算了，反正说了你也不懂。"

"哥柏金，现在你有钱有势了，但这些又有什么用？我们挨穷的时候倒还开心一些。啊，我还记得你只是一个镇政府小官员时，我们第一次有了自己的房子，我们购置了新的柳条家具，买了一支镶金笔夹的墨水笔，觉得好骄傲！那个年轻的英国警官来我们家，坐在最好的椅子上，喝了一瓶啤酒，我们觉得好有面子！幸福不是用钱可以买到的。你现在要那么多钱干吗呢？"

"妇孺之见，婆娘，这是妇孺之见！你只要负责做饭缝衣，官场的事让那些懂行的人去处理。"

"我是不懂，我是你老婆，一直听你的话，但积功德永远不嫌早。多积点功德吧，哥柏金！你就不能去买些活鱼拿到河里放生吗？这么做可以积很多功德的。还有，今天早上有几个和尚过来化缘。他们告诉我寺庙里来了两位新的和尚，正饿着肚子。你怎么不给他们送点东西过去呢，哥柏金？我什么也没给他们，把做好事的功德让给你。"

吴柏金从镜子那儿转过身，妻子的恳求让他心里有所触动。只要不妨碍他行事，他不会放过为自己积攒功德的机会。在他眼里，他的功德就好像银行存款一样，一直在不停地累积。每放生一条鱼回河里，每次馈赠东西给和尚，他就离西方极乐世界近了一步。这个想法让他的心里觉得很踏实。他吩咐把头人送来的那篮芒果转送到那间寺庙去。

他离开家里，开始出发上路，巴泰拿着一个文件夹跟在后面。他走得很慢，挺直了腰杆，平衡好大腹便便的身材，举着一把黄色的绸伞遮住头部，粉红色的筒裙在日头下像一颗丝绸般柔滑的果仁糖。他正要去法庭判决今天的案件。

第二章

就在吴柏金开始处理上午的事务时，"婆利先生"——那个木材商人、维拉斯瓦密医生的朋友——正离开自己的家去俱乐部。

弗罗利大约三十五岁，中等个头，身体很健壮。他长着一头乌黑挺直的头发，剪得很短，黑色的八字胡修得不是很整齐，而他的皮肤生来是土黄色的，被太阳晒得多了，变得黯淡无光。他既不臃肿也没有秃顶，外貌并不显老。他的脸虽然被晒得很黑，看上去却很憔悴，面颊瘦削，眼圈周围凹了下去，眼神萎靡不振。显然，今天早上他没有刮胡子。他穿着平时穿的白衬衣、卡其布短裤和长袜，不过他没有戴遮阳帽，而是戴着一顶破旧的阔边毡帽，歪斜着遮住了一只眼睛，手里拿着一根有腕带的竹手杖，一只名叫弗洛的黑色英国长毛猎犬信步跟在他后面。

但是，这些都不是他留给人的第一印象。人们对弗罗利的第一印象，是他左边脸颊上有一块难看的胎记，呈不规则的新月形，从眼睛一直延伸到嘴角边。从左边看他的脸似乎被打破了，看上去怪可怜的，似乎那块胎记是一处瘀痕——因为它是墨蓝色的。他知道这块胎记很难看，只要他不是单独一个人，他的行动总是躲躲闪闪，因为他总是尽量不让这块胎记被别人看见。

弗罗利的房子位于丛林边上练兵场的顶部。从大门开始练兵场就急坡向下，被烤成了卡其布的颜色，周围散布着六七座明晃晃的白色平房。在酷热的空气中所有的房子看上去都在颤动摇晃。半山腰处有一座围着白墙的英国人的墓地，旁边是一座盖了锡顶的教堂，过了教堂就是欧洲人的俱乐部，当你看着这间俱乐部时——一座低矮的单层木式建筑——你看到的是这座小镇的真正的权力中心。在印度的任何城镇，欧洲人的俱乐部就像是精神意义上的城堡和英国权力的真正宝座，也是本地官员和百万富翁们趋之若鹜的天堂乐土。而在这里情况更是如此，因为乔卡塔俱乐部自诩是几乎全缅甸唯一从未接受过东方人成为会员的俱乐部。越过俱乐部，澎湃的伊洛瓦底江赭色的江水在阳光的照耀下闪烁着钻石般的光芒，江对面是一望无际的水稻田，一直延绵到天际黑漆漆的山脉。

当地人的城镇、法庭和监狱都在右边，大部分都遮蔽在青翠的菩提树下。佛塔的塔尖从树丛中直插而出，就像一支镶着金尖的长矛。乔卡塔是一座典型的上缅甸城镇，从马可·波罗时代到第二次缅甸战争①，这里并没有太大的改变，要不是这里因地势便利修了一座火车站的话，或许还会在中世纪的气氛中再沉睡一个世纪。1910 年，政府将这里定为地区首府和宣示进步的地点——象征的标志就是一座法院（里面有一帮肥头大耳贪得无厌的法律界人士）、一座医院、一座学校和一座英国人从直布罗陀到香港四处修建的庞大而坚固的监狱。这里的人口大约是四千人，包括几百个印度人、几十个中国人和七个欧洲人，还有两个欧亚混血儿，名叫弗朗西斯先生和萨缪尔先

① 第二次缅甸战争发生于 1852 年 4 月至 1852 年 12 月，英国军队占领仰光，兼并了下缅甸。

生，分别是一位美国浸信会传教士和一位罗马天主教传教士的私生子。小镇平淡无奇，只是有个印度苦行僧，在巴扎集市附近一棵树上生活了二十年，每天早上用一个篮子把食物吊上去。

走出大门的时候弗罗利打了个呵欠——昨晚他喝得半醉，日头让他觉得烦透了。他望着山下，在心里咒骂着，"该死的，该死的鬼地方！"他的身边只有那条狗，一个人也没有，于是他开始高声歌唱，和着"神圣的，神圣的，神圣的，您是多么的神圣"这首歌的调子，把歌词唱成了"该死的，该死的，该死的，噢，你是多么的该死"。他走在晒得滚烫的红土路上，挥舞手杖拨弄着枯草。快九点钟了，伴随着每一分钟过去，日头越来越烈，热力晒得让人觉得头部传来一阵阵稳定而有节奏的悸动，就像被一个巨大的长枕击打着。来到俱乐部的大门，弗罗利停下脚步，犹豫着是进去还是沿着小路继续向前走去见维拉斯瓦密医生。这时他记起今天是"英国邮件日"，几份报纸应该已经送来了。他走进俱乐部，经过大网球场，球场上面长满了结着星形淡紫色花朵的匍匐植物。

道路两旁种着英国的花卉——草夹竹桃和飞燕草、蜀葵和牵牛花——还没被日头晒死，肆意地生长着，结出繁茂硕大的花朵。那些牵牛花的枝干很粗，几乎就像树木一样。这里没有草坪，不过有一丛长着本地乔木和灌木的树丛——结出巨大的、雨伞般的血红色花朵的金莫赫树、奶油色而无柄的赤素馨花、紫色的九重葛、鲜红的木槿、粉红色的芍药、胆绿色的巴豆、叶子柔软如羽毛的罗望子，各式花卉争奇斗妍，令人眼花缭乱。一个几乎赤身裸体的园丁手里拿着浇水的罐子，正在花丛中走动，看上去就像一只正在吸取花蜜的大鸟。

俱乐部的台阶上正站着一个长着淡黄色头发的英国人，胡子拉碴的，淡灰色的眼睛分得太开，小腿的脚腓瘦得出奇，双手插在口袋里。他是威斯特菲尔德先生，这里的地区警司。他看上去很无聊，以脚跟为支点前后摇晃着身体，噘起上嘴唇，上面的胡须摩挲着鼻子。他略微转过头和弗罗利打招呼。他说起话来很有军人作风，简洁直接，绝不多说一字。无论他说起什么都带着戏谑的意味，但他的语调很空洞忧郁。

“早，弗罗利，我的老友。该死的、可怕的早晨，不是吗？”

“我想我们都知道一年到了这个时候总是这样。”弗罗利回答，他已经半转过身，不让有胎记的那边面颊对着威斯特菲尔德。

“是啊，该死，这天气还得持续几个月。去年直到六月都滴雨未下。看那该死的天，一朵云也没有，就像一个他妈的那种蓝色搪瓷大炖锅。上帝啊！要是现在能在皮卡迪利，你什么都愿意牺牲，不是吗？”

“英文报纸到了吗？”

“到了，亲切的《潘趣》、《粉红报》[①]和《巴黎生活》。读这些报纸会让你油然而生思乡之情，不是吗？趁冰还没化，我们进去喝一杯。老拉克斯汀已经泡在酒里烂醉如泥了。”

两人进去了。威斯特菲尔德阴沉沉地说道：“请吧，麦道夫。”[②]俱乐部的墙都是柚木，有股地沥青的味道。这里只有

---

① 《粉红报》（*Pink'un*），正式的名字是《运动时报》（*The Sporting Times*），创办于 1865 年，停刊于 1932 年，是英国一份专门报道体育新闻的报纸，因为多以粉红色的纸张印刷而被戏称为《粉红报》。

② 此句出自莎士比亚的戏剧《麦克白》，引申的意思是请别人先走，自己跟在后面。

四个房间，其中一间是无人问津的"图书室"，里面有五百本陈旧的小说，另一个房间摆着一张脏兮兮的旧台球桌——不过很少有人在这里打球，因为一年的大部分时间里总是有一群群飞舞的甲虫在灯下嗡嗡嗡地叫，在台球桌的桌布上产卵。这里还有一间棋牌室和一个酒吧间，可以隔着宽阔的凉台欣赏河景。但这个时候所有的凉台都用绿色的竹帘遮了起来。酒吧间里让人觉得怪不舒服，地上铺着棕榈毯，柳条椅子和桌子到处乱放，上面摆放着亮闪闪的画报。作为装饰，这里挂了几张"小狗邦佐"的图画①，还有几个布满了灰尘的黑鹿头颅。天花板的风扇懒洋洋地转动着，将灰尘吹到暖烘烘的空气中。

房间里有三个人。在吊扇下方，一个大约四十岁，看上去脸色红润、相貌堂堂、身材略微有点发福的男人正趴倒在桌子上，双手抱头，痛苦地呻吟着。他是拉克斯汀先生，本地一家木材公司的经理。昨晚他喝得酩酊大醉，现在正为宿醉所苦。埃里斯——本地另一家木材公司的经理——正站在公告栏前面，神情专注而严肃地阅读着一则通知。他个子很小，头发像铁丝一样，轮廓分明的脸庞面色苍白，举止焦躁不安。麦克斯韦是地区护林官，正躺在一张长椅上阅读着杂志《竞技场》，只露出了他那双骨架很大的小腿和粗壮多毛的前臂。

"看看这个老顽童，"威斯特菲尔德亲切地搭着拉克斯汀先生的肩膀，摇晃着他，"年轻人的榜样，是吗？看在上帝的分上，等你四十岁的时候你就知道自己会是一副什么模样了。"

---

① 小狗邦佐(Bonzo the Dog)，英国漫画家乔治·斯塔迪(George Studdy)于1911年塑造的卡通形象，二十世纪初期盛行一时。

拉克斯汀先生痛苦地呻吟着，似乎在说"白兰地"三个字。

"可怜的老家伙。"威斯特菲尔德说道，"总是醉卧酒场，呃？你闻闻，每个毛孔都透着酒气。这让我想起了那个睡觉时老是不挂蚊帐的老上校。有人问他的仆人为什么会这样，仆人回答：'晚上主人醉得顾不上赶蚊，而到了早上那些蚊子醉得顾不上躲人。'瞧他这副德性——昨晚上醉了一回，现在还要酒喝。有个小侄女会过来和他一起住，应该今晚就到，对吧，拉克斯汀？"

"不要管那个醉鬼了。"埃里斯说道，没有转过身。他说话带着讨厌的伦敦土腔。拉克斯汀又在呻吟："——什么侄女！看在上帝的分上，给我拿白兰地来。"

"你打算就这样教育你的侄女吗？看到叔叔一周七次醉倒在桌下。嘿，领班！给拉克斯汀主子上白兰地！"

领班是一个黝黑矮胖的达罗毗荼人，长着一双小狗一般水汪汪的眼睛，瞳孔是黄色的。他用铜盘托着白兰地酒过来了。弗罗利和威斯特菲尔德要了杜松子酒。拉克斯汀先生喝了几勺白兰地，仰面坐在椅子上，更加有气无力地痛苦呻吟着。他脸上的肉很多，神情天真，蓄着牙刷式的胡须。他是个头脑简单的人，除了他所说的"来点乐子"之外别无所求。他的妻子看住他的方式只有一个：那就是永远不能让他离开她的视线超过一两个小时。有一次，他们结婚一年后，她离开了他两个星期，回来时比原定时间早了一天，发现拉克斯汀先生喝得酩酊大醉，左拥右抱两个赤身露体的缅甸女郎，嘴里叼着一个底朝天的威士忌酒瓶，那是他喝光的第三瓶酒。从此她一直对他严加看管，他老是抱怨说："就像一只猫守着老鼠洞一样。"不过，他总能抽空"来点乐子"，虽然快乐的时光总是特别短暂。

"老天爷啊，今天早上我的头怎么这么疼？"他说道，"把那个领班再叫过来，威斯特菲尔德。我得赶在家里那个娘们儿过来之前再喝一杯威士忌。她说等我侄女过来之后我一天只能喝四杯酒。这两个天杀的女人！"他悲切地补充道。

"大家都别像傻瓜那样胡闹了，听着。"埃里斯没好气地说道。他说话从不顾忌别人的感受，一开口总是会得罪人。他那口伦敦土腔故意说得特别夸张，因为这能加强他冷嘲热讽的语气。"你们看过老麦克格雷格的这张通知了吗？给大家的一束鲜花。麦克斯韦，醒醒，听着！"

麦克斯韦放下《竞技场》。他是个面容稚嫩的金发青年，不过二十五六岁——这个年龄与他所担任的职位不是很相称。他四肢粗壮，白色的眼睫毛很浓密，让人觉得他长得像一匹拉车的小马。埃里斯狠狠地一把从公告板上扯下那则通知，开始高声朗读。通知是麦克格雷格先生放上去的，他是行政副长官，同时兼任俱乐部的秘书长。

"听好了。'本俱乐部迄今从未接受东方人入会，鉴于如今大部分欧洲俱乐部已接纳欧裔和本地族裔的高级公务员入会，乔卡塔俱乐部将考虑遵循这一做法。兹定于下次全体会议提请讨论此事。一方面，会议将指出——'噢，好了，剩下的就不费事读下去了。他写一份通知就像得了痢疾一样，又臭又长。不管怎样，重要的是，他要让我们打破规矩，接纳一个小黑鬼进这个俱乐部。比方说，亲爱的维拉斯瓦密医生。我叫他'阿拉会来事医生'。真是太美妙了，不是吗？那个大腹便便的小黑鬼和你们一起打桥牌，满口大蒜味朝你们脸上喷。上帝啊，想象一下那种情形吧！我们必须团结一致，立刻旗帜鲜明地表明态度。你们怎么说？威斯特菲尔德？弗罗利？"

威斯特菲尔德耸了耸瘦削的肩膀以表心有同感。他已经坐在桌旁，点着了一根黑色的缅甸式方头雪茄，雪茄味道很难闻。

"我想，遇到这种事就只能忍忍算了，"他说道。"娘希匹，现在本地人都涌进了我们的俱乐部，他们告诉我连勃固俱乐部也是。你们知道，全缅甸都这样。我们是最后一间抵制本地人的俱乐部了。"

"确实如此，而且，我们他妈的会坚持这一做法。我宁愿死在阴沟里也不想在这里见到一个黑鬼。"埃里斯拿来了一支短铅笔，把那张通知重新钉在公告板上，用铅笔在麦克格雷格先生的签名旁边写了字迹小而清秀的两个字母"B.F."①，动作不是很夸张，但就像一些男人的小动作那样充满怨毒与恶意——"好了，这就是我对他这个提议的态度。等他过来的时候我也会当面直说。你怎么说，弗罗利？"

弗罗利一直没有开口。虽然他天生并不是一个沉默寡言的人，但在俱乐部他总是不大开口。他一直坐在桌旁，读着《伦敦时报》里刊登的切斯特顿②的文章，一边用左手抚弄着弗洛的头。但是埃里斯是那种总是会不停唠叨，要别人认同他的意见的人。他重复了一遍问题，弗罗利抬起头，两人四目交投。埃里斯鼻子周围的皮肤变得一片灰白，这是他盛怒时的特征。毫无预兆地，他开始破口大骂起来，其他人每天早上都听到他

①　B.F.可以表示"该死的傻瓜（bloody fool）"之意。
②　吉尔伯特·基思·切斯特顿（Gilbert Keith Chesterton，1874—1936），英国著名作家，态度偏于保守，笃信罗马天主教，代表作有《布朗神父探案集》、《异教徒》等。

这么骂人，已经习以为常，但外人则会觉得惊诧莫名。

"我的天哪，我还以为遇到这种情况——现在我们谈论的是把那些臭气熏天的黑猪赶出我们唯一能自得其乐的地方——你应该会站在我这边，就算那个大腹便便的油腻腻的小不点黑鬼医生是你最好的朋友。你要跟那个市井混混交朋友我不管。如果你要去维拉斯瓦密家里，和他那帮黑鬼朋友喝威士忌，那是你的事情，悉听尊便。在俱乐部外边你做什么都可以，但是，上帝啊，现在我们谈的是要不要接纳黑鬼进这里，事情的性质就不一样了。我猜你希望维拉斯瓦密成为俱乐部的会员，是吧？加入我们的谈话，用他那汗涔涔的手和每个人握手，让他那大蒜味的口臭直喷我们的脸。天哪，要是我看到他那张黑漆漆的猪脸在这里出现，我会一脚把他给踢出去。大腹便便的油腻腻的小……"等等。

他骂骂咧咧了好几分钟，实在是令人称奇，因为他的每句话都出于肺腑。埃里斯真的很痛恨东方人——此恨绵绵无绝期，似乎他们是邪恶或污秽的魔鬼。虽然他是一家木材公司的经理，生活和工作中经常与缅甸人接触，但他还是没能习惯看到一张黑皮肤的面孔。在他看来，任何对东方人表示友好的暗示都是大逆不道之举。他是个聪明人，办事精明能干，但不幸的是，他是那种典型的英国人——不幸的是，这种人太普遍了——根本不应该踏足东方。

弗罗利坐在那儿，抚摩着膝盖上弗洛的头，不敢直视埃里斯的眼睛。即使在他感觉最自信的时候，他的胎记也让他不敢正视别人的脸。当他开口说话的时候，他可以感觉到自己的声音在发颤——在语气应该坚定的时候他说起话来总是会这样，他的脸有时还会不由自主地抽搐着。

"冷静下来，"最后他说道，声音低沉而软弱。"冷静下来，用不着那么激动嘛。我可没说过让本地人来这里。"

　　"噢，你没说过吗？但我们都知道你希望他们来这里。不然为什么你每天上午都会去那个油腻腻的小样的家里？当他是个白人一样和他同台而坐，用他那脏兮兮的黑色嘴唇抿过的杯子喝酒？一想到这个我就想吐。"

　　"坐下来，老伙计，坐下来。"威斯特菲尔德做和事佬，"算了吧，喝上一杯，别为这种小事吵架。太热了。"

　　"我的天哪，"埃里斯平静了一些，来回踱了几步，"我的天哪，我实在搞不懂你们这些家伙，真的搞不懂。老糊涂麦克格雷格无缘无故想招一个黑鬼入会，而你们一点意见都没有。上帝啊，我们来这个国家是干吗的？如果我们不是来统治他们，那干脆回家算了。我们到这儿来，就是要统治那群该死的黑猪，那群猪自有历史记载以来就一直是奴隶。我们不单没有以他们唯一能理解的方式统治他们，还要和他们平等相待。你们这帮傻瓜——还认为这是天经地义的事情。弗罗利和一个黑鬼交上了朋友，他自称自己是医生，就因为他在印度一间所谓的大学读过两年书。还有你，威斯特菲尔德，你为手下那帮软弱无能又收受贿赂的八字脚警察觉得自豪得了不得。还有麦克斯韦，时间都花在泡欧亚混血妞儿上了。是的，说的就是你，麦克斯韦。你在曼德勒和一个名叫莫莉·佩雷拉的臭婊子的那些风流韵事我都听说了。要不是他们把你调到这儿来，我想你已经和她结婚了，是吧？你们似乎都喜欢那些脏兮兮的黑鬼，上帝啊，我搞不懂我们到底怎么了。我真的搞不懂。"

　　"来，再喝一杯。"威斯特菲尔德说道，"嘿，领班！趁冰还没化弄点啤酒来！啤酒，领班！"

领班端来几瓶慕尼黑啤酒。埃里斯和其他人坐了下来，一双小手摩挲着冰冷的酒瓶。他的额头在流汗，心里还在生气，但不再暴跳如雷。他性格固执不近人情，但他发完脾气后很快就会平息，从不会道歉。吵架也是俱乐部活动的固定内容。拉克斯汀先生感觉好一些了，正在端详着《巴黎生活》里面的插图。已经九点多了，房间里弥漫着威斯特菲尔德先生那支方头雪茄辛辣的烟味，热得令人几乎窒息。每个人都出了当天第一股汗，衬衣紧贴着后背。那个不在视野之内的拉蒲葵扇的仆童在日头下睡着了。

"领班！"埃里斯吼了一句。领班过来了。"去把那个该死的仆童叫醒！"

"是的，老爷。"

"领班，还有吩咐！"

"是的，老爷？"

"我们还剩多少冰？"

"大概二十磅，老爷。我想只能撑到今天了。我发现给冰保温着实不容易。"

"说话别这样好吧，该死的——'我发现什么什么着实不容易！'你是囫囵背了字典吧？'是的，老爷，那些冰没办法保温'——你就只配这么说话。如果哪个家伙英语说得太好了，我们就得把他炒掉。我受不了奴仆说英文。听到了吗，领班？"

"是的，先生。"领班退了下去。

"老天爷啊！得到星期一才有冰了。"威斯特菲尔德问道，"你要回丛林里了吗，弗罗利？"

"是的，我得回去了。我只是过来看邮件的。"

"我想我会去旅游，我争取到了一份旅游津贴。一年到了这个时候我在办公室里可呆不住。坐在那把该死的蒲葵扇下，签署一份接一份的文件。我恨不得把纸给吃下去。上帝啊，我希望再来一场战争！"

"我后天出门。"埃里斯说道，"那个天杀的牧师这个星期天会过来主持仪式吗？我反正是绝对不会去参加的。该死的下跪训练。"

"他下个星期天才来。"威斯特菲尔德说道，"我答应过他会去参加，麦克格雷格也是。我得说，这个牧师确实有点苛刻，惹人讨厌，但他六个星期才过来一次，当他过来的时候还是得把信众召集起来。"

"噢，见鬼！要我听牧师的话哭哭啼啼地唱赞美诗也行，但我可受不了那帮本地基督徒涌进我们的教堂。那些人都是马德拉西的仆役和克伦邦的学校老师，还有那两个黄种人，弗朗西斯和萨缪尔——他们也自称是基督徒。上一次牧师过来的时候，他们竟然有脸到前排和我们白人坐在一起。得有人跟牧师说说这件事。我们真是大傻瓜，由得这帮传教士在这个国度胡来！他们居然教导巴扎集市的扫地工人说他们和我们一样是好人。'是的，先生，我和主人一样是基督徒。'真他妈不要脸。"

"这双腿好看吗？"拉克斯汀先生把《巴黎生活》递了过来，"你懂法语，弗罗利，下面写了些什么？天哪，我想起了在巴黎的日子，那是我结婚前第一次出差。上帝啊，我好想再去一趟！"

"你听过《沃金女士》吗？"麦克斯韦问道。他是个沉默寡言的年轻人，但和别的年轻人一样，一听到黄段子就来劲，他介绍了这位来自沃金的女士的生平。大家都笑了。威斯特菲尔德说了句俏皮话，说"有个小姐来自伊灵，她有种怪僻的激情"。弗罗利应和着说："有位助理牧师来自贺森，办事前总得做好一切防范措施。"大家笑得更欢了。连埃里斯的态度也和蔼了许多，说了几个黄段子。他的玩笑总是非常幽默有趣，但内容极其肮脏龌龊。虽然天气很热，但每个人都振奋起来，气氛也友好了一些。他们喝完了啤酒，正准备再叫一杯时，外面传来了脚步声，一个洪亮的大嗓门令地板都在颤抖，高高兴兴地说道："是的，真是太幽默了。我把它写进了我在《布莱克伍德》杂志的一篇短文里了，你知道的。我还记得，在我派驻卑廖时，还发生了另外一件很 —— 啊 —— 很有意思的事情——"

显然，麦克格雷格先生来了。拉克斯汀先生惊叫道："该死的！我老婆也在外面。"他连忙把自己的空杯子从身边远远地推开了。麦克格雷格先生和拉克斯汀太太一起走进了休息室。

麦克格雷格四十好几了，个头魁梧壮硕，长着一张和蔼的、哈巴狗一样的脸，戴着一副金框眼镜。他的肩膀很肥厚，而且老是把头探得很长，让人觉得他很像一只滑稽的海龟——事实上，缅甸人都给他取了个绰号叫"乌龟"。他穿着一件干净的丝绸衬衣，两个腋窝下的部位已经被汗水浸湿了。他以滑稽的敬礼动作和别人打招呼，然后面带微笑在公告栏前面驻足，态度就像一个在背后挥舞着教鞭的学校老师。他脸上的敦厚表情看上去很真挚，但看得出他是在刻意装出和蔼而没有架子的模样，假装不记得自己是一位高官，在他面前没有人会觉得轻松自在。他的谈吐一听就知道在刻意模仿自己早年认识的某位诙谐的学校老师或神职人员。任何长篇大论、名人名言、俏皮言语，只要他觉得好笑，并准备讲述出来时，他会先装模作样地"呃呃啊啊"一番，让大家知道他准备说个笑话了。拉克斯汀太太三十五岁左右，脸蛋瘦长清秀，但轮廓模糊，像是一张时装插画里的人。她说起话来总是唉声叹气，满腹牢骚。她进来的时候，男士们都起身致意，拉克斯汀太太疲惫不堪地坐在吊扇下方最舒服的位置上，挥舞着蝶螈一般纤细的手给自己扇风。

"噢，亲爱的，怎么这么热，怎么这么热！麦克格雷格先生开车接我来的，他真是个好人。汤姆，那个该死的三轮车夫又在装病了。说真的，我觉得你应该好好鞭打他一顿，教训他一下，让他知道什么叫天高地厚。每天在这个日头下走路真是太可怕了。"

拉克斯汀太太不堪忍受从家里到俱乐部这四分之一英里的路程，从仰光买了一辆三轮车过来。除了牛车和麦克格雷格先生的汽车外，这是乔卡塔地区唯一有轮子的交通工具，因为整个地区的马路加起来还不到十英里长。拉克斯汀太太不放心丈夫一个人去丛林营地，忍受种种痛苦和他在一起，帐篷漏雨、蚊虫肆虐、吃的只是罐头食物都不在乎，但回到总部时，她就抱怨一切琐事，以此获得心理补偿。

"我真的觉得这帮仆人实在懒得不像话了。"她叹了口气，"难道您不这么认为吗，麦克格雷格先生？他们在搞什么改革，又从报纸上学了这等倨傲无礼的举动，我们似乎对这帮土著人失去了权威。他们几乎就快和国内那些下层阶级一样卑劣了。"

"噢，还不至于那么糟，但我确实担心民主精神正在滋生，其至蔓延到了这里。"

"而不久之前，甚至就在战争之前，他们是那么谦卑恭敬！当你在路上经过他们时，他们会向你行额手礼——真是太美妙了。我记得以前我们一个月只需要给管家十二卢比，他就像狗一样爱着我们。现在他们一开口就是四十到五十卢比，我发现驾驭仆人唯一的办法就是拖欠他们几个月的工资。"

"旧时的仆人就快绝种了。"麦克格雷格也有同感，"我年轻的时候，要是管家态度不恭敬的话，他会被送到监狱，派家丁去吩咐一句'给那个犯事者十五记鞭笞'。哎，呜呼哀哉！我想那些日子一去不复返了。"

"啊，这你可说对了。"威斯特菲尔德阴沉沉地说道，"这个国家不再适合居住了。如果你问我的话，我会说英国统治已经完了。我们就快失去统治的权力，是时候撤离了。"

听到他这么说，房间里每个人都在喃喃地嘀咕着表示认同，连态度偏向布尔什维克的弗罗利和在缅甸呆了不到三年的麦克斯韦也不例外。没有哪个侨居印度的英国人会否认印度就要完蛋了，他们从来没有否认过这一点——因为就像《潘趣》一样，印度已经不再是以前的印度了。①

这时埃里斯已经取下了麦克格雷格先生身后那张惹他不开心的公告，将它递给麦克格雷格先生，用他那尖酸刻薄的语气说道：

"看看这个，麦克格雷格，我们都读过这张告示了。我们觉得选举一名土著人进入俱乐部绝对是……"埃里斯正要说"绝对是一件操蛋的事情"，但他想起拉克斯汀太太在场，改

---

① 1886 年至 1937 年，缅甸被归为印度的一个行省。

口说道，"……绝对是不能接受的事情。说到底，这个俱乐部是我们自己人消遣耍乐的地方，我们不希望看到那帮土著在这里出现。我们希望还有一处地方可以免受他们的打扰。其他人都完全同意我的看法。"

他环顾众人。"就是，就是！"拉克斯汀先生附和着。他知道老婆会怀疑他在喝酒，他觉得说一些合乎情理的话能为自己开脱。

麦克格雷格先生微笑着接过告示。他看到自己的名字旁边那两个铅笔写的字母"B.F."，在内心觉得埃里斯实在是太无礼了，但他说了个笑话想把这件事一带而过——在俱乐部的时候他很辛苦地扮演一个好伙伴的角色，一如在上班的时候他辛苦地端着架子维护自己的官威。"我想，我们的朋友埃里斯不欢迎——啊——他的雅利安人弟兄？"

"我就是不欢迎。"埃里斯强硬地说道，"我也不欢迎什么蒙古人弟兄。一句话，我不喜欢黑鬼。"

听到"黑鬼"这两个字，麦克格雷格先生的身子僵了一下，这两个字在印度是很犯忌的字眼。他对东方人没有偏见，事实上，他很喜欢东方人。只要不给予他们自由，他觉得他们是最有魅力的人。看到他们被肆意侮辱，他总是觉得痛心疾首。

他的口气有点发梗，"称呼这些人为黑鬼未免太不严肃了吧？——他们可不喜欢这个称谓——他们显然不是黑鬼。缅甸人是蒙古人种，印度人是雅利安人种或达罗毗荼人种，而他们都不同于——"

"噢，省省吧！"埃里斯并不慑服于麦克格雷格先生的官威，"叫他们黑鬼也行，雅利安人也行，随你怎么叫。我要说的是，我不想见到有黑皮人踏进这间俱乐部。要是你要投票解决，你将会看到我们全体投票反对——除非弗罗利希望他那亲爱的伙伴维拉斯瓦密入会。"他补充了一句。

"是的，是的！"拉克斯汀先生附和着，"我是一定会投黑球①进去的。"

麦克格雷格先生舔了舔嘴唇。他的处境很尴尬，因为选举一名当地人成为会员并不是他的主意，而是行政长官下达给他的命令。但他不喜欢以此作为理由，于是他以安抚的口吻说道：

"这个问题我们放到下次全体大会召开时再讨论好吗？这样我们可以慎重考虑一番。"他走到桌子旁边，"现在谁想陪我来一杯'佳酿'？"

他们叫来领班，要了几杯"佳酿"。天气越来越热，每个人都口干舌燥。拉克斯汀先生正要叫杯酒喝，看到老婆的眼睛，于是胆怯了，悻悻然地说道："不用了。"他坐在那儿，双手放在膝盖上，一脸可怜巴巴的样子看着老婆喝了一杯加了杜松子酒的柠檬汁。虽然麦克格雷格先生开口说要喝酒，却只喝纯柠檬汁。在乔卡塔这里的欧洲人中，只有他坚持不在日落之前喝酒。

"不错，不错。"埃里斯嘟囔着，两只前臂撑在桌子上，心不在焉地把弄着酒杯，和麦克格雷格先生的争执让他又坐立不安起来，"这酒真的挺不错。但我仍坚持说过的话。这间俱乐部绝不能让土著人进来！就是因为我们总是在这些小事情上

① 以白球（表示赞同）和黑球（表示反对）进行投票选举的形式始于古希腊，也是选票（ballot）一词的起源。

让步才使得帝国走向毁灭。这个国家陷于暴乱完全是因为我们对他们太温和了。唯一可行的政策就是当他们像尘埃一般低贱。现在是非常时期，我们的尊严绝不容许受到一丝冒犯。我们必须团结一致，对他们说：'我们是主人，你们这些下等人——'"埃里斯摁下小小的拇指，似乎在碾死一只蛆虫——"你们这帮贱民别不知道好歹。"

"没用的，老伙计。"威斯特菲尔德说道，"没用的。被那些红头文件绑住了手脚，你能怎么办？那帮本地贱民比我们更了解法律。他们当着你的面侮辱你，而等你一动手他们就会告你。你什么事也干不成，就算你采取强硬立场，但他们根本没有胆量跟你堂堂正正地明着干，你又能怎么办呢？"

拉克斯汀太太插话了："在曼德勒，我们的行政长官总是说，到最后我们将不得不离开印度。年轻人再也不会到这儿来，为的是工作一辈子只落得侮辱与忘恩负义。我们应该离开。当那些土著人过来哀求我们留下时，我们会告诉他们：'不，你们曾经有过机会，但你们没有珍惜。很好，我们就由得你们实施自治吧。'然后他们会得到教训的！"

"我们被那些法律和规矩困住了。"威斯特菲尔德阴郁地说道。他总是一再强调印度帝国就是因为过于墨守成规而招致毁灭的。在他看来，只有爆发大规模的叛乱，然后实施军事管制才能将大英帝国从衰落中拯救出来。"文牍主义、裙带关系，现在统治这个国家的人是那帮政府文员。我们的日子屈指可数了。我们能做的，就是撒手不管，由得他们自生自灭。"

"我不同意，坚决不同意。"埃里斯说道，"要是我们采取行动的话，一个月就可以拨乱反正。需要的只是一点勇气。看看阿姆利则，事件之后他们就老实多了。①戴尔知道对付这帮人该怎么做。可怜的老戴尔！那真是太卑劣了。那帮英国本土的屠头懦夫应该为此事负责。"

其他人都长叹一声，就像罗马天主教的教徒们提起血腥玛丽一样②。连不赞成血腥镇压和军事管制的麦克格雷格先生一听到戴尔的名字也不禁摇了摇头。

"啊，可怜的人！被那帮众议员当成弃子牺牲掉了。或许，等他们意识到自己的错误时已经太晚了。"

"我那老长官总是说着同一个故事，"威斯特菲尔德说道，"在土著人军团里有一个老士官长——有人问他如果英国人离开印度会发生什么事情，那个老家伙说——"

弗罗利将椅子往后一推，站起身来。这种事情不可以也不能——不应该再继续下去！他必须赶快离开这个房间，免得自己被彻底激怒，开始动手砸烂家具，将酒瓶砸向图画。这帮愚蠢无知又嗜酒如命的猪猡！他们怎么能周复一周、年复一年，一字不差地重复着那些恶毒的废话，就像《布莱克伍德》杂志里那些下三滥的诙谐诗作呢？他们就不能说点别的新话题吗？噢，这是个什么地方，他们都是些什么人！我们的文明到底怎么了——对神明毫无敬畏之心，只知道沉溺于威士忌、《布莱

---

① 阿姆利则事件，1919 年 4 月 13 日，印度阿姆利则市爆发集体示威行动，反对英国殖民统治，英军准将雷吉纳德·爱德华·哈利·戴尔（Reginald Edward Harry Dyer）下令以武力镇压，约有数千民众伤亡。戴尔下令镇压的行为备受英国国内民众及左翼群体攻讦，迫于国内压力，军方将其解职。

② 血腥玛丽，指英女皇玛丽一世（Queen Mary I），全名为玛丽·多铎（Mary Tudor，1516—1558），1553—1558 年在位。统治期间，玛丽一世尊崇罗马天主教，血腥镇压新教教徒，因手段残忍而得到"血腥玛丽"这一称号。

克伍德》和小狗邦佐的图画！愿上帝宽宥我们，因为众生皆为罪人。

弗罗利没有说出这番话，好不容易将其压在心中，没有表露在脸上。他站在椅子旁边，微微侧身对着众人，露出不受欢迎的人那种似笑非笑的表情。

"我想我得先走了。"他说道，"吃早饭前我有点事情要忙，真是抱歉。"

"留下来再喝一杯吧，老伙计，"威斯特菲尔德说道，"还早着呢。喝一杯杜松子酒能让你胃口大开。"

"不了，谢谢，我得走了。走吧，弗洛。再见，拉克斯汀太太。再见，各位。"

弗罗利刚走埃里斯就说道："布克·华盛顿①跑掉了。"只要有人离开，埃里斯总是会在背后说那个人的坏话。"我想他是去见那个黑鬼了。要么就是舍不得请大家喝一杯，于是溜走了。"

"噢，他不是那种人，"威斯特菲尔德说道，"不过有时说起话来像个布尔什维克。但我想他只是嘴上说说罢了。"

"噢，他当然是个好人。"麦克格雷格先生说道。在印度的每个欧洲人都曾是军官或殖民政府官员，大家同声连枝，荣辱与共，除非某个人做出太出格的事情来。

"对我来说，他未免太布尔什维克了一点。我可受不了一个和土著结交的人。要是说他有土著血统我可不会觉得奇怪。或许这就是他的脸上有那块黑疤的原因，像只青面兽。而且他

---

① 布克·塔里亚费罗·华盛顿（Booker Taliaferro Washington，1856—1915），非裔美国教育家、作家，一生为黑人的权力而奔走奋斗。

看上去就像个黄种人，长着那一头黑发，皮肤黄得像柠檬一样。"

　　大家对弗罗利说三道四，但没有说得太露骨，因为麦克格雷格先生不喜欢诽谤丑闻。那几个欧洲人继续呆在俱乐部里，又喝了一轮酒。麦克格雷格说起了他在卑廖的轶事见闻，无论说到什么话题他都会提起这些。然后，谈话回到了那个从不令人厌倦的老话题上面来——土著人的放肆无礼，政府的散漫无能，美好的往昔岁月，英国主子就是英国主子，任何胆敢不敬的人都被处以十五记鞭笞的惩罚。这个话题不久就会被提及，一部分原因是埃里斯对其特别痴迷。而且，这帮欧洲人大吐苦水是可以原谅的，在东方国度工作生活，就算是圣人也会火冒三丈。而且所有人，尤其是那些官员，都知道被戏弄侮辱是什么滋味。威斯特菲尔德或麦克格雷格先生——甚至包括麦克斯韦——每天走在街上时，那些高中男生和他们的伙伴——个个长着金币一样黄澄澄的脸庞，摆出一副蒙古人种天生的令人抓狂的不屑姿态——会在他们经过时极尽讥笑嘲讽之能事，有时就像豺狗一样怪叫着在他们身后大笑。驻印度英国官员的生活并非总是那么舒坦。他们呆的地方是艰苦的野营、闷热的办公室和散发着尘土味加上土沥青味的黑漆漆的驿站旅社。或许，他们的乖张暴戾是有原因的。

　　现在快十点了，已经热得令人无法忍受。每个人的脸上和男人的前臂上渗出了豆大的、清澈的汗珠。麦克格雷格先生身上丝绸外套的背部那块湿漉漉的地方渐渐扩大。外面的日头似乎透过吊着青色窗帘的窗户射了进来，晒得每个人眼睛发疼，脑袋昏昏沉沉的。想到难以下咽的早餐和接下来漫长而要命的白昼，每个人都觉得情绪低落。麦克格雷格先生站了起来，他的鼻子上挂满了汗珠，眼镜滑了下来。他叹了口气，把眼镜扶正。

"哎呀，真是遗憾，这么愉快的聚会就要结束了。"他说道，"我得回去吃早饭，然后为帝国效劳。有人和我一起回去吗？我的车就在外面，司机在等着我。"

"噢，谢谢。"拉克斯汀太太说道，"搭汤姆和我一程吧。这么热的天，不用走路真是太好了！"

其他人都站起身，威斯特菲尔德先生伸直双臂，瓮声瓮气地打了个呵欠，"我想我也该走了。再坐下去我会睡着的。想到我得在办公室被蒸烤上一整天，有几筐文件等着处理，噢，天哪！"

"各位，别忘了今天傍晚要打网球。"埃里斯说道，"麦克斯韦，你这个懒鬼，不许再借故推搪了。四点半准时带球拍过来。"

麦克格雷格先生站在门口风度翩翩地说道："您先请，夫人。"

"请吧，麦道夫。"威斯特菲尔德催促着。

一行人走到白晃晃的日头底下。地面就像烤炉一样热力滚滚。令人为之目眩的鲜花在阳光下争奇斗艳，花瓣纹丝不动。日头让每个人打骨子里觉得倦怠不堪。真是太可怕了——想到这片无法直视的蓝天就照耀着缅甸、印度、暹罗、柬埔寨和中国，万里无云，延绵无尽，实在是太可怕了。麦克格雷格先生的小车上的金属面板热得无法触摸。一天最热的时候开始了，正如缅甸人所说的，"脚都懒得动"。除了人类和一队队的黑蚂蚁外，没有生物在活动。酷热的天气令那些蚂蚁非常兴奋，成群结队，像黑色的缎带一样横贯马路，天空中飞过一群秃尾兀鹫，乘着热流在天际翱翔。

第三章

弗罗利走出俱乐部大门，转左继续朝巴扎集市走去，一路躲在菩提树的树荫下。一百码开外传来了乐声，一队瘦弱的印度武装警察穿着草绿色的卡其布军装，正行军准备奔赴自己的岗位，队伍的前面是一个廓尔喀小男孩，正吹着风笛。弗罗利准备去见维拉斯瓦密医生。医生的家是一座长形的平房，用涂了土沥青的木板搭成，下面是几根柱子。花园很大，但没有怎么打理，与俱乐部的花园毗邻。屋后正对着马路，而屋前则对着医院，再过去就是河流了。

弗罗利走进房子的领地，一个女人惊叫一声，房子里一片仓皇。显然，他差一点就见到医生的妻子了。他绕到屋子的正面，仰头朝凉台喊道：

"医生！你忙吗？我能上来吗？"

医生像盒中公仔一样从房子里冒了出来——一个小小的黑白剪影。他匆匆跑到凉台栏杆旁，热情洋溢地嚷道："能上来吗？当然可以，当然可以，快请上来！啊，弗罗利先生，见到您真系高兴！上来，上来。您喝什么酒？我有威士忌、啤酒、苦艾酒和其它欧洲好酒。啊，我亲爱的朋友，我一直盼望着能和斯文人好好聊聊天呢！"

医生皮肤黝黑，身材矮胖，长着一头卷曲的头发和圆滚滚的眼睛，眼神很单纯。他戴着钢框眼镜，穿一件很不合身的白色军服，裤子罩在难看的黑靴子上，看上去是六角形的。他说话时语气很热烈，唾沫星子横飞，发出嘶嘶嘶的声音，把"是"念成了"系"。弗罗利登上楼梯的时候，医生跑到凉台的一头，在大大的锡冰盒里翻寻着，迅速拿出各款酒瓶。凉台宽而荫凉，低矮的屋檐挂着一篮篮蕨类植物，就像夏日里瀑布后面的一处洞穴。里面摆着几把长藤椅，都是监狱里做的，另一头摆着个书柜，上面尽是一些令人倒胃口的书，大部分是爱默生①、卡莱尔②、斯蒂文森③的散文集。医生读书不倦，读的都是一些他认为"有道德启示"的书。

"医生啊，"弗罗利说道——与此同时，医生拉着他坐到一张长椅上，抽出脚靠，让他能躺下来，把雪茄和啤酒放到他触手可及的地方，"医生啊，最近怎么样了？大英帝国还有救吗？还是像以前一样中风瘫痪吗？"

"啊哈，弗罗利先生，她的情况可不妙啊，很不妙啊！严重的并发症发作了。败血症、腹膜炎和神经中枢瘫痪。恐怕我们得延请专家会诊了！哈哈！"

这是两人心照不宣的玩笑，把大英帝国说成是一个问诊的年迈女病人。这个笑话他们说了两年，但从不感到厌倦。

"医生，"弗罗利慵懒地坐在长椅上，"去了那间该死的俱乐部后，到这儿来我觉得很开心。到你家我觉得就像一个不信奉英国国教的牧师偷偷摸摸地去镇里带了一个妓女回家。能摆脱他们真的就像好好度个假一样。"——他举起一只脚对着俱

---

① 拉尔夫·沃尔多·爱默生（Ralph Waldo Emerson，1803—1882），美国思想家、作家，代表作有《论文集》、《英国人的品行》等。
② 托马斯·卡莱尔（Thomas Carlyle，1795—1881），苏格兰作家、历史学家，代表作有《法国大革命》、《论英雄与英雄崇拜》等。
③ 罗伯特·路易斯·斯蒂文森（Robert Luis Stevenson，1850—1894），苏格兰作家、诗人，代表作有《金银岛》、《新一千零一夜》等。

乐部的方向——"摆脱我那些挚爱的帝国建设者朋友们。大英帝国的尊严、白人的担当、无所畏惧的白人老爷——你懂的。能暂时离开那个臭烘烘的地方实在是让人松了口气。"

"我的朋友，我的朋友，行了，行了！您这么说真系太过分了。您不该这般评价那些尊贵的英国绅士！"

"你可别去听那些尊贵的绅士在说些什么，医生。今天早上我受够了。埃里斯在大骂'脏兮兮的黑鬼'；威斯特菲尔德说了些冷嘲热讽的话；麦克格雷格在装腔作势，说要将冒犯他的人处以十五记鞭笞的刑罚。但当他们说起那个老士官长的时候——你知道，那个可爱的老士官长说过，如果英国人撤出印度，将不会留下半个卢比和处女——你知道的，我真的受不了了。那个老士官长是时候退休了，从 1887 年女皇登基五十周年大庆那时起，他就一直在说这些话。"

医生变得激动起来，每次弗罗利批评那帮俱乐部会员时，他总是这样。他那穿着白色长袍的圆滚滚的身躯倚在凉台的栏杆上，时不时挥一挥手。在思索某个词语时，他会将大拇指和食指夹在一起，似乎在把某个飘在空中的想法给夹起来。

"但弗罗利先生，您真心不能这么说！为什么您总系要谴责那些正人君子呢？您不系也称他们为正人君子吗？他们系高尚的人。想想他们取得了什么样的伟大成就——想象那些杰出的官员，将英属印度变成现在这样。想想克莱夫①、沃伦·海

---

① 罗伯特·克莱夫男爵（Lord Robert Clive，1725—1774），英国陆军中将，缔造东印度公司在印度军政势力的核心人物，被公认为将印度纳入大英帝国统治的殖民头子。

斯亭①、多尔豪斯②、库松③。他们都系——我要引用你们那位不朽的莎士比亚说过的话——大体上，我们再也见不到像他们那样的人了！"④

"嗯，你想再看见像他们那样的人吗？我可不想。"

"想想看，英国绅士系多么高贵的人！他们性情高洁，彼此之间非常忠诚！那系公学的精神！即使系那些不讲究礼仪的人——我承认有的英国人很傲慢自大——也拥有我们东方人所欠缺的正直高尚的情怀。在他们粗野的外表下藏着金子一般的心。"

"应该说是镀金的吧？这个国家的英国人彼此都是虚情假意。按照传统，我们一起喝酒，互相请客吃饭，假装彼此是朋友，其实心里视对方如寇仇。我们称这个为'勾搭'，只是出于政治上的考量。当然，是酒精在维系着这部机器的运作。要不是这样，我们一星期内就会发狂，彼此互相残杀。你们有位挺不错的散文家，说过这么一句话，'酒是维系帝国的水泥。'"

医生摇摇头，"弗罗利先生，说真的，我不知道系什么让您变得这么愤世嫉俗。这些话真系太不得体了！您系一位才华横溢品行高洁的英国绅士——却说出一些和《缅甸爱国者报》

---

① 沃伦·海斯亭(Warren Hastings, 1732—1818)，曾于 1773 年至 1785 年担任英国驻印度首任总督。

② 多尔豪斯伯爵詹姆斯·安德鲁·布朗-拉姆西(Earl Dalhousie James Andrew Brown-Ramsay, 1812—1860)，曾于 1848—1856 年担任英国驻印度总督。

③ 凯德斯顿侯爵乔治·内森尼尔·库松(Marquess Kedleston George Nathaniel Curzon, 1859—1925)，曾于 1899—1905 年担任英国驻印度总督。

④ 此句出自莎士比亚作品《哈姆雷特》第一幕第二场，朱生豪译本。

口吻一致的煽动性言论！"

"煽动性言论？"弗罗利说道，"我可没有在煽风点火。我不想缅甸人将我们逐出这个国家。上帝可不允许这么做！和每个人一样，我到这儿来是为了挣钱。我反对的，只是那些狡诈油滑的白人口出胡言，却又装出一副正人君子的模样，实在令人恶心。要不是我们一直生活在一个谎言中，俱乐部那帮该死的傻瓜或许会是勉强能相处下去的伙伴。"

"但系，我的朋友，您生活在什么谎言中呢？"

"还用说吗，当然是我们到这儿来是为了帮助我们可怜的黑兄弟，而不是来洗劫他们这个谎言。我觉得这是个彻头彻尾的谎言，但我们都被这个谎言所蒙蔽，它以种种你根本无法想象的方式侵蚀着我们。我们的内心日日夜夜都在饱受折磨，因为我们一直知道自己是鬼鬼祟祟的骗子。我们打心眼里对本地人抱着兽性。要是我们这些在印度的英国人能坦承自己就是窃贼，不加任何掩饰地继续盗窃下去，或许还不至于那么令人讨厌。"

医生高兴地将拇指和食指夹在一起，"我亲爱的朋友，您的这番言论有个漏洞，"他对自己的言论很满意，微笑着说道，"这个漏洞就系，您们根本不系窃贼。"

"听我说，我亲爱的医生——"

弗罗利在长椅上坐直身子，一半是因为背部的痱子发作了，像有千百根针在扎他，一半是因为他最喜欢的和医生的辩论开始了。他们俩一见面就会对这个带有政治意味的问题进行争辩。辩论的立场完全颠倒了，因为身为英国人的弗罗利坚持反英立场，而身为印度人的医生却狂热地忠于大英帝国。维拉斯瓦密医生热烈地崇拜英国人，即使被英国人呵责无数遍也衷心不改。他总是坚定而热切地指出，身为印度人，他属于下等而堕落的种族。他虔诚地相信英国人代表了公正，即使在监狱里，他必须监督鞭笞或绞刑的实施，回到家时黑黝黝的脸吓得一片死灰，只能以威士忌麻醉自己，他对英国体制的热诚也从未消退。弗罗利煽动性的言论令他十分惊诧，却又带给他一种战栗的喜悦，就像一个虔诚的信徒听到有人倒背出献给上帝的祷文一样。

"我亲爱的医生，"弗罗利说道，"你怎么能否认我们来到这个国家唯一的目的就是盗窃呢？事情就是这么简单。我们的政治体制钳制了缅甸人，让我们的商人将他们的口袋掠劫一空。比方说吧，要是这个国家不是被英国人所统治的话，你觉得我的公司能获得木材合同吗？别的木材公司呢？石油公司呢？矿业公司、种植庄园和贸易商呢？要不是政府在背后作梗，那些稻米之乡的农民怎么会饿得皮包骨头呢？大英帝国是维护英国人贸易垄断的工具——或者说，是犹太人和苏格兰人这两伙人的工具。"

"我的朋友，听您这么说我真系感到难过，真的很难过。您说您们来这里系为了贸易？当然系这样。缅甸人自己能从事贸易吗？他们能制造机械和船只，修筑铁路和公路吗？没有您们他们只会一事无成。如果英国人不在这里的话，缅甸的森林会变成什么样子？它们立刻就会被卖给日本人，日本人会将其砍伐一空，彻底破坏。与之相反，在您们的管理下，森林的情况改善了。您们的商人在开发我们国家的资源，您们的公务员则在教化我们，以纯粹的公共精神，把我们提升到您们的水平。这系多么伟大的自我牺牲精神。"

"胡扯，我亲爱的医生。我们教年轻人喝威士忌和踢足球，这一点我承认，此外就没有什么有价值的东西了。看看我们的学校——都是培养廉价文员的工厂。我们从未帮助过印度人建立起实业，我们不敢，因为我们害怕与你们竞争。我们甚至摧毁了许多实业。现在那些印度穆斯林哪儿去了？四十年代的时候他们能建造纵横四海的船只，而且操纵自如。现在你们根本造不出一艘能出海捕鱼的渔船。十八世纪的时候印度人能铸造火枪，绝对可以与欧洲枪支相媲美。现在呢？在我们来到印度一百五十年后，这片大陆连黄铜弹壳都造不出来了。东方民族里只有那些独立的民族才能获得发展。我就不以日本为例了，但拿暹罗来说吧——"

医生兴奋地摇摇手。争论到了这时他总是会插话（基本上每次讨论都会以同样的模式进行，几乎一字不差。）。发现暹罗这个例子不利于他的辩论。

"我的朋友，我的朋友，您忘了东方人的劣根性了。我们的国民如此冷漠迷信，获得独立能谈何发展呢？至少您们为我们带来了法律和秩序，带来了一以贯之的英国式的公义和大英帝国治下的和平。"

"大英帝国治下的和平，医生，应该是大英帝国治下的瘟疫。说到底，和平是为了谁的利益？只为了放印子钱的人和律师。是的，我们维护了印度的社会安定，为的是我们的利益，但这些法律和秩序归根结底是为了什么？更多的银行和更多的监狱——这就是根本的目的。"

"真系奇谈怪论！"医生嚷嚷着，"监狱难道不重要吗？您们只给我们带来了监狱吗？想想国王锡袍①在位时的缅甸吧，

---

① 锡袍·敏（Thibaw Min，1859—1916），缅甸甘榜王朝（the Konbaung dynasty）末代国王，1878—1885 年在位。

到处系污秽、虐待和愚昧，现在看看您的身边。您只需要从这个凉台往外望——看看那间医院，然后看看右边那座学校和警察局。看看现代文明所带来的欣欣向荣之象！"

"我当然不否认，"弗罗利说道，"在某些方面我们为这个国家带来了现代化，这只是迫不得已。事实上，在我们完全现代化之前整个缅甸的传统文化都会被破坏殆尽。但我们并没有在教化缅甸人，我们只是把自己的泥巴也往他们身上蹭。你所说的这一波现代化的进步会引向何方呢？只会引向我们自己那个堆满留声机和小礼帽的老猪圈。有时候我觉得，再过两百年，所有这一切——"他朝地平线方向扬了扬脚，"——所有这一切将不复存在——森林、村庄、寺庙、佛塔，统统都将消失。取而代之的，是相距五十码的粉色小别墅。你放眼看去的整片山丘都将是延绵不断的别墅，每家每户的留声机放着相同的音乐。所有的森林都将被伐平——被榨成木浆印成《世界新闻报》或被锯成留声机的匣子。但这些树会为自己复仇，就像那个老家伙在《野鸭》中所写的一样。你读过易卜生①的书，是吧？"

"啊，没有，弗罗利先生。噢！您们那位大文豪萧伯纳②对他推崇备至。能读一读相信会系一大乐事。但系，我的朋友，您没有看到的系，您们的文明最糟糕的一面对我们来说也系一种进步。留声机、小礼帽、《世界新闻报》——这些都比东方人的懒怠更加优越。我觉得英国人，即使系最为愚笨的英国

① 亨利克·易卜生(Henrik Ibsen，1828—1906)，挪威剧作家、诗人，现代现实主义戏剧的先驱，代表作有《玩偶之家》、《群魔》等。

② 乔治·萧伯纳(George Bernard Shaw，1856—1950)，爱尔兰作家、剧作家，曾获 1925 年诺贝尔文学奖，代表作有《卖花女》、《华伦夫人的职业》等。

人，就像——就像——"医生在思索该怎么措辞表达，最后想出了一句可能是出自斯蒂文森的话，"就像进步的道路上手持火把的人。"

"我可不这么认为。我觉得他们就像是与时俱进、讲究卫生、自鸣得意的虱子，分散在世界各地修建监狱。他们造了一座监狱，然后将其称为进步。"添完最后一句，他心里很遗憾——因为医生不会理解他的用典①。

"我的朋友，您怎么老系喋喋不休地拿监狱说事儿呢！您的同胞们还做出了其它贡献。他们修筑马路，灌溉沙漠，战胜旱灾，创立学校和医院，医好了瘟疫、霍乱、麻风、天花、淋病……"

"这些疾病可都是他们带来的。"弗罗利插了一句。

"不，阁下！"医生热切地为自己的国民争取这个荣誉，"系印度人把性病带进这个国家。印度人传入了疾病，而英国人治愈了疾病。您的悲观情绪和煽动性言论可以休矣。"

"医生，我们从来不能达成一致。事实上，你赞同一切现代化的进步，而我却对这些感到有点悲观。我觉得，国王锡袍时代的缅甸或许更适合我。正如我以前所说的，如果我们真的是在传播教化，那只是因为我们希望获得更大的回报。要是没有回报的话，我们立马就会收手不干。"

"我的朋友，您可不系这么想的。如果您真的对大英帝国不满，您就不会私底下在这里和我谈话了，您会站在屋顶大声向世人宣而告之。我很了解您，弗罗利先生，比您自己更了

---

① 可能指罗马政治家塔西佗的一句名言："他们造了一片沙漠，然后将其称为和平。"

解您。"

"对不起，医生，我不敢站在屋顶大声向世人宣而告之，是因为我没有那个胆量。'耽于不光彩的闲逸。'就像《失乐园》里的魔鬼贝利尔。这样会安全一些。在这个国度，要么你得当个白人老爷，要么就只能死掉。过去十五年来，你是唯一一个我能坦诚相对的人。和你在这里谈心让我很放松，就像偷偷摸摸在进行黑弥撒仪式，如果你能明白我的心思。"

这时外面传来了一声悲鸣。那个在欧洲人教堂看更的印度人老玛图正站在凉台下面的日头里。他上了年纪，经常发烧，看上去不成人样，更像只蚱蜢，身上只披着几平方英寸的破布。他在教堂旁边用压扁的煤油桶搭了一间小茅屋，有时一见到欧洲人就会匆忙跑上前，深深地鞠躬行礼，哀叹抱怨他的"津贴"一个月只有十八卢比。他可怜巴巴地抬头望着凉台，一只手抚摩着肚子土褐色的皮肤，另一只手做出把食物放进嘴里的动作。医生从口袋里摸出一个四亚那的硬币，扔到凉台的栏杆边。他是出了名的善人，乔卡塔所有的乞丐都到他这儿来讨钱。

"看看那边那个堕落的东方人。"医生指着玛图，他正像一只毛毛虫那样蜷起身子，发出感激的呼唤，"看看他那可怜的四肢，他的小腿还没有欧洲人的手腕那么粗。看看他系多么奴颜婢膝。看看他系那么无知——在欧洲只有精神病院才有这样的人。有一次我问他几岁了，'先生，'他回答，'我想我十岁了。'弗罗利先生，您怎么能否认您们生来就系更优秀的人种呢？"

"可怜的老玛图，现代化的进步浪潮似乎把他给抛下了。"弗罗利朝栏杆外也扔出一个四亚那的硬币，"去吧，玛图，把钱拿去买酒。尽情堕落吧，延缓乌托邦的到来。"

"啊哈，弗罗利先生，有时候我觉得您所说的只不过系为了——该怎么说来着？——逗我玩儿呢。英国人真系幽默。众所周知，我们东方人缺乏幽默感。"

"那你们真够走运。就是这该死的幽默感把我们给毁了。"他打了个呵欠，把双手放到脑后，玛图又嘟囔了几句感恩戴德的话，然后蹒跚着走开了。"我想我得走了，待会儿这该死的日头就升高了。今年热得要命，从骨子里就能感觉得出来。好了，医生，我们吵了这么久，我还没问你近来怎么样呢。昨天我才刚从森林里回来，后天又得回去了——也不知道会不会回去。乔卡塔发生了什么事情呢？出了些什么丑闻呢？"

医生的脸色顿时严肃起来。他摘下眼镜，那双黑漆漆水汪汪的眼睛就像拾物犬的眼睛一样。他移开视线，说话时声音有点迟疑。

"事实上，我的朋友，有一件极其不愉快的事情正在发生。可能您会一笑置之——这件事听起来没什么——但我遇到了大麻烦。或者说，我就要大难临头了。这系一场阴谋。你们欧洲人从未听说过这样的事情。在这个地方——"他朝集市挥了挥手，"总系充斥着您闻所未闻的阴谋和算计。而对于我们来说，这些阴谋和算计实在系太可怕了。"

"到底发生什么事了？"

"事情系这样的。有人在密谋对付我。最最恶意的阴谋，准备抹黑我的品行，让我在官场一败涂地。作为英国人，您系不会明白这些事的。地方法官吴柏金，可能您不认识，我惹上了这个人。他系非常危险的人物，能对我造成莫大的伤害。"

"吴柏金？他是谁？"

"那个胃口很好的大胖子。他的家就在路的那头，离这儿一百码远。"

"噢，那个胖乎乎的恶棍？我了解这个人。"

"不，不，我的朋友，不，不！"医生急切地说道，"您怎么会了解他呢？只有东方人才能了解他。您系英国绅士，不能和吴柏金那种人一般见识。他不仅系个恶棍——我该怎么说呢？我不知道该如何表达。我觉得他系条披着人皮的鳄鱼，就像鳄鱼一样狡猾、残忍、暴虐。如果您了解他的话，就会知道他劣迹斑斑！他犯下了那么多令人愤慨的暴行！敲诈勒索，收受贿赂！他糟蹋了许多女孩，就在她们的母亲面前将其强暴！啊，一位英国绅士怎么能想象得出会有这样的人。而就系这个人发誓要做掉我。"

"有很多人告诉过我关于吴柏金的事情。"弗罗利说道，"他似乎就是缅甸地方法官的写照。有一个缅甸人告诉我，在战争期间吴柏金忙于招兵买马，他的众多私生子组建了一支私人部曲。这是真的吗？"

"可能不系这样，"医生说道。"因为他那些私生子年纪还小。但他的确系个恶棍。现在他决心要对付我。他痛恨我，因为我知道太多关于他的事情。而且，任何正直的人士他都视为眼中钉肉中刺。这种人的手段就系造谣中伤。他会散布诋毁我的谣言——对我进行最骇人听闻的恶意诽谤。现在，他已经开始动手了。"

"但是，真会有人相信像他那种人对你的诬蔑吗？他只是一个下等的法官，而你是政府高官。"

"哎，弗罗利先生，东方人的权谋诡计您系不会明白的。

吴柏金做掉过比我官职更高的人。他自有一套办法让别人相信他。因此，哎，这下我可大难临头了！"

医生在凉台来回踱了几步，拿着手帕擦拭着眼镜。显然，有一些更为难的事情让他难以启齿。他看上去是那么苦恼，弗罗利几乎想开口问他能不能帮点忙，但他没有开口，因为他知道东方人之间的明争暗斗自己根本帮不上忙。没有一个欧洲人能够了解这些斗争内部的真相，总是有一些事情是欧洲人的头脑所无法参透的。一个阴谋套着另一个阴谋，一条诡计连着另一条诡计。而且，白人老爷们奉行的十诫中有一条就是，置身"土著人"的斗争之外。他疑惑地问道："你在为难什么呢？"

"系这样的，要系——啊，我的朋友，我觉得你会嘲笑我的。但事情系这样的：要系我能成为你们欧洲人俱乐部的一员就好了！但这只系我的一厢情愿。我的地位将会完全不一样了！"

"俱乐部？为什么？那能帮到你什么呢？"

"我的朋友，在阴谋斗争中，名望就系一切。吴柏金不会正面攻诘我，他没那个胆量。他只能在背后诋毁中伤我，而他所说的会不会被相信，完全依赖于我与欧洲人的关系。这种事情在印度非常普遍。如果我们拥有名望，我们就能平步青云，如果我们失去名望，就会一败涂地。一个点头、眨眼或手势就足以比一千份官方报告更有成效。您不知道，对于一个印度人来说，成为欧洲人俱乐部的一员能带来莫大的名望。进了俱乐部，他就等同于一个欧洲人。任何中伤毁谤都不能伤他一根寒毛。俱乐部会员系神圣不可侵犯的人。"

弗罗利望着凉台栏杆的那头，站起身似乎要离开。事情已经挑明了，医生无法成为俱乐部的一员，就因为他是黑皮肤的人种，这让弗罗利觉得很惭愧，心里很不舒服。医生是他的密友，但在社会地位上却低他一等，这件事令人觉得很不痛快，但在印度这是天经地义的事情。

"或许，下次全体大会的时候他们会选举你为会员。"弗罗利说道，"虽然不是很肯定，但也并非不可能的事情。"

"弗罗利先生，我希望您不会以为我系在恳求您提名我入俱乐部。上帝可不允许这么做！我知道这对您来说系不可能的事情。我只系在说，假如我能成为俱乐部的一员，我的地位将稳如泰山——"

弗罗利将他那顶毡帽歪歪斜斜地戴在头上，用手杖把弗洛敲醒，它在椅子底下睡着了。弗罗利觉得心里很不舒服。他知道假如他能有勇气和埃里斯针锋相对地吵一架，或许他就能保举维拉斯瓦密医生进入俱乐部。毕竟，维拉斯瓦密医生是他在缅甸唯一的朋友。他们一起谈天辩论不下上百次，维拉斯瓦密医生到他家里吃过饭，维拉斯瓦密医生甚至提过要向妻子介绍自己——但她是个虔诚的印度教信徒，惊慌地拒绝了。他们一起打过猎——医生背着子弹带和猎刀，气喘吁吁地爬上竹叶青青的山坡，四处开枪却什么猎物也打不到。于情于理，他都应该支持维拉斯瓦密医生。但他知道医生不会开口要他帮忙，而且要让一个东方人进俱乐部肯定得吵翻天。不，他无法和人吵架！这样做不值得。他说道：

"说老实话，关于这件事我们已经谈过了。今天早上他们还谈起了这件事。那个混蛋埃里斯还是一口一个'脏兮兮的黑鬼'。麦克格雷格提过要选举一个本地人进入俱乐部，我想他是奉命行事。"

"系的，我也听说了。这些事情我们都听说了，所以我才会有那个想法。"

"六月份开全体大会时就会讨论这件事。我不知道会是什么结果——我想，一切都取决于麦克格雷格。我会投你一票，但这就是我所能尽的最大努力。我很抱歉，但忙我只能帮到这儿。你不知道，到时俱乐部里会大吵大闹起来。他们可能会选你入会，但他们都觉得这只是令人倒胃的义务，而且还会提出抗议。他们狂热地希望保持这个俱乐部里是，用他们的话说，'清一色白人'。"

"系的，系的，我的朋友！我完全明白。您可千万不要为了我而和您的那些欧洲朋友起矛盾！大家都知道您系我的朋友，这已经给我带来很多好处了。弗罗利先生，名望就像气压计。每一次别人看到您到我家来，那根水银柱就往上升了半度。"

"嗯，那我们可得让气压计保持在'晴朗稳定'的刻度上。恐怕我能为你做的就只有这么多。"

"这样就够了，我的朋友。说到这里，有件事我得提醒您，虽然我知道您会笑我。您自己可得当心吴柏金。提防那条鳄鱼！他知道您和我系朋友，他一定会对付您的。"

"好的，医生，我会提防那条鳄鱼的，但我想不出他能怎么伤害我。"

"至少他会试一下。我了解他。他的策略就系分化我的朋友。或许，他甚至敢散布关于你的谣言。"

"关于我的谣言？老天爷啊，没有人会相信那些话的。我是罗马公民。①我是个英国人——没有人会怀疑我。"

---

① 原文是意大利文 "Civis Romanus sum"，是古罗马演说家西塞罗的名言。1850 年帕尔默斯顿爵士亨利·约翰·滕普(Lord Palmerston Henry John Temple，1784—1865，曾两度担任英国首相)在国会大厦演讲时曾引用此句，表示大英帝国将在全世界范围内保护每一个英国公民。

"不管怎样，一定要提防他的造谣中伤，我的朋友。千万别低估了他。他知道如何打击你。他系条鳄鱼啊。就像鳄鱼那样——"医生栩栩如生地将拇指和食指合拢起来，扮出鳄鱼的样子——"就像鳄鱼那样，它总系会攻击最脆弱的软肋！"

"鳄鱼总是会攻击最脆弱的软肋吗，医生？"

两人都笑了。他们关系很亲密，有时候会取笑一番医生蹩脚的英语。或许，在医生的内心深处，他觉得有点失望，因为弗罗利没有答应提名他进俱乐部，但他宁愿死也不会说出口。弗罗利很高兴能避开这个令他心里不痛快的话题，他希望这个话题从未被提起过。

"好了，我真的得走了，医生。可能我不能再和你见面了，再见。我希望全体大会时一切顺利。麦克格雷格不是老顽固，我敢保证他会提名选举你的。"

"希望如此，我的朋友。要系那样的话，一百个吴柏金我也不用怕了。一千个也不怕！再见，我的朋友，再见。"

弗罗利戴上毡帽，穿过炎热的练兵场回家去，准备吃早饭。今天上午喝了酒，抽了烟，又发生了这些个谈话，他一点胃口也没有。

第四章

弗罗利只穿着黑色的掸族长裤躺在汗淋淋的床上睡着了。一整天他无所事事，每个月他有三个星期呆在伐木营地，然后来乔卡塔住上几天，主要是为了放松，因为这里只有非常轻松的案牍工作要去完成。

卧室很宽敞，方方正正，墙壁贴着白色的石膏板，门廊是开放式的，没有铺天花板，只有横梁，几只麻雀在上面筑了窝。房间里的家具很简单，一张大床支着四根杆子，吊着一面折叠天篷一样的蚊帐。此外还有一套柳条桌椅、一面小镜子和几个简陋的书架，上面摆着几百本书，全都因为经年的雨季潮湿发霉了，长满了书蠹。一只壁虎巴在墙上，扁扁的身子一动不动，就像是一条身上带着条纹的龙。在凉台的飞檐上，日光就像闪烁着光芒的白油滴落进屋内。几只鸽子在竹林中发出单调的咕咕声，听起来倒是很符合这么个大热天——令人昏昏欲睡，但感觉就像被氯仿熏得昏昏然，而不是听着摇篮曲入睡的那种感觉。

在两百码外的麦克格雷格先生的府邸，管家就像活闹钟一样准时在铁栏杆上敲了四下。弗罗利的仆人哥斯拉被吵醒了，走进厨房，将柴火剩下的余烬吹着起来，烧了一壶水泡茶，然后戴上他那条粉红色的头巾，穿上一件棉布长袖衬衣，用盘子端着茶放在主人的床边。

哥斯拉（他的本名是毛桑赫拉，哥斯拉是缩略的名字）是缅甸人，个头矮小，肩膀很平，相貌淳朴，皮肤黝黑，神情看上去很倦怠。他蓄着倒垂在嘴角边的黑色八字胡。不过，和大部分缅甸人一样，他嘴巴下边没有胡子。自从弗罗利第一天到缅甸，哥斯拉就一直服侍他。两人的岁数只相差一个月。一起度过了少年时期，一起肩并肩打鹬鸟和野鸭，一起坐在狩猎台上等候从来没有出现的老虎，一起挨过野营和行军的苦头，哥斯拉还帮弗罗利拉皮条，帮他向放高利贷的中国人借钱，当他喝醉的时候抱他上床，在他发烧的时候照顾他。在哥斯拉的眼中，弗罗利仍像一个小男孩，因为他还是个单身汉。哥斯拉已经结婚了，有五个孩子，而且还结了两次婚，成为被两个老婆折磨的可怜人。和所有单身汉的仆人一样，哥斯拉又懒又脏，但他对弗罗利忠心耿耿。他不让别人服侍弗罗利，自己服侍他吃饭，帮他扛枪，在他上马的时候扶稳马头。出门的时候，如果遇到一条小溪，他会背着弗罗利蹚过去。他对弗罗利呵护备至，一部分原因是他觉得弗罗利很孩子气，容易受骗；另一部分原因是那块胎记，他觉得那是一个不祥之物。

哥斯拉悄无声息地放下茶盘，然后绕到床尾挠着弗罗利的脚趾。他知道只有这样才能叫醒弗罗利，又不至于令他心情不好。弗罗利打了个滚，骂骂咧咧地把额头埋进枕头里。

"四点了，至圣的主人，"哥斯拉说道，"我准备了两个茶杯，因为那个女人说她要过来。"

那个女人指的是玛赫拉梅，弗罗利的情妇。哥斯拉总是叫她"那个女人"，以此表示心中的不满——他并不是不赞同弗罗利包养情妇，但他很嫉妒玛赫拉梅在家里的地位。

"圣主今天傍晚去打网球吗？"哥斯拉问道。

"不，天气太热了。"弗罗利回答，"我没胃口吃东西。把这讨厌的东西拿走，拿威士忌来。"

哥斯拉听得懂英语，但不会说。他端来一瓶威士忌，还有弗罗利的网球拍，故意摆在床对面的墙边。在他看来，网球是英国男人从事的一种神秘的宗教仪式，他不希望主人在傍晚的时候无所事事。

弗罗利厌恶地把哥斯拉拿来的面包和黄油推到一边，往茶杯里倒了些威士忌，混着茶水一起喝下去，感觉好受了一些。他从中午一直睡到现在，全身的骨头和脑袋都在作痛，嘴里似乎有一股烧纸的味道。他已经有好几年没有好好吃过一顿饭了。在缅甸，所有的欧洲食物都令人倒胃口——软趴趴的面包是用棕榈汁发酵的，吃起来就像变味的一便士小面包；黄油和牛奶只有罐头，要不就是送奶工送来的灰蒙蒙像水一样的稀液。哥斯拉离开了房间，外面传来凉鞋的拖地声。一个缅甸女孩尖声说道："我的主人醒了吗？"

"进来吧。"弗罗利没好气地说道。

玛赫拉梅在门口踢掉脚上涂着红漆的凉鞋，走进房间。作为某种特权，她可以服侍弗罗利吃茶点，但其它几顿饭轮不到她，而且主人在的时候她不能穿着凉鞋。

玛赫拉梅大概二十二三岁，约莫有五尺高，身穿一件淡蓝色的中国绸缎刺绣笼基和一件浆硬的白色棉布衬衣，上面挂着几件金饰。她的头发打了个结实的发髻，看上去像一块黑檀木，上面插了几朵茉莉花。她的身材小巧苗条，而且没有曲线，就像是一棵树上浮雕出的人形。她那张文静的鹅蛋脸呈古铜色，长着一双丹凤眼，看上去就像一具充满异域风情又美得出奇的洋娃娃。她走进房间，带来一股檀香和椰子油的味道。

玛赫拉梅走到床边，坐在床沿，双臂突然抱住弗罗利，用扁扁的鼻子闻着他的面颊——这是缅甸人的风俗。

"为什么今天下午主人不找我呢？"她问道。

"我睡着了。天气太热了，不适合干那种事情。"

"您愿意自个儿睡觉也不愿意让玛赫拉梅陪您？您一定觉得我很丑！我丑吗，主人？"

"走开啦，"弗罗利推着她的背，"这个钟点我没心情。"

"至少，用您的嘴唇碰我吧。（缅甸语里没有"亲吻"这个词。）所有的白人都会对自己的女人做这个。"

"你烦死了。让我一个人静一静。拿烟来，给我点一根。"

"这些天您为什么不想和我做爱了呢？啊，两年前可不一样！那时候您那么爱我。您从曼德勒给我买金手镯和丝绸笼基。现在，您瞧瞧……"玛赫拉梅伸出一根纤细的、裹着棉布的胳膊，"一个手镯也没有了。上个月我还有三十个，现在全部都当掉了。没有手镯我怎么能去巴扎集市呀？而且还一遍又一遍地穿着同样的笼基？在别的女人面前我觉得好丢脸哦。"

"你当掉自己的手镯怎么能怪我呢？"

"两年前您一定会帮我把它们赎回来的。啊，您不爱玛赫拉梅了！"

她又搂着弗罗利，亲吻着他，这是他教她的欧洲人的习惯。她的身上散发着一股夹杂着檀香、大蒜、椰子油和茉莉花香的味道。这股味道总是令他的牙齿发麻。他心不在焉地把她的头摁倒在枕头上，看着她那张古怪而年轻的脸。她的颧骨很高，一双丹凤眼，嘴唇小巧而精致。她的牙齿很漂亮，就像猫咪的牙齿一样。两年前他花了三百卢比从她父母那里买下了她。他抚摸着她棕色的脖子，似乎从那件无领的衬衣里面长出了光滑柔软的茎梗。

"你爱我只是因为我是个有钱的白人。"他说道。

"主人，我爱您，我爱您胜于世上的任何事物。为什么您要这么说？我一直忠于您，难道不是吗？"

"你有个缅甸情人。"

"呸！"玛赫拉梅装出不寒而栗的样子，"想到他们那可怕的棕兮兮的手抚摸我！我宁愿死也不会让一个缅甸男人碰我！"

"骗子。"

他把手放在她的胸脯上。玛赫拉梅自己并不喜欢这样，因为这让她感觉到自己鼓胀的胸脯——理想的缅甸女人应该是平胸的。她躺在那儿，任他为所欲为，但看上去很开心，微微地笑着，像一只允许别人抚摩它的猫咪。其实她对弗罗利的爱抚并没有感觉（哥斯拉的弟弟巴沛是她的秘密情人），但他不理会她时她却会觉得很痛苦。有时她甚至在他的饭菜里放春药。她想要得到的，是悠闲的情妇生活和衣锦还乡的派头，她炫耀自己作为"博卡度"的地位——白人的妻子。她瞒骗了所有人，包括她自己，说她是弗罗利的合法妻子。

弗罗利完事后，转过身子，觉得倦怠而羞愧，躺在床上一言不发，左手遮住那块胎记。当他做了某件羞愧的事情后，他总会记起这块胎记。他厌烦地把脸埋在枕头里，上面很潮湿，而且带着一股椰子油的味道。房间里闷热难耐，外面的鸽子仍在咕咕咕地叫个不停。玛赫拉梅光着身子蜷在弗罗利身边，从桌子上拿过来一把柳条扇，温柔地给他扇风。

然后她起床穿衣，点着一根香烟，然后回到床边，坐下来轻轻摩挲着弗罗利的肩膀。他白皙的肤色让她充满了迷恋，因为那是一种奇怪的肤色，而且对她来说象征着权力。但弗罗利缩了缩肩膀，把她的手抖开。在这个时候，他觉得她很可怕，令人反胃，心里只想着不要看见她。

"出去。"他说道。

玛赫拉梅从嘴里拿下香烟，递给弗罗利，"为什么主人和我做完爱之后总是对我气冲冲的？"她问道。

"出去。"他重复了一遍。

玛赫拉梅继续抚摸着弗罗利的肩膀。她一直不懂得在这种时候让他一个人静一静。她相信色欲是一种能让女人驾驭男人的巫法，她可以将他变成半痴呆的奴隶。每一次拥抱爱抚都会侵蚀弗罗利的意志，增强她的巫咒——这就是她的信念。她开始挑逗他，想让他再展雄风。她放下香烟，一把搂紧他，想把他转过身，亲吻他那张见不得人的脸庞，责备他的冷淡。

"走开，走开！"他生气地说道，"去我短裤的口袋里看看，里面有钱。拿五卢比然后走人。"

玛赫拉梅找到了那张五卢比的纸钞，塞到衬衣的胸襟里，但她还不肯离开，在床边徘徊着，惹得弗罗利最后气急败坏地跳起来。

"离开这个房间！我说过让你离开。现在我完事了，我不想你在这里！"

"您怎么用这种语气对我说话呢？您这样对我，就像我是妓女一样！"

"你就是妓女。你出去！"他推着她的肩膀把她赶了出去，在她身后把她的凉鞋踢给了她。两人的见面总是以这种方式结束。

弗罗利站在卧室中间，打了个呵欠。他还是得去俱乐部打网球吗？不，去打网球就得刮胡子，除非他喝上几杯，否则他没有勇气去刮胡子。他摸着胡子拉碴的下巴，懒洋洋地走到镜子前，然后转过头去。他不想看到镜中那张瘦削凹陷、皮肤发黄的脸，那张脸正回视着自己。他四肢松松垮垮地站了几分钟，看着那只壁虎在书架上追踪一只飞蛾。玛赫拉梅留下的那根烟还在燃烧，烟纸烧焦了，发出刺鼻的气味。弗罗利从书架上取下一本书，翻开后又厌恶地扔到一边。他根本没有心思读书。噢，上帝啊，上帝啊，这个该死的漫漫长夜该如何度过？

弗洛摇摇摆摆地走进房间，晃着尾巴要主人带它去散步。弗罗利阴沉着脸走进与卧室相连的铺着石板的浴室，用微温的水冲了冲身子，穿上衬衣和短裤。在太阳下山之前他得去做做运动。在印度，要是一天不出身汗是极其可怕的事情，比一千次荒淫更会带来罪恶感。如果一个人整天无所事事，到了深夜那种倦怠感就会达到高潮，让人变得疯狂，甚至想自杀。工作、祈祷、读书、喝酒、聊天——都无法驱走这种倦怠感，只能通过流汗，从毛孔中将其排出。

弗罗利走出门外，顺着上山的小径走进丛林里。一开始时周围是低矮的树丛和发育不良、严严实实的灌木丛。这里的树木只有半野生的芒果树，结着渗出松节油气味的梅子大小的果实。接着，道路两旁生长着高一些的树木，密密麻麻地长在一块儿，在这个时候，树木都萎蔫着，了无生机，叶子呈现灰暗的橄榄绿色。林子里看不到其它鸟类，只有几只惹人嫌的棕色画眉鸟，在灌木丛下笨拙地跳来跳去。远处，另一只鸟在叫唤着，"啊哈哈！啊哈哈！"——叫声孤单而空洞，就像笑声的回音。被踩碎的树叶散发出藤蔓一样让人恶心的味道，天气还是很热，但日头已经没那么毒了，斜照的光芒是黄色的。

走了两英里远，小路被一条清浅小溪的浅滩截断。由于溪水的滋润，这里的树木更加青翠，长得也高一些。溪边有一棵已经死掉的巨大的彬加都树，树干上长满了蜘蛛一样的兰花，还有几丛青绿色的野灌木，开出了蜡白色的花朵，花香浓烈，味道像佛手柑。弗罗利走得很快，汗水浸湿了他的衬衣，滴入他的眼睛，感觉很刺痛。流了汗他感觉舒服了一些。而且，看到这条小溪总是让他顿时心情开朗。溪水很清冽，在这个到处泥泞的国度非常罕见。他踩着石头蹚过小溪，弗洛跟在他身后，溅着水花。他拐进一条认识的小径，顺着它可以穿过灌木丛。这条小径是牛群踩出来的，它们过来溪边喝水，没有几个人知道有这么一条小径。往上游走五十码就是一个水潭。这里长着一棵菩提树，足有六英尺宽，就像一面墙壁一样，无数条木纹纵横交错，就像有一个巨人将树干拧成了麻花。树根处有一个凹洞，蓄着绿色的水，冒着泡泡。树干茂密的叶子遮天蔽日，似乎营造出一个以叶子为墙的绿色洞窟。

　　弗罗利脱掉衣服，走进水潭里。水里要比周围的空气凉爽得多，他坐下的时候水才漫及他的脖子。一群群个头还没有沙丁鱼大的印度鲃鱼游过来嗅着叮着他的身子。弗洛也跳进水里，一声不吭地游起了泳，伸展着四肢，看上去像一只水獭。它很熟悉这个水潭，因为弗罗利在乔卡塔时经常带它来这里。

　　菩提树的高处起了一阵骚乱，响起了一阵像锅子烧开时的咕嘟声。一群绿色的鸟栖息在树上，吃着树上结的浆果。弗罗利仰头看着绿色的树冠，想辨认那些鸟，但根本看不见它们在哪里，因为它们和树叶浑然成为一体。但是，有了这些鸟，整棵树顿时充满了生机，微微闪烁着，似乎鸟儿的幽灵在摇晃着树冠。弗洛靠在树根上，朝那些看不见的鸟吠叫着。接着，一只绿色的鸽子扑腾着翅膀飞了下来，栖息在较矮的树枝上，它不知道自己正被窥视着。它是一只柔弱的鸽子，比家鸽要小一些，浅绿色的背就像天鹅绒一样柔滑，脖子和胸部五彩斑斓，而两只鸟腿就像牙医所使用粉红色的蜡块。

那只鸽子在树枝上来回踱着步子，将胸部的羽毛鼓胀起来，以珊瑚色的嘴喙清理着羽毛。弗罗利心里觉得很痛苦。孤独，孤独，孤独是多么痛苦！在这寂静的森林里，他总是会遇到这些漂亮得难以用言语形容的事物——小鸟、鲜花、树木——而要是有人能和他一起分享该有多好。没有人一起分享的美又有什么意义，要是有一个人，就一个人，分担他的寂寞就好了！突然，那只鸟看到下面的人和狗，一跃飞到空中，扑腾着翅膀像子弹一样嗖地飞走了。能在这么近的距离观察活着的绿鸽是很罕见的事情。它们飞得很高，栖息在树冠上，只有在喝水的时候才会飞到地上。如果开枪射它们，要是它们没被当场击毙的话，会一直躲在树枝上慢慢死去，直到开枪的人失去耐心走开后，才从树枝上掉下来。

弗罗利走出水潭，穿上衣服，重新蹚过那条小溪。他没有顺着原路回家，而是沿着南边的小路走进森林，想绕路经过森林边的一座村庄回家。弗洛在灌木丛里钻进钻出，长长的耳朵被刺扎中的时候就会大吠一通。它曾经在这里发现一只兔子。弗罗利走得很慢，烟斗的烟笔直地往上冒。散完步泡完水后他觉得很开心宁静。现在天气凉爽一些了，只是在几处树荫较厚的地方热气还没有完全散去，而且日头温和了许多。远处传来牛车的车轮平和的、吱嘎吱嘎的转动声。

很快他们就在丛林中迷路了，枯树和纠缠不清的灌木丛仿佛变成了迷宫。他们来到了一条绝路，巨大的、叶兰一样的植物拦住了去路，长长的叶子上面长满了尖刺。在灌木丛的底部，一只萤火虫闪烁着绿光，枝叶繁茂的地方光线已经开始变得昏暗。牛车车轮的声音靠近了一些，走在一条和他们平行的道上。

"嘿，师傅，师傅！"弗罗利叫嚷着，拽着弗洛的颈圈，不让它跑开。

"什么人？"那个缅甸人回了一句。那边传来了牛蹄踩地的声音，那个人朝拉车的牛喊了几声。

"请你过来一下。尊敬而博学的先生！我们迷路了。请等一会儿，噢，伟大的佛塔建造者！"

那个缅甸人下了牛车，跋涉进了丛林，用砍刀将藤蔓砍掉。他是个矮矮胖胖的中年人，只有一只眼睛。他领着弗罗利回到道路上，弗罗利登上那辆不舒服的平板牛车。那个缅甸人挽着缰绳，朝牛叫唤一声，用短鞭朝它们的尾巴根部抽了一下，牛车的车轮嘎吱一声，开始慢慢挪动。缅甸人很少给牛车的轴承上油，或许是因为他们相信这样的尖叫能驱赶邪灵。但当有人问他们为什么不给轴承上油时，他们却会说是因为他们太穷了，买不起润滑油。

他们经过一座涂着白石灰的木佛塔，佛塔还不到一人高，一半被隐藏在藤蔓的卷须里。然后，小路蜿蜒着通往村庄，路上有二十几座破败的木屋，用茅草盖了屋顶，每座屋子后面种了几棵没有结果实的枣椰，挖了一口井。在枣椰树上筑了巢的几只白鹭像白色的箭头一样飞了回来。一个黄皮肤的肥胖妇人穿着笼基，在腋窝下打了个结，正绕着一间小屋拿着竹子追打一只狗，一边哈哈大笑，而那只狗似乎也在笑个不停。这个村子名叫尼仰格勒宾——意为"四菩提"。现在村子里没有菩提树了，或许在一个世纪前就被砍伐掉，被人遗忘了。村民们靠种植位于森林和小镇之间的一块狭长的田地为生，做牛车然后拉到乔卡塔贩卖。房子的周围堆放着牛车的车轮，每一个都很大，直径约有五尺，辐条很粗糙，但做得很坚固。

弗罗利跳下牛车，给了那个车夫四个亚那。从房子后面跑来几只花斑杂种狗朝弗洛吠着，一群腆着肚子、赤身露体的孩子，头发都打了个发髻，也跑了出来，看到白人觉得很好奇，但不敢走近。村里的头人是个枯瘦黝黑的老人，从他的房子里走了出来，村民们都朝他欠身合十示意。弗罗利在头人的房子台阶上坐了下来，重新点着烟斗。他渴了。

"您家的井水可以喝吗，老人家？"

头人听明白了，用右脚的大拇指挠着左脚的脚腓，"谁想喝都可以喝，德钦①。不想喝的人也可以不喝。"

"啊，这就是智慧。"

那个刚刚在追着狗打的胖女人拿了一个黑漆漆的陶土茶壶和一个没有把手的茶碗过来，给弗罗利倒了些淡淡的绿茶，闻起来有一股柴火味。

"我得走了，老人家。谢谢您的茶水款待。"

"愿神明与你同在，德钦。"

弗罗利沿着一条通往练兵场的小路回到家里。天黑了。哥斯拉换上了一件干净的棉布衬衣，正在卧室里等候着。他烧了两桶热水，点着了汽油灯，为弗罗利摆好了一套干净的外衣和衬衣。干净的衣服是暗示弗罗利得刮胡子，换身衣服，吃完饭后去俱乐部。有时候弗罗利会穿着掸族的长裤坐在椅子上看书

---

① 德钦，缅甸语中对有身份的人的敬语，相当于"阁下"、"足下"。

打发一夜，但哥斯拉对这个习惯嗤之以鼻。他不喜欢看到主人的行为举止与其他白人不同。如果弗罗利去俱乐部，他经常会喝得醉醺醺地回来，而如果他呆在家里，他会保持清醒，但哥斯拉的看法还是没有改变，因为喝醉酒对于白人来说是很正常而且可以原谅的事情。

"那个女人去了巴扎集市。"他高兴地说道。当玛赫拉梅不在家里时他总是很高兴。"巴沛提着灯笼出去了，等她回来后会照顾好她。"

"好的。"弗罗利回答。

她一定是拿着五卢比去赌钱了。

"主人，您的洗澡水准备好了。"

"等一下，我们先把狗料理好。拿梳子来。"弗罗利说道。

两人一起蹲在地板上，梳理弗洛丝绸般光滑的毛发和脚趾间的虱子。这是每天晚上的例行公事。白天它的身上会惹来很多虱子，这些可怕的灰色虫子大约只有针头大小，会寄居在它身上，贪婪地吸血，直到膨胀到豌豆般大小。每取下一只虱子，哥斯拉会把它放在地板上，用脚拇指头将其碾碎。

接着，弗罗利刮了脸，洗了澡，换上衣服，坐下来吃饭。哥斯拉站在他的椅子后面，给他递菜，用柳条扇给他扇风。在小饭桌的中间他摆放了一碗鲜红的木槿花。饭菜徒有其表，而且脏兮兮的。那个"装腔作势的"聪明厨子是几个世纪前法国人在印度训练的仆人的后代，会做很多西洋菜式，但没有一道可以入口。吃完晚饭后，弗罗利到俱乐部打桥牌，并喝得酩酊大醉。这就是他在乔卡塔时几乎每晚的消遣。

第五章

虽然在俱乐部喝了威士忌，那天晚上弗罗利还是睡不着。那些杂种狗一直在对着月亮吠个不停——那只是一轮新月，到了午夜就差不多西沉了，但那些狗在炎热的白昼睡了一整天，开始了吠月大合唱。有一只狗看弗罗利的房子不顺眼，赖在那儿不走，有节奏地吠个不停。它就蹲坐在离大门五十码远的地方，发出尖利愤怒的嗥叫，一次长达半分钟，就像时钟一样有规律。它会一直叫上两三个钟头，直到公鸡开始打鸣。

弗罗利辗转反侧，头疼欲裂。某个傻瓜说过人不会憎恨动物，他应该在印度呆上几晚，听听那些狗朝月亮吠叫。最后弗罗利实在是受不了了。他起身在床底下的锡壳军服箱里找出一把步枪和几颗子弹，走到凉台那里。

新月照得四周很亮。他看得见那只狗，也看得见他的准星。他靠在凉台的木柱上，仔细地瞄准那只狗，然后他感觉到硬橡胶做成的枪托抵着自己赤裸的肩膀，心里畏缩着。这把步枪后坐力很大，开枪的时候会留下瘀青的痕迹。他肩膀上柔软的肉在哆嗦着，他放下了步枪。他没有冷血地开枪的勇气。

睡觉是不用指望了。弗罗利穿上外套，拿了几根烟，来到花园小径那里散步，走在影影幢幢的花丛中。天气很热，蚊子发现了他，嗡嗡嗡地跟在他的身后。在练兵场上，隐约可以看到几只狗正在互相追逐。在左边，英国墓地的墓碑闪烁白色的光芒，令人心生寒意。附近有几座荒丘，那些是残留下来的中国人的坟冢。据说山坡上闹鬼，俱乐部的仆人晚上被差使出去时总是会叫苦连天。

"狗杂碎，没有骨气的狗杂碎。"弗罗利在心里念叨着，但并不是很激动，因为他已经习惯了这个想法，"你这个卑鄙无耻、游手好闲、酗酒无度、狼狈为奸、思前想后、自怜自伤的狗杂碎。俱乐部的那些傻瓜，那些你以为自己比他们强的笨蛋——他们每个人都比你强。至少他们光明正大地装疯卖傻，不是懦夫，也不是骗子，不是腐朽堕落的行尸走肉。而你呢——"

他有理由这么责备自己。今天晚上俱乐部里发生了一件龌龊的事情。这种事已经司空见惯，不止发生了一两回，但仍然显得那么肮脏、懦弱、毫不光彩。

弗罗利来到俱乐部时，只有埃里斯和麦克斯韦在那里。拉克斯汀夫妇借了麦克格雷格的车去车站接他们的侄女，她将乘晚班火车抵达。三人玩起了三方桥牌，气氛非常友好。这时威斯特菲尔德进来了，原本淡黄色的脸气得通红。他带来了一份名叫《缅甸爱国者报》的本地报纸。里面有一篇文章中伤诬蔑麦克格雷格。埃里斯和威斯特菲尔德义愤填膺，表现得那么愤慨，弗罗利只能尽量假装生气，让他们感到满意。埃里斯骂了五分钟，然后不知道为什么，一口咬定维拉斯瓦密医生就是这篇文章的幕后黑手，而且他还想好了反击的手段。他们将张贴一份公告——对麦克格雷格昨天张贴出来的公告予以否定。埃里斯立刻用他那手小而清秀的字起草了内容：

"鉴于最近有宵小鼠辈对我们的行政副长官极尽诬蔑中伤之能事，我等在此联名申明立场，拒绝接纳黑鬼成为俱乐部会员云云。"

威斯特菲尔德觉得"黑鬼"这个词用词不妥，将其划掉，改成了"本地人"。这份通知有四个人署名：威斯特菲尔德、埃里斯、麦克斯韦、弗罗利。

埃里斯对这个主意很满意，一腔怒火消失了一半。这份通告并没有任何作用，但消息很快就会传遍整个小镇，明天维拉斯瓦密医生就会收到风声。整个欧洲人社区都会叫维拉斯瓦密医生为"黑鬼"了。这让埃里斯很高兴，整晚他一直看着公告板，每隔几分钟就会高兴地看一遍。"这会让那个大腹便便的小黑鬼得到点教训，呃？让那个小畜生知道我们对他有什么看法。这样一来他们就会安守本分了，呃？"等等等等。

弗罗利在一份侮辱自己朋友的公告上签了名。和他生平所做的其它无数件事情一样，他之所以这么做，是因为他没有半分勇气提出拒绝。当然，如果他愿意的话，他可以拒绝签名，同样地，拒绝当然意味着要同埃里斯和威斯特菲尔德吵上一架。噢，他讨厌吵架！与人争执不休，吵吵闹闹！想到这些他就会畏缩害怕。他能感觉得到自己那块胎记在脸颊上清晰可见，他的声音被憋在喉咙里面，说话时心存愧疚。不要！他宁可侮辱自己的朋友，明知道他的朋友一定会得悉这件事。

弗罗利在缅甸呆了十五年，在缅甸，一个人得学会不去与公共意见作对。但他的苦恼得追溯到比这更久远的历史，自打他在娘胎里就开始了，那时候命运让他的脸上长出了那块蓝色的胎记。他还记得这块胎记给他带来的影响。他九岁时上学，大家都盯着他看，过了几天别的男生给他起了个绰号叫"蓝脸"。这个绰号一直沿用到那个学校诗人（现在弗罗利还记得他，为《国民报》撰写文章，文笔很不错）写出了这么一个对子：

"新丁弗罗利长得像怪物，脸蛋有如猴屁股"。

从此，他的绰号变成了"猴屁股"。接下来的几年，每到星期六晚上，那些岁数大一些的男孩就会进行名叫"西班牙宗教法庭"的游戏。他们最喜欢的虐待手段是找人牢牢地摁住你，那个叫做"特别多哥"的姿势疼得要命，只有几个学长知道该怎么做，然后其他人往绳子上捆一个七叶树的果实鞭打你。不过，弗罗利最后摆脱了"猴屁股"这个绰号。他学会了撒谎骗人，而且足球踢得不错，这两样是在学校里混得开必须会的事情。在最后一学期，他和另一个男孩子摁着那个学校诗人接受"特别多哥"的惩罚，学校足球队的队长用一只带着鞋钉的跑鞋打了他六下，作为对他写十四行诗的惩戒。那是他性格形成的时期。

后来他转学进了一间廉价的三流公立学校。那是一间破败而虚伪的学校，东施效颦地模仿一流公立学校设立了圣公会高教派的传统，举办板球运动和拉丁诗歌课程，还有一首校歌，名为《生命的竞争》，歌词将上帝塑造为板球的裁判员。但这间学校根本没有一流公立学校的精神，也缺乏求学向上的气氛。男孩子们几乎没有学到任何东西。体罚不足以让他们囫囵吸收那些呆板的课程所传授的垃圾，而且你根本不能指望那些酬劳微薄可怜兮兮的老师们能"润物细无声"。毕业的时候，弗罗利仍是个野蛮的愣头青，但就算是这样，他也知道自己蕴含着某种可能性，很可能会带来麻烦的可能性。当然，他把这些冲动压抑在心里。被人叫了那么多年"猴屁股"，他学会了忍耐。

来到缅甸的时候他还不满二十岁。他的父母都是好人，而且很宠爱他，帮他在一家木材公司谋了份差事。这份工作得来可不容易，他们付了一大笔顾问费，几乎破产了。但弗罗利对他们的回报却是几个月才漫不经心地给他们回一次信。在缅甸的头六个月他呆在仰光，学习处理办公室的业务。他和另外四个年轻人住在一间"集体寝室"里，那四个年轻人只知道肆意纵欲，那真是堕落荒唐的生活！他们狂喝滥饮私底下很讨厌的威士忌酒，他们围在钢琴旁边，高唱着粗俗愚昧的歌曲，他们在长着鳄鱼脸的犹太人老妓女身上花费了数以百计的卢比。那也是他性格形成的时期。

离开仰光后，他去了曼德勒北边一座丛林伐木营采伐柚木。虽然丛林生活很艰苦孤独，而且食物堪称是缅甸最可怕的事物，十分肮脏而单调，但日子并不是那么难挨。那时他很年轻，怀着英雄崇拜的情结，在公司里交了几个朋友。他们一起去打猎、钓鱼，每年匆匆忙忙去一趟仰光——理由是到那里看牙医。噢，到仰光去真是太开心了！他们去"斯玛特与穆克都书店"买最新的英国小说，到安德森餐馆吃牛排加黄油，虽然这些东西都是从八千英里之外用冰保鲜运来的，还可以疯狂地饮酒作乐！那时他还太年轻，不知道这种生活将会给他带来什么影响。他无法预料到多年之后的情况：孤单、平淡、堕落的日子。

他很适应缅甸，他的身体习惯了热带季节奇怪的节律。每年从二月到五月，太阳就像愤怒的神明在天空中怒目而视；接着，季风从西边骤然涌来，先是刮起狂风，接着是无休止的倾盆大雨，一切东西都被雨水浸透，没有哪一个人的衣服，没有哪一间房子的床铺，没有哪一户人家的食物是干燥的。天气还是很热，冒着蒸汽的闷热。低矮的丛林小径变成了沼泽，水稻田里淹满了水，带着腐烂的老鼠的味道。书本和靴子都发霉了。赤身露体的缅甸人戴着棕榈叶织成的将近一码长的帽子，牵着水牛在齐膝深的水田里耕地。然后女人和小孩用小小的三尖叉将青翠的秧苗插进水田里。从七月到八月，雨水几乎没有停歇。然后，在一天晚上，天空中传来鸟叫声，鹬鸟从中亚南飞而来。雨水渐渐减少，十月份的时候雨终于停了，农田干涸，水稻成熟了，缅甸孩子们玩起了"跳房子"的游戏，趁着凉风放飞风筝。短暂的冬天开始了，上缅甸似乎被英格兰的幽魂缠着不放。到处野花盛开，虽然和英格兰的花种不一样，但看上去非常相似——茂密的灌木丛长出了金银花，花香闻起来像梨花的野玫瑰，林子里荫凉的地方甚至还绽放着紫罗兰。太阳升得很低，晚上和清晨非常冷，山谷就像大水壶一样，涌出白色的晨雾。这个时候可以去打野鸭和鹬鸟。鹬鸟多不胜数，成群的大雁从浅滩上飞起，叫声就像一列载货的火车驶过铁架桥。正在长熟的稻谷有齐胸高，黄澄澄的看上去像是麦子。那些缅甸人脑袋昏昏沉沉地下田劳作，双臂交叉抱在胸前，焦黄的脸因为凉意而绷得紧紧的。早上你走过雾蒙蒙、杂乱无章的荒野，湿漉漉的空地上长着英国式的草坪，树木光秃秃的，猴子蹲坐在高处的树枝上，等候着太阳升起。到了晚上，走在凉飕飕的小径上回营地时，你会遇到牧童们正赶着成群的水牛回家，硕大的牛角在迷雾中像月牙一样若隐若现。你睡觉时得盖三张毯子，吃的是野味肉馅饼而不是一直常吃的鸡肉馅饼。吃完晚饭后，你坐在巨大的篝火旁边一根木头上，一边喝着啤酒一边谈论着打猎。火焰像红色的冬青一样跳动着，投射出一圈光芒。仆人和苦力蹲坐在篝火旁边，他们太害羞腼腆，不敢打扰白人主子，却又像小狗一样靠在篝火旁边取暖。躺在床上时，你可以听到露水从树上滴落，就像下雨一样。当一个人年轻力壮，无须考虑前程或回忆过去时，那真是惬意的生活。

弗罗利二十四岁的时候有假期可以回家，这时战争爆发了。他逃避了兵役，在当时这是很容易而且似乎是天经地义的事情。缅甸的平民自我解嘲说这叫"坚守岗位"（多么美妙的说辞！"坚守岗位"——而不是"赖着不走"），这才是真正的爱国情怀。他们甚至打心眼里看不起那些放弃工作去参军的人。事实上，弗罗利逃避服役是因为东方生活让他腐化堕落了。他不愿放弃有威士忌喝、有仆人伺候、有缅甸妞泡的生活，去军营里忍受练兵场枯燥的生活和紧张残酷的行军。战争就像地平线远方的疾风暴雨，这个炎热曝晒的国度远离危险，似乎被遗忘了，感觉是那么寂寞。弗罗利开始囫囵吞枣地大量阅读，在生活百无聊赖的时候一头钻进了书堆里。他还在长大成人，对童年时的娱乐感到厌倦，几乎是在不经意间，学会了独立思考。

二十七岁生日的时候他躺在医院里，从头到脚都长了极其恶心的脓疮。这叫脓包炎，或许，病因是喝了太多威士忌和食物不洁。它们在他的皮肤上留下了一个个小坑，两年后才彻底痊愈。突然间他的样貌和心境衰老了许多。他不再是个年轻人。八年的东方生活——发烧、孤独和酗酒——在他身上留下了痕迹。

从那时起，每一年都比上一年更孤独更痛苦。现在，他对自己生活其中的帝国主义气氛充满了仇恨，并且与日俱增，仇恨占据了他的思想，戕害了一切。因为随着他的思想逐渐成熟——你无法阻止自己的思想成熟，而对于那些只接受了半桶水教育的人来说，思想的成熟来得太晚了，他们已经选择了错误的人生道路——他了解到了英国人与大英帝国的本质和真相。印度帝国是一个专制体制——毫无疑问，它在推行仁治，但仍然是一个专制体制，而最终的目的是窃取财富。至于那些在东方国度的英国人，这帮白人老爷，弗罗利痛恨和他们生活在同一个社会阶层，无法对他们做出公允的评价。说到底，这群可怜的家伙并不比别人坏到哪里去。他们所过的生活并不值得羡慕：在一个陌生的国度住上三十年，领取微薄的工资，回国时肝脏不好，背部由于常年坐在藤椅上坑坑洼洼得像个菠萝，在三流的俱乐部消磨时光，这可不是什么好买卖。但另一方面，这些白人老爷可不能被捧得太高。有一种时髦的看法，说"在大英帝国的边疆"工作的人至少都很能干勤勉，事实上根本不是这样。除了科学方面的服务项目外——林业部门、工程部门和类似的部门——在印度的英国官员并不需要很能干。他们中极少有人工作勤勉程度或工作能力可以和英国乡村小镇的邮政局长媲美。大部分行政工作是由当地土著下属在执行，而专制体制真正的主心骨并不是政府官员，而是军队。有了军队，英国官员和英国商人就算是白痴也能搜刮敛财。事实上，这些人大部分的确是白痴。一群体面而无聊的人，躲在二十五万把刺刀的后面珍惜并捍卫着他们的无聊。

这是一个极其单调乏味、令人窒息的世界。在这里，每一句话和每一个想法都会受到审查。在英国本土很难想象这种情形。在英国，每个人都是自由的。我们在公共场合出卖灵魂，但在私底下和朋友们在一起的时候可以将灵魂赎回来。当每一个白人都只是专制体制的一个齿轮时，甚至根本没有友谊可言。自由言论是不可想象的事情，但其它的自由却被恩准。你有成为酒鬼、懒汉、懦夫、造谣中伤的小人或奸夫淫妇的自由，但你不能有自己的思想。在每一个重要的问题上，你的观念必须符合白人老爷的规范。

到最后，你那隐秘的叛逆和怨气就像暗疾一样将你给毒害了。你的整个生活就是一个谎言。年复一年，你坐在吉卜林[1]阴魂不散的小小俱乐部里，右手边摆着威士忌，左手边摆着《粉红报》，听着鲍吉尔上校大放厥词说那些该死的民族主义者应该上刀山下油锅，热烈地表示赞同。你听到你的东方朋友被称为"油腻腻的小印度佬"，而你乖乖地承认他们的确是"油腻腻的小印度佬"。你看到那些刚出校门的愣头青狠狠地踢打头发花白的仆人。这时你对你的同胞充满了仇恨，你希望本地人爆发起义，以鲜血将帝国淹没。但这并不是一个光明正大的想法，甚至并没有什么真诚可言。因为，说到底，印度被专制体制统治，印度人被剥削压迫，你真的在乎吗？你在乎的只是你自由言论的权利被剥夺了。你是专制体制的一分子，是一个白人老爷，你受到紧紧的束缚，比僧侣或被不可违背的禁忌所束缚的野人更加没有自由。

随着时间的流逝，每过一年弗罗利都会发现自己在白人老爷们的世界里越来越不自在。无论聊起什么话题，只要他稍一严肃地说话就会引起麻烦。因此，他学会了过着内敛孤独的生活，活在书本里，活在自己不可言及的秘密想法里。甚至当他和医生聊天时，他似乎也是在和自己说话，因为好人医生几乎理解不了他所说的话。但是活在真实却又见不得人的生活里让他逐渐走向堕落。一个人应该顺应生活的潮流而活，而不是逆潮流而动。当一个打着嗝说"四十年后再说吧"的冥顽不灵的白人老爷，也要比沉默、孤独、自我安慰地生活在单调乏味的

---

[1] 约瑟夫·拉迪亚·吉卜林(Joseph Rudyard Kiping，1865—1936)，英国作家、诗人，1907 年诺贝尔文学奖得主，生于印度孟买，作品多颂扬大英帝国的统治，代表作有《七海》、《丛林之书》等。

世界里要来得好一些。

弗罗利从来没有回过英国。至于为什么，他无法解释清楚，虽然个中情由他是知道的。一开始的时候是因为出了一些事情。最开始是战争爆发，战争过后他的公司紧缺接受过训练的助手，一定要他多干两年。最后他启程了。他渴望回到英国，虽然他不敢面对它，就像一个人没有戴领子、没有刮胡子、不敢面对一个漂亮的女孩一样。离开家乡的时候他是个小男孩，一个前途无量的男孩，虽然长着那块胎记，但不失是一个英俊的男孩。如今，只是十年过去了，他变成了一个枯黄瘦弱的醉汉，无论是外貌或习性都十足像个中年男人。但他仍然渴望回英国。轮船乘着冬天的季风向西开去，行驶在如同一片凹凸不平的银箔的海域上。精美的食物和海洋的味道让弗罗利贫乏的血液流动加快了。他想到了一件事——在缅甸凝滞的氛围下他几乎忘记了这件事——他还很年轻，他可以从头开始。他将在一个文明的社会里住上一年，找一个不介意他那块胎记的女孩——一个有教养的女孩子，不是那种白人太太——他会和她结婚，在缅甸熬上十年或十五年。然后他们就退休——到那时他可能会攒下一万二或一万五英镑。他们可以在乡下买一座房子，和朋友聚会，看书，养育孩子，养养宠物。他们将永远摆脱白人老爷的圈子那股味道。他会忘记缅甸这个几乎将他毁灭的可怕国度。

来到斯里兰卡的科伦坡时，他接到一封电报。他的公司有三个人突然死于黑水热，公司觉得很抱歉，但要求他立刻返回仰光。等一有机会他就可以补假。

弗罗利骂骂咧咧自己怎么这么倒霉，然后改乘去仰光的船，再乘火车回到公司总部。那时候他没有在乔卡塔，而是在另一座上缅甸的城镇。他所有的仆人都在站台等候着他。他把他们全部移交给了继任者，但后者却死掉了。见到他们那一张张熟悉的脸庞感觉真是太奇怪了！十天前他还在赶回英国的路上，几乎以为自己已经回到了英国，而如今他又回到这个死气沉沉的老地方，一群光着身子的黝黑苦力为了争着搬行李而大吵大闹，一个缅甸人在路的那头对着他的阉牛大吼大叫。

仆人们围在他身边，向他呈上礼物，周围一圈都是和蔼的棕色面孔。哥斯拉带来了一张黑鹿皮，那几个印度人带来了一些糖果和一个金盏花花环，巴沛那时候还是个小孩子，带来了一个柳条筐，里面关着一只松鼠。外面有几辆牛车在等候着行李。弗罗利走到自己的房子前面，脖子上那个大大的花环晃悠着，看上去很滑稽。那天傍晚天气很凉爽，阳光淡黄和煦。门口有一个印度老汉，皮肤像泥土一般黝黑，正拿着一把小镰刀在割草。厨师的几个老婆和那几个马里人正跪在仆人的房舍前面，就着石板在磨咖喱粉。

弗罗利的心里翻江倒海。这是一个人在他这辈子中意识到世事沧桑和年华易逝的时刻之一。突然间他意识到，其实他打心眼里为回到这儿感到高兴。他所痛恨的这个国家现在成了他的祖国，他的家园。他在这里住了十年，他身体的每一个细胞都是由缅甸的土壤构成的。像这样的一幕——淡黄色的暮光、除草的印度老汉、牛车车轮的吱吱嘎嘎声、一排排飞过的白鹭——对他来说比英国更像自己的家乡。他已经在一个异乡国度扎根，或者说，扎下的是最深的根。

自从那次之后，他甚至没有申请过假期回国。他的父亲已经去世了，接着是他的母亲。他的几个姐姐已经嫁出去了，她们都是脾气乖戾、长着马脸的女人，他从来没有喜欢过她们，几乎和她们没有联系。现在除了读书之外，他跟欧洲没有了联系。他知道就算自己回到英国，也会觉得非常孤单。他已经知道派驻印度的英国人将会有何等悲惨的命运。啊，那些住在巴斯和切尔滕纳姆①、可怜平凡的糟老头！那些有如坟墓一般的寄宿旅舍，里面住满了曾派驻印度的英国官员，正处于步入腐朽的各个不同阶段，一个个张口闭口说的都是 1888 年在伯格利瓦拉②所发生的事情！可怜的家伙，他们知道把心留在自己痛恨的异国他乡是怎样一番滋味。他清楚地知道自己只有一条出路。他得找到一个愿意和他在缅甸终老的人——分享他的生活，分享他内心秘密的想法，和他一样在缅甸留下一段回忆。找到一个和他一样热爱缅甸又痛恨缅甸的人。这个人将让他坦荡荡地生活，让他可以知无不言言无不尽。这个人能够理解他：一个朋友，归根结底就是这样。

　　一个朋友。还是说，一个妻子？女人是不大可能的。比方说，像拉克斯汀太太这样的女人？一个该死的白人太太，枯黄瘦弱，一边喝着鸡尾酒一边说长道短，和仆人编织毛衣，在这个国家生活了二十年，本地的语言却一个字也没有学会。不能是那种女人，求你了，上帝。

　　弗罗利靠在大门上。月亮落到了黑漆漆的森林后面，但那些狗还在吠个不停。吉尔伯特③的几句诗浮现在他的脑海里，

---

① 巴斯(Bath)和切尔滕纳姆(Cheltenham)都是英国的度假胜地。
② 1888 年，英国派遣军队至伯格利瓦拉征服印度西北地区的锡克部落，拓展英属印度的范围。
③ 或指威廉·吉尔伯特(William Gilbert, 1804—1890)，英国作家，皇家海军外科医生，作品涉及小说、诗歌、历史、传记、幻想故事等，代表作有《玛格丽特·梅铎丝，法利赛人的传说》、《圣诞节的传说》、《魔镜》等。

那是一首低俗傻气的押韵诗，但非常贴切，好像是这么说的——"满腹愁思一吐为快"。吉尔伯特真是个有才的小文人。他的一切烦恼，归根结底就是这么一句话吗？仅仅是毫无男子气概的满腹愁思，就像小家碧玉式的矫揉造作。他不是一个游手好闲的人，尽写一些为赋新词强说愁的空话吗？一个精神上的威蒂特里夫人？①没有诗情的哈姆雷特？或许是吧。如果真是这样的话，这会让事情变得好受一些吗？事实并非如此，因为看到自己游荡沉沦，过着不光彩而毫无意义的生活，却又知道自己本可以做一个堂堂正正的人，会有一种自作孽不可活的痛苦。

噢，好了，上帝保佑，不要再自怨自艾了！弗罗利回到凉台，举起步枪，略略畏缩了一下，朝那只土狗开了一枪。枪声激起了巨大的回响，子弹击中了练兵场，偏离了目标很远。后坐力在弗罗利的肩膀上留下了一块深紫色的瘀痕。那只狗惊叫一声，跑到五十码开外坐了下来，又开始有节奏地吠个不停。

---

① 威蒂特里夫人（Mrs. Wititterly），英国作家查尔斯·狄更斯（Charles Dickens）的作品《尼格拉斯·尼克贝》中的人物，是个愤世嫉俗、性情乖戾的女人。

第六章

　　早晨的阳光闪耀着金叶般的光芒从练兵场那边斜斜升起，照耀着别墅的白色墙面。四只深紫色的乌鸦俯冲下来，栖息在凉台的栏杆上。哥斯拉把面包和黄油放在弗罗利的床边，它们正等候着偷吃的机会。弗罗利从蚊帐里钻了出来，冲哥斯拉吼了几句，要他拿点杜松子酒来，然后走进浴室，在原本应该盛的是凉水的镀锌浴缸里坐了一会儿。喝了杜松子酒后他感觉舒服了一些，然后去刮了胡子。通常他会一直等到傍晚才刮胡子，因为他的胡子很黑，而且长得很快。

　　弗罗利忧郁地坐在浴缸里时，麦克格雷格先生正穿着短裤和汗衫躺在卧室里的一张竹席上，辛苦地做着诺登弗里奇的"久坐者体操"的第五、六、七、八、九套动作。他每天早上，几乎每天早上，都会进行锻炼。对于一个四十三岁的男人来说，第八套动作（平躺在地上，膝盖保持笔直，抬起双腿与身子垂直）真的很痛苦。第九套动作（平躺在地上，抬身至坐姿，指尖碰到脚趾）则更加痛苦。不要紧，男人就必须健身！麦克格雷格先生痛苦地喘着粗气朝脚趾弯腰时，一片砖红色的血晕从他的脖子往上涌，席卷了他整张脸庞，似乎就要中风了。汗水在他宽阔多肉的胸膛上闪烁着光芒。坚持下去，坚持下去！不管有多么痛苦，男人必须健身！脚夫穆罕默德·阿里的手臂上搭着麦克格雷格先生的干净衣服，从半开的房门朝里面张望。他长着一张狭长的黄种阿拉伯人的脸，神情看上去既不理解也不好奇。他见过这些扭曲身体的动作——他觉得这是在向某位神秘而严苛的神明进行祈祷祭祀的动作——五年来每天早上都是这样。

与此同时，威斯特菲尔德一早就上班了，正靠在警察局那张边缘呈锯齿状而且沾满了墨水的办公桌上，那个胖嘟嘟的副警司正在盘问一个疑犯，两个警察看押着他。那个嫌疑犯是个四十岁左右的男人，长着一张灰扑扑的胆怯的脸，只穿着一件褴褛的笼基，在膝盖部位打了个褶，膝盖下面他那干瘦弯曲的胫骨上斑斑驳驳，尽是扁虱叮咬的痕迹。

"这家伙是谁？"威斯特菲尔德问道。

"是个小偷，长官。我们在他身上发现了这个戒指，镶了两颗翡翠，是值钱货色。不需要解释，就凭他——穷苦潦倒的苦力——怎么买得起翡翠戒指？一定是偷来的。"

他凶狠地转过身，把脸像公猫一样凑近嫌犯的脸，几乎与之碰在一起，高声咆哮道：

"这个戒指是你偷的！"

"不是！"

"你是个惯犯！"

"不是。"

"你进过监狱！"

"没有。"

"转过身去！"那个副警司想到了什么，大声吼道，"弯下腰！"

那个嫌犯惊恐地转过灰色的脸对着威斯特菲尔德，后者背过脸去。两个警官制住他，把他扭转身，并让他弯下腰。副警司扯开他的笼基，露出他的屁股。

"看看，长官！"他指着几处疤痕，"他受过笞刑，是个惯犯了。因此，戒指肯定是他偷来的！"

"好了，把他关进牢房里。"威斯特菲尔德阴沉沉地下达命令，然后双手插进裤袋里离开办公桌。在内心深处他讨厌审问这些可怜的惯犯。审问土匪、反叛者——很好；但不是这些可怜巴巴的宵小鼠辈！

"牢房里关了多少人了，茂巴？"他问道。

"三个人，长官。"

牢房在楼上，由六英寸厚的木栅栏围着，一个警官端着卡宾枪守在那儿。牢房里阴暗闷热，除了一个臭气熏天的公厕之外就没有什么设施了。两个囚犯正靠着栅栏蹲坐着，与另一个囚犯保持着距离。那是一个印度苦力，从头到脚都长了皮癣，仿佛穿着一件甲胄。一个肥胖的缅甸女人正跪在牢房外面，把米饭和清汤舀进锡盆里。她是某个警察的老婆。

"伙食好吃吗？"威斯特菲尔德问道。

"好吃，大人。"几个囚犯齐声应道。

政府给囚犯的拨款是每日每顿饭两个半亚那，那个警官的妻子从中贪污了一亚那。

弗罗利走到外面，慢悠悠地走过院子，用手杖戳刺着地上的杂草。这个时候一切看上去都那么漂亮——青翠的绿叶、淡褐色的泥土和树干——就像一幅待会儿就会消失在烈日下的水彩画。在练兵场的台阶下，几只棕色的小鸽子正低飞着彼此追逐，青翠的食蜂鸟像燕子一样在空中翻腾嬉戏。一队清洁工，每个人的担子都半掩在衣服下面，正走去林子边上脏兮兮的垃圾填埋坑那里。这些可怜的人饿得皮包骨头，摆动着麻秆一样的四肢，膝盖虚弱得没办法伸直，穿着土黄色的破布，看上去就像一排披着裹尸布的骷髅正在行走。

那个园丁正在大门旁边的鸽子棚那里开垦新的花圃。他是个淋巴失调的半疯印度青年，这辈子几乎不怎么说话，因为他说的是曼尼普尔邦的方言，没人听得明白，连他那个泽巴迪人老婆也听不懂。他还是个结巴。他对弗罗利行额手礼，手捂着脸，然后又高高挥舞着锄头笨拙而用力地开垦着干燥的土地，柔软的背部肌肉不停颤抖着。

从仆人的房舍那边传来尖锐刺耳的声音，听起来像是"哼啊"，哥斯拉的两个老婆又开始吵架了。那只家养的斗鸡尼禄大摇大摆地呈之字形走在小径上，小心翼翼地避开弗洛。巴沛端着一碗稻米走了出来，喂了尼禄和鸽子。仆人的宿舍里继续传来叫嚷声，男人低沉沙哑的声音正在努力平息争吵。哥斯拉被两个妻子折磨得很苦。大老婆玛蒲是个满脸横肉的悍妇，生了太多孩子，整个人皱巴巴的；而小老婆玛伊比她小几岁，又懒又肥。只要弗罗利去了公司，这两个女人处在一块就一定会大打出手。有一次玛蒲拿着竹篾追打着哥斯拉，他躲到弗罗利身后寻求保护，结果弗罗利的小腿挨了重重的一记。

麦克格雷格正步履轻盈地走在路上，挥舞着手杖。他穿着土黄色的帕葛利布衬衣和军装短裤，戴着一顶打猎的遮阳帽。除了做早操外，只要有空他每天早上要散步两英里。

"早上好啊！"他装出爱尔兰口音快活地朝弗罗利打招呼。早上的这个时候他总是装出一副活泼而充满活力的样子，像是刚洗了个冷水澡。昨晚他读了《缅甸爱国者报》，上面那篇攻讦他的文章深深地刺痛了他，这强颜欢笑只是为了掩饰心中的不快。

"早安！"弗罗利尽量让声音听上去很诚恳。

看着麦克格雷格先生朝着道路那头走去，他在心里咒骂着：这个下流的猪油尿泡！他的屁股被那条卡其布短裤裹得严严实实的，几乎都快胀爆了，和你在画报上看到的那些人到中年、搞同性恋的下流坏童子军领队一模一样。他穿着这身滑稽的衣服，露出他那短短胖胖的肉嘟嘟的膝盖，因为在吃早餐前锻炼是英国绅士的作风——真是恶心！

一个缅甸人走上山坡，像一团白色和品红色的物体嗖地闪过。他是弗罗利的职员，从教堂附近那间小小的办公室那里赶过来。来到大门时他双手合十行礼，呈上一个脏兮兮的信封，邮戳以缅甸人的习惯贴在封舌上。

"早安，大人。"

"早安，这是什么？"

"是一封本地信件，大人。今天早上寄来的，没有署名，大人。"

"噢，真烦人。好的，我十一点钟的时候会去办公室。"

弗罗利拆开信封，里面是一张大开页的信纸，内容如下：

约翰·弗罗利先生亲启，

我等（署名者）冒昧恳请阁下参阅以下内容，事关阁下名誉，敬请明鉴。

风闻阁下在乔卡塔与民政医务官维拉斯瓦密医生私交颇深，过从甚密，曾邀其至府上做客。我等在此谨向阁下禀明，维拉斯瓦密医生绝非善类，万万不配与欧洲绅士为友。此人生性狡诈不忠，滥权腐化，为医患开具染色清水以充医药，盗卖医药中饱私囊，并多次索贿受贿，不一而足。此人还曾对两名囚犯课以鞭笞之刑，如其亲人未能授以贿赂，更会以辣椒涂其伤处，残忍之至。此人还与国民党勾结，并向《缅甸爱国者报》提供小道消息，对尊敬的麦克格雷格先生极尽造谣中伤之能事，且与医院的女病人有染，强迫她们陪睡。

有鉴于此，我等谨盼阁下疏离维拉斯瓦密医生，以免招致祸端，累及清誉。

谨祝阁下身体安康，万事如意。

（署名）您的友人

这封信的笔迹是巴扎集市上那些代写书信的人的正圆字体，写得歪歪扭扭，像是一个醉汉在临摹字帖。但是，那些代写书信的人可写不出"疏离"这么一个文绉绉的词语，弗罗利知道这封信一定是某个文员起草的，毫无疑问，幕后黑手就是那条"鳄鱼"吴柏金。

他不喜欢这封信的语气，貌似恭谨其实暗藏威胁。"不要再和医生来往，否则别怪我们对你不客气"，这就是信中的内容。这没什么大不了的，东方人对英国人构成不了威胁。

弗罗利拿着那封信，心里有点踌躇。处置匿名信的方式有两种，其一是对此不置可否，其二是将信交给当事人。显然，他应该把信交给维拉斯瓦密医生，由他决定采取什么应对措施。

但是——置身事外更加保险一些。避免卷入"本地人"的纠纷是非常重要的守则（或许是白人老爷们的"十诫"中最重要的一条）。和印度人在一起可没有忠诚和真正的友谊可言。好感，甚至喜爱——这可以。英国人很欣赏印度人——本地官员、护林员、猎人、文员、仆人等等。当他们的上校退役时，印度土兵会嚎啕大哭。在适当的时候英国人甚至可以和印度人亲近。但与之结盟，拉帮结派？绝对不行！连过问本地人争吵的是非曲直也是一种自贬身价的举动。

如果他公开这封信，将会引起纠纷和正式质询，而后果就是，他将得和维拉斯瓦密医生站在同一阵线，一起对付吴柏金。吴柏金倒不要紧，但还有那帮欧洲人。如果他们怀疑他弗罗利与维拉斯瓦密医生结党营私，后果将会相当严重。最好还是假装没收到过这封信。维拉斯瓦密医生是个好人，但要为了他而得罪整个白人老爷的圈子——啊，不可，不可，万万不可！一个人对得起自己的良心，却得罪了整个世界，又有什么好处呢？弗罗利把信撕成两半。这件事公之于众的危险微乎其微，是虚无缥缈的事件，但在印度，最细微的危险也不能大意。名望这个生活中须臾不可或缺的东西，本身也是虚无缥缈的。他仔细地把信撕成碎片，扔在大门旁边。

这时传来了一声惊叫，却又不是哥斯拉那两个老婆的声音。那个园丁放下锄头，朝声音传来的方向张着嘴。哥斯拉也听到了惊叫，光着脚从仆人的宿舍里跑出来，弗洛也撒着脚丫跑了出来，大声地叫唤着。惊叫仍一声声地传来。听方位是在屋后的丛林里，而且听得出是一个英国女人惊慌失措的尖叫声。

房子后面没有出口，弗罗利攀越过大门，下去的时候膝盖被一块小碎片割伤了，流了一些血。他一路小跑绕过篱笆，冲进丛林里，弗洛跟在后面。在房子后面最外围的灌木丛那里有一片小空地，里面有一潭凝滞的积水，四菩提村的水牛经常到这儿来。弗罗利拨开灌木丛一路冲过去，水坑里有个英国女郎脸蛋吓得煞白，畏缩着靠在一丛灌木上，一头大水牛正用它那新月形的牛角恐吓着她。一只毛茸茸的牛犊就站在大水牛的身后，显然，它就是麻烦的肇因。另一头水牛泡在齐脖子高的泥潭里，仰视它那张温顺的老脸，不知道发生了什么事情。

那个女孩惊慌失措地看着弗罗利，"快点！"她的语气很生气紧张，平常人受到惊吓都是这个语气。"救救我，救救我！"

弗罗利惊讶得顾不上询问任何问题就快步朝她走去。虽然手头没有拐杖，他重重地拍了那头大水牛的鼻子一下。这头庞然大物温顺而笨拙地走到一边，然后慢悠悠地走开了，那头牛犊跟在后面。另外一头水牛也从泥潭里爬出来懒洋洋地走开了。那个女孩被吓得不轻，紧紧抓着弗罗利，几乎投入他的怀抱。

"噢，谢谢你，谢谢你！噢，那些畜生太可怕了！它们是什么动物？我还以为死定了。多么可怕的动物！它们到底是什么东西？"

"它们是水牛，从那头的村子来的。"

"水牛？"

"不是野水牛——是耕田的水牛。它们是缅甸人豢养的牲畜。它们吓到你了，我觉得很抱歉。"

她仍然紧紧地靠着他，他可以感觉到她的身子在颤抖。他低头看着她，但只看到她的头顶。她没有戴帽子，一头黄色的头发剪得很短，像个假小子。他看见搭在他胳膊上的手臂，很修长纤细，充满年轻气息，手腕长着雀斑，像一个女学生。他有好几年没看见过这么一只手臂了。他察觉到挨着他身子的那具柔软年轻的身躯，以及它散发出的温暖。他的心似乎被融化了，变得暖和了。

"没事了，它们走了。"他说道，"你不用害怕了。"

那个女孩从惊吓中恢复了过来，站得离他远了一些，但一只手仍搭在他的胳膊上。"我没事。"她说道，"我没事，没有受伤。它们没有碰我，只是样子太恐怖了。"

"它们其实不会伤人。它们的角是朝后长的，根本伤害不了你。它们是很蠢的畜生，护犊的时候才会假装战斗。"

两人分开了，立刻觉得有点尴尬。弗罗利转过身不让她看到脸上的胎记。他说道：

"我想说，这样子见面还真是少见。我想问，你是怎么到这儿来的？希望这样问不会太冒昧，你是从哪儿来的？"

"我刚从叔叔的花园里走出来。今天早上天气很好，我想出来散散步。然后，那些可怕的动物就跟在我后面。我刚到这个国家，希望您能明白。"

"你叔叔？噢，对了！你是拉克斯汀先生的侄女。我们都听说你要来。你还好吗？我们到练兵场去好吗？那里有路可以走。你第一天到乔卡塔就遇上这么一桩事情！恐怕缅甸给你留下了不太好的印象。"

"噢，不会，只是这里的一切都很奇怪。这里的丛林长得好茂密啊！什么东西都纠缠在一起，那么富有异域风情。只消一会儿你就会在这里迷路。这就是他们所说的丛林吗？"

"灌木丛林。缅甸到处是丛林——我称之为绿色的苦难之地。如果我是你，我可不会穿过草丛。那些种子会钻进你的袜子里和皮肤里。"

他让女孩走在前面，这样她就看不到他的脸。在女孩子中她的个头算是很高了，身材苗条，穿着一件淡紫色的棉布裙子。从走路的姿势判断，她应该才二十出头。他还没好好看她的脸，只注意到她戴着玳瑁圆框眼镜，头发和他一样短。除了在画报上之外，他从未见过剪短发的女人。

两人走到练兵场，她转过身对着他，他立刻站到她身旁。她长着鹅蛋脸，样貌端庄，或许算不上漂亮，但这时看上去很漂亮，因为在缅甸所有的英国女人都长得枯黄干瘦。虽然他脸上的胎记没有向着她，但他还是把头扭到一边。他不能忍受她在这么近的距离看到他那张憔悴的脸。他似乎可以感觉得到眼睛周围那枯萎的皮肤，似乎那是一个伤口。但他想起今天早上自己刮了胡子，这给了他勇气。他说道：

"出了这件事你一定吓得不轻，不如到我家休息一下，然后再回去，好吗？而且天不早了，出门不戴帽子可不行。"

这个女孩回答说："噢，谢谢，好的。"他想，她对印度的情况可是一无所知。"你家就在附近吗？"

"是的。前面拐弯就到。我会让仆人给你找顶遮阳帽。这日头太晒了，你头发那么短，会受不了的。"

两人沿着花园小径走去。弗洛绕着他们打转，想引起注意。遇到东方人它总是吠个不停，但它喜欢欧洲人的味道。日头越来越烈，路边的牵牛花飘散出一股像是黑加仑的味道，一只鸽子扑腾着飞到地上，弗洛作势想逮住它，于是它又立刻飞到了空中。弗罗利和那个女孩不约而同地停下脚步看着那些牵牛花。一股无来由的快乐在两人的心里荡漾。

"没戴帽子你可不能出来走动。"他重复了一遍，语气似乎有点亲密。他总是会提起她的短发，因为他觉得很漂亮。能说起她的头发，感觉就像用手抚摸它一样。

"瞧，你的膝盖流血了。"女孩说道，"是不是你过来救我的时候弄伤的？"

他的卡其布袜子上有一道浅浅的血痕，已经干了，变成了紫色。"不要紧。"但此刻两个人都觉得这点伤其实还是很要紧的。两人开始兴奋地聊起了花卉。女孩说她"钟爱"花卉。弗罗利便领着她沿着小径走着，滔滔不绝地介绍起了不同的植物。

"看看这丛草夹竹桃。在这个国家它们会一直盛开六个月。它们受不了太多日晒。我想那些黄色的花应该是和报春花差不多一个颜色。我已经有十五年没有见过报春花了，也没见过桂竹香。那些百日菊长得很好看，是吧？——像画上去的一样，底色真是鲜艳。这些是万寿菊。它们长得不好看，几乎就像杂草一样，但你会喜欢上它们的，因为它们那么鲜艳强韧。印度人特别喜欢这种花。只要有印度人你就能看到万寿菊在盛开，即使丛林将它们全部遮盖多年之后依然会盛开。不过我希望你能到凉台上看看那些兰花。你得看看我种的几株兰花，花朵就像金铃子一样——真的就像金子做的，闻起来就像蜜一样甘甜，简直无法抗拒。这个国家很糟糕，唯一的好处就是适合种花。我希望你喜欢园艺。在这个国家，园艺是我们最大的慰藉。"

"噢，我钟爱园艺。"女孩回答道。

两人走进凉台。哥斯拉匆忙穿上长袖衬衣，戴上他那条最好的粉红色丝绸头巾，从屋里走了出来，端着一个盘子，上面是一瓶杜松子酒、两个酒杯和一盒香烟。他把东西放在桌子上，略带忧虑地看着女孩，双手合十向她行礼。

"我想你这个时候不喝酒吧？"弗罗利说道，"我就是没办法让我的仆人明白，有些人吃早餐之前是不喝杜松子酒的。"

他把自己也归为那些人之列，挥挥手让哥斯拉把酒撤走。哥斯拉在凉台尽头摆了藤椅，女孩坐了下来。她的头顶后方就是那丛墨绿叶子的兰花，长满了金色的花朵，绽放着温馨的芳香气息。弗罗利倚在凉台的栏杆上，侧脸对着女孩，不让她看到那块胎记。

　　"你家从这里望出去风景真好。"她望着山坡，由衷地赞叹着。

　　"风景确实很美。太阳还没升起来的时候这层金光确实很漂亮。我喜欢淡黄色的练兵场，还有那些凤凰树，就像深红色的泼墨画。还有天边的山丘，几乎是黑色的。我的营地就在山丘的另一边。"他补充了最后一句。

　　女孩有远视，她摘下眼睛，眺望着远方。他注意到她的眼睛是清澈的淡蓝色，比风信子的颜色浅一些。他还注意到她的眼睛周围的皮肤很光滑，几乎就像花瓣一般娇嫩。他又想起了自己的年纪和那张憔悴的脸庞，于是离她稍微远了一些。但他冲动地说道：

　　"我得说，你来乔卡塔真是我们的运气！你不知道，在这种地方能看到一张新面孔对我们来说是多么开心的事情。几个月来就只有我们这个可怜的社交圈子，偶尔会有官员来巡视，还有环游世界的美国记者拿着相机从伊洛瓦底江溯水而来。我想，你是从英国那边过来的吧？"

　　"噢，不是英国。来这里之前我住在巴黎，我妈妈是个画家。"

　　"巴黎！你真的在巴黎住过？天哪，从巴黎来到乔卡塔！你知道吗？在这么一个地方，实在很难想象世界上还有像巴黎那样的地方。"

"你喜欢巴黎吗？"她问道。

"我没见过巴黎。但是，天哪，我能想象得出来！巴黎——我的脑海里浮现出了无数个画面：咖啡厅、林荫大道、艺术家的画廊、诗人维庸①、波德莱尔②、莫泊桑③，一切都交织在一起。你不知道，对于我们来说，欧洲城镇的名字意味着什么。你以前真的住在巴黎吗？和学画画的外国学生坐在咖啡厅里，喝着白葡萄酒，谈论着马塞尔·普鲁斯特④？"

"噢，我想确实如此。"女孩笑着说道。

"你会发现这里完全不一样！这里没有白葡萄酒和马塞尔·普鲁斯特，只有威士忌和埃德加·华莱士⑤。不过，如果你想读书，或许你可以从我的藏书里找到几本你喜欢读的，俱乐部图书室里只有一些庸俗不堪的书。不过呢，我的书都已经过时了。我希望你该读的书都已经读过了。"

"噢，这可没有。但我确实钟爱读书。"女孩说道。

"能遇到喜欢读书的人真是太好了！我是说那些值得读的好书，不是俱乐部图书室的那些垃圾。要是我话多了点，希望你不要介意。当我遇到懂书之人时，我就像一瓶热啤酒一样止

---

① 弗朗索瓦·维庸（François Villon，1431—1463），法国诗人，代表作有《去年之雪今安在》、《我的遗嘱》等。

② 夏尔·皮埃尔·波德莱尔（Charles Pierre Baudelaire，1821—1867），法国诗人，象征派诗歌先驱，代表作有《恶之花》、《巴黎的忧郁》等。

③ 居伊·德·莫泊桑（Henri René Albert Guy de Maupassant，1850—1893），法国作家，被誉为"短篇小说之王"，代表作有《一生》、《羊脂球》和《漂亮朋友》等。

④ 瓦伦丁·马塞尔·普鲁斯特（Valentin Marcel Proust，1871—1922），法国作家，代表作有《追忆似水年华》、《平原之城索多玛与蛾摩拉》等。

⑤ 理查德·霍拉西奥·埃德加·华莱士（Richard Horatio Edgar Wallace，1875—1932），英国作家，作品多涉及犯罪心理小说，代表作有《四个公正的人》、《神探里德》、《金刚》等。

不住了。身处这样的国度，还请你担待则个。"

"噢，但我喜欢和别人谈论读书。我觉得读书实在是太美妙了。我想说，没有了书，生活将会是怎样？书本就像是——就像是——"

"就像是一个私密的世外桃源①，是的——"

两人热切地谈天说地，开始谈论的是读书，然后谈起了打猎，那个女孩似乎很感兴趣，一直催促弗罗利说下去。当他谈起几年前他是如何打死一头大象时，她显得十分激动。弗罗利几乎没有察觉，可能那个女孩也没有察觉，一直说个不停的人是他。他无法让自己停下来，聊天是如此快乐，而且那个女孩也愿意听他说话。毕竟，是他从大水牛那里把她解救了出来，她还是不相信那些庞然大物不会伤人。在这时他几乎成了她心目中的英雄。当一个人这辈子难得戴上荣誉的光环时，那多半是因为一件他并没有做的事情。两人的交谈如此轻松自然，好像可以永远这么谈下去。但突然间，他们的喜悦消失了，想开口说话却又沉默下来。因为他们发现这里并非只有他们俩。

在凉台另一头的栏杆之间，一张蓄着八字须的炭黑的脸正充满好奇地窥视着。他就是那个"装腔作势"的厨师老萨米。在他身后站着玛蒲、玛伊、哥斯拉的四个最大的孩子、一个赤身裸体不知道是谁的孩子和两个村子里来的老妇，她们听说有"英格雷玛"可以看，特地从村子里赶过来。这两个老女人看上去就像是柚木雕像，木头般的脸上叼着尺把长的雪茄，紧紧地盯着"英格雷玛"，就像英国乡巴佬紧紧地盯着全副盛装的

---

① 原文用的是 Alsatia 一词，原指伦敦泰晤士河以北的一个区域，历史上是一个龙蛇混杂之地，在英文中有"不受王权法律约束之地"的意思。

祖鲁战士一样。

"那些人……"女孩不自在地说道，看着他们。

萨米看到自己被发现了，看上去很尴尬，假装在整理头巾。其他人看上去也有点窘迫不安，只有那两个木头木脸的老妇仍很镇定。

"真是不要脸！"弗罗利说道。一股失落冰冷的疼痛感袭上心头。到了这一步，这个女孩就不能再呆在他家的凉台上了。两人同时想起还没向对方介绍自己。她的脸微微一红，然后她戴上了眼镜。

"恐怕对这些人来说，见到一位异国女孩是件新鲜事儿。"他说道，"他们并没有恶意。走开啦！"他怒气冲冲地补充了一句，朝那群看热闹的人挥了挥手。他们都走掉了。

"如果你不介意的话，我想我得走了。"那个女孩说道，"我出来很久了。他们可能担心我去哪儿了。"

"你真的得走了吗？现在时候还早着呢。我想你不能顶着大太阳回家。"

"我真的得——"她又说了一遍。这时她停了下来，看着门口。玛赫拉梅出现在凉台上。

她双手托着臀部，走上前来。她是从屋里进来的，神情自若，暗示自己有权出现在这里。两个女孩面对面站着，距离不到六尺。

再没有比这更奇怪的对比了。一个皮肤微红，就像一朵苹果花；另一个皮肤黝黑，打扮艳俗，乌檀木一样的头发和浅橙红色的笼基闪烁着金属般的光泽。弗罗利纳闷自己怎么以前从未察觉到玛赫拉梅的脸是这么黑，而且她那小巧僵硬的身躯是那么古怪，笔直得就像士兵的身躯，而且几乎没有曲线，只是臀部呈现出花瓶般的线条。他靠在凉台的栏杆上，一副事不关己的样子。差不多过了一分钟，两人都无法将视线从对方身上移开，但至于谁觉得对方更怪异吓人，那可就说不准了。

玛赫拉梅转过脸看着弗罗利。她那两条细长如铅笔线的眉毛蹙在一起。"这个女人是谁？"她面带愠色地问道。

他满不在乎地以命令仆人的语气说道：

"给我退下。要是你敢惹事，我就会拿竹棍揍你一顿，连一根完整的肋骨也找不出来。"

玛赫拉梅犹豫了一下，耸了耸窄窄的肩膀，离开了凉台。那个女孩看着她的背影，惊讶地问道：

"那个人是男的还是女的？"

"是个女的。"弗罗利回答，"我想是一个仆人的妻子。她过来问洗衣服的问题，没别的了。"

"噢，缅甸女人都长得这样吗？她们长得好奇怪！我来的时候在火车上看到很多缅甸女人，但你知道吗，我还以为她们都是男的。她们长得就像是荷兰的洋娃娃，不是吗？"

她朝凉台的台阶走去，玛赫拉梅走了，她也不再追问下去。他没有留她，因为他担心玛赫拉梅会回来大吵大闹，虽然这并不要紧，因为两个女孩语言不通。他叫了哥斯拉，哥斯拉拿着一把竹制伞骨的涂油绸伞赶紧跑了过来，毕恭毕敬地在台阶下撑开伞，等女孩走下来就举到她的头上。弗罗利和他们走到门口。两人驻足握了握手，他在大日头下微微侧转身，掩饰自己那块胎记。

"我的仆人会送你回家。你能来真是太好了。我无法表达遇到你心中是多么喜悦。你的到来，将赋予我们这些在乔卡塔的人以新生。"

"再见 —— 噢，真是太有趣了！我还不知道你的名字呢。"

"弗罗利，约翰·弗罗利。你是拉克斯汀小姐，对吧？"

"是的，叫我伊丽莎白吧。再见，弗罗利先生。非常感谢。那头可怕的水牛。你是我的救命恩人。"

"区区小事何足挂齿。我今晚能在俱乐部见到你吗？我想你叔叔和婶婶今晚会过去。再见，到时见。"

他站在门口，目送两人离开。伊丽莎白——多么可爱的名字，现在很少人叫伊丽莎白了。他希望那是个"莎"字。哥斯拉小跑着跟在她身后，既要用雨伞遮住她的头，又要尽量离她的身子远一点，因此步态显得很别扭。山岗上吹过一阵凉风。缅甸的冷天有时候会吹起这样的风，不知从何而来，让人的心中充满渴望和思乡之情，想念清冷的海堰，还有与美人鱼、瀑布和冰窟的亲密接触。凉风簌簌地吹过凤凰树宽阔的树冠，卷起了弗罗利半个小时前扔在门口的那封匿名信的碎片。

第七章

伊丽莎白躺在拉克斯汀家里客厅的沙发上，跷着双脚，用一块软垫枕在脑后，正在阅读迈克尔·阿尔伦[①]的《这些充满魅力的人儿》。迈克尔·阿尔伦是她最喜欢的作者，不过当她想读点严肃读物的时候，她更喜欢读威廉·洛克[②]的书。

客厅漆成了清爽的浅色，刷了石灰的墙壁足有一码厚，面积很大，但摆了几张桌子和贝拿勒斯铜器装饰品之后看上去要小一些。屋里有股印花棉布和枯萎的鲜花的味道。拉克斯汀太太在楼上睡觉。仆人们静静地躺在自己的宿舍里，头重重地靠在木枕上，陷入死一般的午寐中。拉克斯汀先生去了道路那头的小木屋办公室，或许也正在睡觉。除了伊丽莎白之外没有人醒着。在拉克斯汀太太卧室外面拉葵蒲扇的那个仆童躺在地上，一只脚跟套着绳索。

伊丽莎白刚满二十二岁，双亲已故。她的父亲不像弟弟汤姆那么酗酒无度，但也好不到哪里去。他是个茶叶掮客，一生的财运大起大落，但他生来过于乐观，在发财的时候没有把钱攒下来。伊丽莎白的母亲是个一无是处的肤浅女人，却又自视甚高，总是自怜自伤。她逃避了生活中所有应当承担的责任，因为她自诩是个才女，其实毫无才华。她花了几年时间，从事妇女解放运动和高层次的思考，三番两次还想投身文学事业，但都无果而终，最后她改学画画。画画是唯一不需要天赋或苦功的艺术。拉克斯汀太太觉得自己是个流落于"非利士人"中的艺术家——不消说，这些人当然包括了她的丈夫——这一装腔作势的姿态让她毫无顾忌地成为一个令人讨厌的女人。

战争的最后一年，拉克斯汀先生做了手脚，逃避了兵役，还挣了一大笔钱。停战协议甫一签订他们就搬进了位于海格特的一座宽敞而荒凉的新庄园。家里有多间温室、灌木林、马厩和网球场。拉克斯汀先生对前途十分乐观，雇了一帮用人，甚至还有一个管家。伊丽莎白被送到一间非常昂贵的寄宿学校读了两学期。噢，那两个学期是多么快乐，难以忘怀！学校里有四个女孩"出身名门"，几乎所有的女生都有自己的马驹，星期六下午可以获准去骑马。每个人的一生总会有一小段性格的成型期。对于伊丽莎白而言，那两个学期塑造了她的性格，那时她与富人有着亲密的接触。从此她的人生哲学可以总结为简单的一点，那就是好的事情（她称之为"美好"）总是和奢华优雅、雍容华贵这些词语联系在一起；而坏的事情（她称之为"低俗"）总是和廉价、下等、低劣和辛苦联系在一起。或许，那些昂贵的女子学校存在的目的就是为了教导这一信条。随着伊丽莎白渐渐长大，这种感觉越发敏锐深入，影响了她所有的想法。任何一样东西，从一双长袜到一个人的灵魂，都可以分为"美好"和"低俗"两种等级。不幸的是——拉克斯汀先生总是守不住自己的财产，她的生活基调就被"低俗"所主宰。

1919 年末，不可避免的厄运降临了。伊丽莎白离开了那

---

① 迈克尔·阿尔伦（Michael Arlen, 1895—1956），亚美尼亚裔英国作家，作品多讽刺一战后的伦敦社会，文风玩世不恭，充满幻灭感。

② 威廉·约翰·洛克（William John Locke, 1863—1930），英国作家，代表作有《爱在何方》、《白鸽》等。

间学校，转到学费便宜而"低俗"的学校就读，有一两个学期父亲还无法缴纳学费。她二十岁的时候父亲死于流感，只留给拉克斯汀太太一年一百五十英镑的年金，发放到她身故为止。在拉克斯汀太太的操持下，母女俩靠这每周三英镑的收入根本无法在英国生活。他们搬去了巴黎，那里的生活便宜一些，而且拉克斯汀太太希望能全身心投入艺术。

巴黎！在巴黎生活！弗罗利所幻想的在梧桐树下与蓄着胡子的艺术家相谈甚欢的情景根本与实际生活挨不上边。伊丽莎白在巴黎的生活可不像他所说的那样。

她的母亲在蒙帕纳斯区租了一间画室，立刻旧态复萌，变成了一个肮脏懒惰的妇人。她根本不懂理财，总是入不敷出。有好几个月伊丽莎白连饭都吃不饱。后来她找到一份工作，给一个法国银行经理当英语家庭教师。那家人叫她"英国小姐"。那个银行经理住在第十二区，离蒙帕纳斯区很远，伊丽莎白在附近找了一个包膳宿的房间。那是一座位于巷子里的狭小的房子，门面涂成了黄色，对面就是一间野味店，里面总是摆着臭气熏天的野猪尸体。那些长相有如老迈的萨提尔怪兽①的老头子每天都会到店里去，怀着钟爱之情大口大口地呼吸着那股味道。野味店隔壁是一间飞舞着苍蝇的咖啡厅，挂着一块招牌，写着"友谊咖啡厅不卖啤酒"。伊丽莎白恨透了这间包膳宿的旅舍！女房东是个穿着黑衣的老女人——总是偷偷摸摸地在楼上楼下窥伺，想逮到房客在洗手盆里洗袜子。那几个房客都是性情乖戾的毒舌寡妇，钟情于旅舍里唯一的男人。他是一个温和的秃顶男子，在莎玛丽丹百货公司上班，整个人看起

---

① 萨提尔怪兽（Satyr），古希腊神话中半人半兽的怪物。

来就像一只为了面包屑而烦恼的小麻雀。吃饭时那几个女人总是盯着对方的盘子，看看谁分到的饭菜分量最多。旅舍里的浴室是一个漆黑的小房间，墙壁斑斑驳驳，快散架的烧水锅炉上长满了铜锈，浴盆里刚盛了两英寸高的水锅炉就会罢工。伊丽莎白当家庭教师的那户人家，屋主是个五十岁的银行经理，长着一张肥胖倦怠的脸庞，光秃秃的深黄色头颅好像一个鸵鸟蛋。她上课的第二天，孩子们正在上课时他就走进房间，坐在伊丽莎白身旁，在她的手肘上掐了一把。第三天他捏了她的小腿一把，第四天部位改到了膝盖后面，第五天摸到了她的膝盖上面。因此，每天晚上，两人在进行一场沉默的战争。她把手放在桌下，拼命挣扎不让那只毛茸茸的手靠近她。

那是卑劣低俗的生活。事实上，伊丽莎白以前不知道原来生活可以"低俗"到这种程度。但有一件事情最令她沮丧，最让她有一种流落风尘的感觉，那就是母亲的画室。拉克斯汀太太是那种没有仆人就完全失去方寸的女人。对她来说，夹在画画和料理家务之间就像是一场无休止的噩梦，而她两样都做不好。她时不时会去一间"学校"上课，在一位用脏兮兮的画笔作画的导师指导下画上几幅灰蒙蒙的静态写生。其余的时间她就呆在家里烧茶做饭，搞得一塌糊涂。看到画室里的情况伊丽莎白不禁会觉得非常沮丧，那简直就是人间地狱。里面就像布满了灰尘的冷冰冰的猪圈，地板上到处堆放着书籍和纸张，好几口炖锅油腻腻地、横七竖八地撂在生锈的煤气炉上，床铺得等到下午才会整理，到处——在每一个可能会走到或碰到的角落里——堆放着一罐罐沾满了颜料的松节油和一个个盛着半满的红茶的茶壶。你拿起一张椅子上的坐垫，会发现下面放着一个盘子，里面装着吃剩的荷包蛋。伊丽莎白一走进房间就忍不住会叫嚷：

"噢，妈妈，亲爱的妈妈，你怎么能这样？看看房间乱成什么样子！这样的生活实在是太可怕了！"

"亲爱的，房间怎么了？房间很乱吗？"

"非常乱！妈妈，你得把那盘粥放在床中间吗？还有那些锅！房间看起来太邋遢了。要是有人进来怎么办！"

当提到干家务活儿这样的话题时，拉克斯汀太太的眼神就会变得很迷离，仿佛魂飞物外。

"我的朋友可不会介意这些，亲爱的。我们都崇尚波希米亚风格，我们是艺术家。你不明白当我们作画的时候是多么全神贯注。你缺少了一点艺术气质，亲爱的。"

"我得看看能不能把那些锅给洗干净。我不能想象你就这样子生活。你的硬毛刷子哪儿去了？"

"硬毛刷子？让我想想，我知道我在哪儿见过的。啊，有了！昨天我拿它清洗调色板了。但你用松节油洗洗就好了。"

伊丽莎白干活的时候，拉克斯汀太太会坐下来，拿着一根蜡笔继续在一张素描画纸上涂鸦。

"你真是太好了，亲爱的。这么能干！我不知道这一点你是从谁那里继承下来的。现在对我来说，艺术就是一切。我觉得灵感源源不断地喷涌出来，把所有低劣琐碎的事情一扫而空。昨天我用《纳什杂志》的一页纸装午饭，这样我就可以节省点时间不用洗盘子。这主意真不错！你想要干净的盘子时，只需要撕下一页纸。"诸如此类的话。

伊丽莎白在巴黎没有朋友。母亲的朋友都是和她一样的人，要么就是年迈的、一无是处的单身汉，靠微薄的收入为生，从事那些可鄙的半吊子艺术，像木雕或瓷画什么的。除此之外，伊丽莎白只和外国人打交道。她讨厌全体外国人，至少是所有的外国男人，因为他们的衣着很廉价，而且饭桌上的举止令人恶心。那时候让她觉得安慰的事情就是去爱丽舍宫大道的美国图书馆阅读那些画报。星期天或下午有空的时候，她会一连几个钟头坐在亮闪闪的大桌子旁边，做着白日梦，看着《每日梗概》、《点滴》、《画报》、《运动与戏剧》等。

啊，那些画报里蕴含了多少快乐！"猎犬大会于巴罗迪恩爵士华丽的沃威克郡府邸查尔顿礼堂的草坪举行"、"尊敬的泰克-博尔比夫人携阿尔萨斯犬忽必烈汗出席，今夏该犬荣获克拉夫特二等奖"、"戛纳日光浴，由左至右分别是：芭芭拉·皮尔布里克小姐、爱德华·图克爵士、帕米拉·威斯特鲁普夫人、'娘娘腔'贝纳克上尉"。

多么美妙的金色世界！有两回她在杂志里看到了老同学的面孔。看着老同学时她感到黯然神伤，很疼。她的老同学就在美国，骑着马，开着汽车，丈夫就像骑士一样勇猛优雅。而她呢，干的是那份糟糕的工作，住的是那间破烂的包膳宿旅舍，还有那个邋遢的母亲！难道她就没有出路了吗？难道她会永远困在这个肮脏卑劣的地方，再也不能回到上流社会了吗？

有了妈妈这个坏榜样现身说法，伊丽莎白对艺术十分厌恶，而这是很自然的事情。事实上，任何聪明过头的人——用她的话说，"脑袋太好使"的人——在她的眼中都是"低俗"的人。她觉得真正体面的人——那些打松鸡、去阿斯科特赛马场、在科兹开游艇的人——脑袋都不怎么灵光。他们不会从事写书或画画这种无聊的事情。而那些不切实际的想法——社会主义什么的，在她的字典里都带着贬义的色彩。真是事有凑巧，她遇到过一两个名副其实的艺术家。他们愿意一辈子身无分文地工作，却不愿意委身到一家银行或保险公司上班。她鄙视这种男人，远远甚于鄙视母亲身边那个半吊子艺术家的圈子。一个男人居然主动放弃了大好的光明前程，把自己奉献给毫无意义的事情，这实在是太可耻了，太不要脸了，太可怕了。她担心自己会变成老处女，但她宁愿当一千辈子老处女也不愿嫁给这样的男人。

伊丽莎白在巴黎住了快两年的时候，母亲突然死于食物中毒。麻烦的是，她没有早点死掉，只留给伊丽莎白不到一百英镑的遗产。她的叔叔和婶婶立刻从缅甸发来电报，叫她过去和他们一起住，并说稍后会给她写一封信。

写这封信花了拉克斯汀太太不少时间，她把笔夹在两唇之间，那张三角脸俯视着信纸，看上去像一只正在深思熟虑的蛇妖。

"我想我们得留她住上一年，真是好烦人！不过，要是她有点姿色的话，一年内应该嫁得出去。我该对她说些什么呢，汤姆？"

"说些什么？噢，就说她在这里找到如意郎君的机会要比回国更大一些，你知道该怎么说。"

"我亲爱的汤姆！你尽说些不着边的事情！"

拉克斯汀太太写道：

"当然，这里只是个小官署驻地，我们大部分时间都住在丛林里。我很担心你会觉得这里比起巴黎没那么好玩，要无聊得多。但对于一个姑娘家来说，小地方也有自己的好处。她会发现自己成了社交界的公主。那些未婚男士都很孤单，能有一个女孩子出现在社交场合将令他们心花怒放。"如此这般这般。

伊丽莎白花了三十英镑购置夏天的服装，然后立刻出发。在一群海豚的护送下，轮船驶过地中海，经苏伊士运河驶入一片波光粼粼的珐琅蓝海洋，然后转入绿意盎然的印度洋，船只驶过之处，一群群飞鱼吓得纷纷掠过水面。到了晚上，海面上漂着点点磷光，船舷就像冒着绿色火焰的箭头破浪前进。伊丽莎白很"享受"远洋轮船上的生活。她喜欢晚上在甲板上跳舞，船上的每位男士似乎都愿意为她买一杯鸡尾酒，但是，她和那帮年轻人很快就厌倦了甲板上的游戏。虽然她的母亲过世刚刚两个月，她已经不再悲伤。她并不深爱母亲，而且船上的人对她的身世一无所知。破落潦倒地生活了两年后，能再度呼吸到有钱人圈子的气息真好。虽然船上大部分人其实并不是有钱人，但上了远洋轮船每个人都会装出有钱人的派头。她知道自己会喜欢印度的。从其他乘客的交谈中她已经勾勒出印度的样子。她甚至学了几句必备的印度斯坦语，如："伊德赫奥"（"过来"）、"扎尔迪"（"快点"）、"萨希布洛"（"老爷"）等。她预先体会到了俱乐部友好的气氛：蒲葵扇轻轻地摇摆着，赤着脚戴着白色头巾的童仆虔诚地行额手礼，蓄着齐整胡须的古铜色皮肤的英国士兵在练兵场上斥马狂奔，打着马球。在印度人们的生活方式简直可以媲美真正的有钱人。

他们横穿犹如绿色玻璃的水域，来到了科伦坡，这里的海龟和黑蛇在漂浮着享受日光浴。一列小舢板冲出来迎接轮船，划船的都是些皮肤黝黑的男人，嘴唇被蒌叶汁染得比鲜血还红。乘客下船的时候他们围着舷梯叫嚷着。伊丽莎白和她的朋友下去时，两个驾着舢板的男人将船头靠着舷梯上，大声地恳求着她们。

"小姐，您不能上他的船！不能上他的船！他是坏人，载小姐的不行！”

“别听他胡说八道，小姐！脏兮兮的下流坏子！他在耍花招！这些土著人下流的把戏！”

“哈，哈！他自己不是土著人！噢，不是！他是欧洲人，全身都是白皮肤的，小姐！哈，哈！”

“你们俩别吵了！不然我会狠狠踢你们一脚。”伊丽莎白朋友的丈夫喝骂道——他是个种植园主。他们上了一艘舢板，被送到阳光灿烂的码头。然后那个抢到生意的船夫折返回去，朝那个对手唾了一大口唾沫，这口唾沫他一定已经攒了很久。

这里就是东方。椰子油、檀香、月桂和姜黄粉的味道在酷热得令人眩晕的空气中飘荡。伊丽莎白的朋友开车送她到拉维尼亚山，他们在像可口可乐一样起泡泡的微温的海里泡了澡。傍晚的时候她回到船上，一星期后抵达仰光。

在曼德勒北部，以木柴为动力的火车以每小时十二英里的速度穿过一片广袤而干枯的平原，远处是蓝色的丘陵包上的镶边。白鹭泰然自若地站立着，像苍鹭一样一动不动。成堆成堆的红辣椒在阳光下闪烁着暗红色的光芒。有时候，一座白色的佛塔在平地上耸起，宛如一个慵懒的女巨人的胸脯。热带的傍晚降临了，火车缓缓地颠簸而行，在小站停留，从黑暗中响起野蛮的叫嚷声。衣不蔽体的男人把长发盘在脑后，举着火把在夜里出没，在伊丽莎白眼中，他们就像恶魔一样面目可憎。火车驶入了丛林里，在漆黑中树枝刮着车窗。大约九点钟的时候他们抵达乔卡塔。伊丽莎白的叔叔和婶婶开着麦克格雷格的车子正等候着她，几个仆人还拿着火把。婶婶迎上前，她那柔弱如蜥蜴的双手搭在她的肩膀上。

"我想你一定就是我们的侄女伊丽莎白了。见到你真是高兴。"她亲了亲伊丽莎白。

在火把的光亮中拉克斯汀先生和妻子并肩而立。他吹了一声口哨，高声说道："我的老天爷哟！"然后他抱住伊丽莎白，亲了她一下，令她觉得态度亲热得有点过头。她还从未见过叔叔和婶婶呢。

吃完晚饭后，在客厅的葵蒲扇下，伊丽莎白和婶婶在聊天。拉克斯汀先生在花园里散步，表面上是在品味素馨花的香气，实则是在偷偷摸摸地喝一个仆人从屋子后头私下带给他的酒。

"我亲爱的，你长得真是太漂亮了！让我再看看你。"她搂着伊丽莎白的肩膀，"我真心觉得伊顿式的短发很适合你。你是在巴黎理的发吧？"

"是的。人人都剪了伊顿式的短发。如果你的头够小的话，也蛮适合你的。"

"太可爱了！还有这副玳瑁眼镜——很时髦噢！我听说所有那些——呃——南美的上流社会女士都喜欢戴这种眼镜。我以前怎么不知道自己有这么一个漂亮迷人的侄女呢。你说你多大来着，亲爱的？"

"二十二岁。"

"二十二岁！等我明天带你去俱乐部，那些男士们得多高兴啊！他们都很寂寞，可怜的家伙，从没见过一张新面孔。你在巴黎住了整整两年吗？我不能想象那里的男人到底在干什么，居然让你没有结婚就走了。"

"我见过的男人不多，婶婶。都是些外国人。我们的生活很平静。我得上班。"她觉得她得上班是件很难为情的事情。

"是的，是的，"拉克斯汀叹了口气，"到处都会听到这种事情。漂亮的女孩子却得去工作谋生，真是太可怜了！我觉得他们太自私了，难道不是吗？那些男的一直不结婚，而那么多可怜的女孩却在寻觅如意郎君。"见伊丽莎白没有答话，拉克斯汀太太又长叹一声，"如果我是个女孩的话，我就随便找个人嫁了，什么人都行！"

两人四目交投，拉克斯汀太太心中有千言万语，但她只想拐弯抹角地暗示一下。她说话总是这样，但每次都把意思弄得非常直白。她说话的口吻温和而客观，似乎正在谈论一个笼统的话题：

"当然，这话我必须得说。有时候女孩子嫁不出去纯粹是她们自己的错。这种事情甚至在这里发生过几回。不久前我记得——有个女孩和她哥哥一起住了一年，很多男人向她求婚——警察、护林官、前程远大的木材公司经理。她全部都回绝了。我听说她想嫁一个驻印度的政府公务员。好嘛，你猜怎么着？当然，她哥哥可不能一辈子养她。我听说现在她还在家里，可怜的女孩，给一个夫人做帮手，说白了就是女仆。一周的工资只有十五先令！想到这种事情真是太可怕，不是吗？"

"太可怕了！"伊丽莎白应和着。

这个话题到此为止。从弗罗利家回来后，伊丽莎白向叔叔和婶婶讲述自己的经历。她们正坐在摆满了鲜花的桌上吃早餐，头顶上葵蒲扇轻轻地拍着，穿着白色外衣和头巾、瘦高如鹳鸟的穆斯林管家站在拉克斯汀太太的椅子后面，手里托着盘子。

"噢，婶婶，多么有趣的事情啊！一个缅甸女孩走到凉台，我从未见过缅甸女孩，应该说，我见过，但不知道她们其实是女孩。真是古怪的小东西——她长着黄皮肤圆脸，黑色的头发盘在头上，看上去简直就像个洋娃娃。她看上去只有十七岁。弗罗利先生说她是他的洗衣女工。"

那个印度管家顾长的身躯挺得笔直，眼睛朝下瞟着她，白色的眼珠子在脸上显得特别大。他的英语说得很好。拉克斯汀先生刚从盘子里叉了一块鱼肉，手停在了半空，难看的嘴巴大张着。

"洗衣女工？"他说道，"洗衣女工？该死的，一定是弄错了吧！这个国家可没有洗衣女工。你知道吗，洗衣服的事情都是男人在做。要是你问我——"

接着他突然闭嘴了，似乎有人在桌子底下狠狠地踩了他一脚。

第八章

当晚弗罗利吩咐哥斯拉去请理发师傅过来——他是镇里唯一的刮脸师傅，是个印度人，顾客大部分是印度苦力，价格是每个月八亚那，隔天干刮一回。欧洲人也会让他理发刮脸，因为没有别的理发师傅了。弗罗利打完网球回来，理发师傅正在凉台上等候着。弗罗利用沸水和康迪牌消毒液给剪刀消毒，然后让理发师傅给他理了发。

"拿我那套最好的棕榈沙滩牌西装出来。"他吩咐哥斯拉，"还有一件绸缎衬衣和我那双黑鹿皮皮鞋，还有上星期在仰光买的新领带。"

"我已经弄好了，德钦。"哥斯拉回答，意思是他会把事情办妥。弗罗利走进卧室时，发现哥斯拉已经把衣服拿好了，站在旁边候命，样子有点不开心。显然，哥斯拉知道为什么弗罗利要精心打扮自己（他想去见伊丽莎白），而他不赞成这样。

"你在等什么？"弗罗利问道。

"帮您穿衣，德钦。"

"今晚我自己穿衣服。退下吧。"

他准备刮脸——今天的第二次——他不想哥斯拉看见他拿着刮脸的东西进浴室。有好几年他没在一天里刮过两次脸了。他心想，上周他刚买了条新领带，运气真好。他精心打扮了一番，花了大约十五分钟时间梳理头发——刚剪完的头发很硬，不肯顺帖地垂下去。

似乎没过多久，他就与伊丽莎白并肩走在去巴扎集市的路上。他发现她一个人在俱乐部的图书室里，突然间鼓起勇气，邀请她到外面散步。她爽快地答应了，让他有点吃惊，她甚至没和叔叔婶婶说一声。他在缅甸住得太久了，忘记了英国人的礼仪。去巴扎集市的路两旁长了菩提树，树叶遮住了新月，树荫下很阴暗，但在树叶的缝隙间星星闪烁着白光，看上去很矮，就像吊在看不见的绳子上的天灯。一波波不同的味道涌了过来，一开始是素馨花很腻的香气，接着是从维拉斯瓦密的平房对面那些茅屋传来的冷冰冰的、粪便腐烂的臭味。远处传来了鼓点有节奏的声音。

听到鼓声，弗罗利记起了再走一段路就到了正在上演社戏的地方，就在吴柏金的府邸对面。事实上，主办社戏的人就是吴柏金，虽然付钱的是别人。弗罗利心里萌生一个大胆的念头。他可以带伊丽莎白去看社戏！她会喜欢的——她一定会喜欢的。没有哪个长着眼睛的人能抗拒观看社戏的舞蹈。或许，两人出去了那么久，回到俱乐部会有人搬弄是非，但管它呢！那又有什么打紧？她和俱乐部那帮笨蛋不是一类人。一起去看社戏多好玩啊！这时音乐闹哄哄地响起，好不吓人——唢呐滴滴滴地吹响，响板哒哒哒地打响，鼓点嘡嘡嘡地敲响，最响的是一个男人破锣般的吼叫声。

"怎么这么吵？出什么事了？"伊丽莎白问道，她停下脚步，"听起来好像是爵士乐队！"

"是土著音乐。他们在演社戏——那是缅甸的戏剧，介乎历史剧和滑稽剧之间，你可以想象一番。你会感兴趣的，拐个弯就到了。"

"哦。"她的语气很含糊。

他们拐了个弯，那里灯火通明。整条马路有三十码挤得人山人海，都在看社戏。后面有一个隆起的舞台，上面吊着几盏嗡嗡作响的汽油灯，戏台班子在台前敲敲打打。台上有两个穿着戏服的人，让伊丽莎白想起了中国式的佛塔，他们手持弧形的宝剑就在那里比划着。整条马路尽是穿着白色棉布衣服的女人的背影，肩上围着粉红色的围巾，黑色的头发盘了发髻。几个女人趴在坐垫上睡着了。一个中国老汉端着一盘花生，在人群里穿梭着，哀愁地叫卖着："花生！花生！"

"我们可以停下来看几分钟，如果你喜欢的话。"弗罗利说道。

刺眼的灯光和戏台班子震耳欲聋的喧闹差点没让伊丽莎白晕过去，但最让她惊诧的是，这群人就坐在马路上，似乎把这儿当成了剧院的正厅。

"他们经常在路中间表演吗？"她问道。

"通常他们会搭个简易的舞台，第二天早上就拆掉。演出整晚都会进行。"

"但这样做行吗——整条路都被堵住了。"

"噢，行的。这里可没有交通法规。你也看到了，根本没有交通需要管制。"

她总是觉得心里发毛。这时候几乎所有的观众都从席子上转过身来，紧盯着"英格雷玛"。观众中间有五六张椅子，坐着几个官吏。吴柏金也在里面，他正费劲地挪着大象一般的身材过来问候这两位欧洲人。音乐停下来时，满脸麻子的巴泰匆匆穿过人群走了过来，朝弗罗利行了额手礼，胆怯地问道：

"至圣的主人，我家主人吴柏金差我问您，可否与这位小姐赏光观看社戏片刻？他为您和小姐备好了座位。"

"他们请我们过去看戏。"弗罗利问伊丽莎白，"你想去吗？挺有趣的。那两个家伙一会儿就会退场，然后就是舞蹈节目。我想看一会儿不会让你觉得闷的，好吗？"

伊丽莎白很犹豫，她觉得走进那群臭烘烘的本地人里似乎不好，甚至有点危险。不过她信任弗罗利，他应该知道怎么做比较得体，于是她跟着他朝座位走去。缅甸人纷纷在坐垫上为他们让道，盯着她看，还窃窃私语。她的胫骨碰到了穿着棉布衣服的暖烘烘的身体，空中弥漫着浓烈的汗臭味。吴柏金尽量弯下腰向她鞠躬，瓮声瓮气地说道：

"请就坐，小姐！能认识您真是鄙人的荣幸。晚上好，弗罗利阁下！您能来真是意外之喜！要是我们知道您和这位小姐肯赏光，我们会准备好威士忌和其它欧洲酒水的。哈哈哈！"

他大笑起来，满口被蒌叶汁染红的牙齿在灯光下像红色的锡箔般闪闪发光。他的身躯如此庞大，长相又如此丑陋，伊丽莎白不禁缩着身子离他远一些。一个穿着紫色笼基的瘦削年轻人朝她鞠躬，然后端上一个盛着两杯冰镇果子露的盘子。吴柏金大声拍了拍手："嘿，舞蹈开始！"他用缅甸语吩咐身边一个男孩，那个男孩挤过人群，走到舞台边上。

"他让人把最好的舞女叫来，以此表示对我们的尊敬。"弗罗利解释，"看，她来了。"

一个原本蹲坐在后台抽烟的女孩子走到灯光下。她很年轻，肩膀纤细，胸脯平坦，穿一件浅蓝色的绸缎笼基，盖住了双脚。按照缅甸的传统，她那条短裙在臀部有小小的裙撑，支起了小小的弧度，就像一朵低垂的花的花瓣。她倦怠地把雪茄扔给戏班的一个人，然后伸出一只纤细的胳膊抖了几下，似乎在放松肌肉。

戏班突然间大声喧闹起来。乐器中有像风笛的管乐乐器、一样尽是小竹板的乐器(一个人拿着一根小锤子在上面敲敲打打),中间还有一个男人被十二个不同尺寸的高鼓包围着,迅速地用手掌跟从一个敲过另一个。那个女孩开始翩翩起舞。最开始的时候称不上是舞蹈,她只是有节奏地点头,两只手肘摆出不同的姿势,抖个不停,动作就像一个老式街心转盘上面的那些木偶。她的脖子和肘关节转动的时候就像是一具傀偶,但柔软得令人难以置信。她的双手手指合拢,像蛇头一样扭曲着,能扭到几乎和前臂差不多平行的程度。渐渐地,她的动作越来越快。她开始左右跳跃着,猛地弯下了腰,似乎在行屈膝礼,然后无比矫捷地一跃而起,虽然那条长笼基束缚了她的双脚。然后她以一种古怪的姿势跳舞,似乎坐了下来,膝盖弯曲着,身体前倾,手臂屈伸不停,头也跟着鼓点的节拍而舞动。音乐的节奏加快了,到达了高潮。那个女孩笔直地站起来,就像一个陀螺迅速地转个不停,裙子的裙撑在身边飞舞着,像是一朵雪花的花瓣。接着,和开头一样,音乐戛然而止,在观众的鼓噪声中,那个女孩又摆回了那个屈膝行礼的姿势。

伊丽莎白观看着舞蹈,心里觉得很惊奇,又有点无聊,而且有点恐惧。她呷了一口饮品,觉得味道有点像发油。在她脚边的垫子上,三个缅甸女孩枕着同一个枕头睡得正香,小巧的鹅蛋脸凑在一起,像三只小猫咪一样。在音乐声中,弗罗利凑在伊丽莎白耳边低声向她作介绍。

"我知道你会对这个感兴趣,所以带你来这里看看。你读过书,一直住在文明社会,不像我们这些人,是可悲的野蛮人。难道你不觉得这舞蹈虽然怪里怪气,不过倒还值得一看吗?看看那个女孩子的动作——看看那个古怪的前倾姿势,就像一具牵线布偶一样，她的双臂从肘部开始扭曲，就像一条直立着身子准备攻击的响尾蛇。这套舞蹈很古怪，甚至可以说丑陋，好像是刻意为之。而且动作有点狰狞——所有的蒙古人种都带有恶魔的气质。但你仔细看下去的话，就可以看到这套舞蹈所蕴含的艺术和许多个世纪的文化底蕴！那个女孩的每一个动作都经过无数代人的研究和传承。当你仔细观察这些东亚人的艺术时，你可以看到——一个文明回溯，回溯，一直回溯到我们还以树叶遮羞的年代，而这个文明在当时就已经像现在一样了。我不知道该怎么向你形容，在某种程度上，缅甸的生活和精神就凝聚在那个女孩舞动双臂的姿势中。当你看到她时，你看到的是稻田、柚子树下的村庄、佛塔、穿着黄色僧袍的和尚、清早在河里游泳的水牛、锡袍王的宫殿——"

音乐一停他也跟着停下来。有些东西能逗引他东拉西扯毫无戒备地说个不停，而社戏就是其中之一。但现在他意识到自己一直在像一个小说里的角色那样说个不停，而且还是一本很蹩脚的小说。他转过脸去。伊丽莎白听着他说话，心里觉得怪不舒服的。这个男人到底在说些什么？这是她的第一想法。而且，她听到了深恶痛绝的"艺术"这两个字不止一次。这时她才想到她跟弗罗利并不熟络，单独和他出来实在是不明智的举动。她环顾四周，看着黑潮般的面孔和耀眼的灯光。这个陌生的地方吓坏了她。她在这个地方干什么？像这样和这帮黑黝黝的人坐在一起，几乎和他们产生肢体接触，闻着他们那股大蒜和汗水的味道，不是太得体吧？为什么她不是在俱乐部里和其他白人在一起？为什么他要带她来这里，坐在这群本地人中间，观看这么丑陋野蛮的舞蹈呢？

音乐响起，那个演社戏的女孩又开始跳舞。她的脸上涂着厚厚的脂粉，在灯光下看上去就像一副涂着粉笔灰的面具，后面是一双活人的眼睛。那张死白色的脸和那些木偶一样的动作让她看上去非常可怕，似乎是一个魔女。音乐变换了节奏，那个女孩开始以刺耳的声音唱起了歌。这是一首抑扬顿挫的快歌，听起来很快乐，但带着一股狰狞的感觉。观众们和着唱起来，一百多个人整齐划一地吟唱着难听的曲调。那个女孩仍然摆着那个古怪的弯腰姿势，转过身以屁股朝着观众开始起舞。她那条绸缎笼基闪烁着金属般的光泽。她的双手和双肘仍然在旋转着，臀部开始两边摇摆。然后她开始配合着音乐分别扭动着两个屁股蛋——动作非常灵巧，而且透过笼基看得很清楚。

观众们热烈地鼓掌，那三个在垫子上睡觉的女孩被吵醒了，也跟着热烈地拍手。一个文员瓮声瓮气地嚷道："真棒！真棒！"他嚷的是英语，为两位欧洲客人助兴。但吴柏金皱着眉挥了挥手。他很了解欧洲女人。但伊丽莎白已经站起身了。

她断然说道："我得走了。我们得回去了。"她看着别处，但弗罗利看到她的脸涨得通红。

他起身站在她身边，有点不高兴，"听我说，你能多坐几分钟吗？我知道现在不早了，但是——他们提早了两个小时让这个女孩上来跳舞，这是对我们的尊重。再坐几分钟吧，好吗？"

"我做不到。其实我早就得回去了，我不知道叔叔和婶婶会怎么想。"

她立刻穿过人群往外面走，弗罗利跟在她后面，甚至来不及向社戏的表演者道谢致意。缅甸人不是很高兴地让了道。这些英国人都一副德性，老是扫了兴致，人家安排了最好的舞者为他们表演，然后表演这才刚刚开始居然就要走人！弗罗利和伊丽莎白刚走，场内就争吵起来。那个社戏女孩不愿意继续跳舞，而观众们要求她继续跳下去。不过，两个丑角匆匆上台，发出怪叫，讲起了黄色笑话，于是观众们平静了下来。

弗罗利可怜兮兮地跟在伊丽莎白身后走在路上。她走得很快，头转向一边，有好一会儿她没有说话。怎么会发生这种事情呢，刚刚两人不是还相处得好好的嘛！他一直想道歉。

"我真的很抱歉！我不知道你不喜欢——"

"没什么，你为什么要道歉呢？我只是说得回去了，就是这样。"

"我应该事先就想到的。在这个国家一个人老是会不注意那种事情。这些人和我们对于礼貌的看法很不一样——在某些方面要更加严格一些——但是——"

"不是因为这个！不是！"她气愤地叫嚷着。

他知道自己只会越描越黑。两人默不作声地走着，他走在后面。他觉得好难过。他是个彻头彻尾的傻瓜！但他一直想不明白她对他生气的真正原因。触犯她的并不是那个社戏女孩的舞姿本身，那只是一个由头。这次出行——主动去和那些臭烘烘的土著人摩肩接踵——让她很不高兴。她清楚地知道这不是白人应该做的事情。而他所作的那一番滔滔不绝的发言，那些冗长的说辞——几乎，她烦心地想，让人觉得他似乎是在引用诗句！有时候你在巴黎遇到的那些艺术家就是这么说话的。直到今晚之前她还以为他是个真正的男子汉。接着，她想起了今天早上的遭遇，他如何赤手空拳地勇斗大水牛。她的气消了一些。走到俱乐部的时候她决定原谅他一回。这时弗罗利也重拾勇气开口说话。他停了下来，她也停了下来，星光透过树枝洒落下来，他依稀可以看清她的脸。

"我想说，我想说，我希望你不会为这件事生气吧？"

"不，当然不会。我告诉过你我不生气。"

"我不该带你去那儿的。请原谅我。请放心，我不会告诉别人你去过那里。我只会说你去了花园里散步——就是这样。他们或许会觉得奇怪，一个白人女孩居然去看社戏。我不会告诉他们的。"

"噢，当然，我是不会去的！"她同意了他的提议，语气热情得让他觉得很惊讶。他知道自己得到了原谅。但他并不知道是什么事情让自己得到原谅。

两人默契地分开走进俱乐部。毫无疑问，这次出行以失败告终。今晚俱乐部的休息室里气氛很热烈。所有的欧洲人都等候着迎接伊丽莎白，那个主管和六个仆人穿着最好的、浆硬的白西装，分列在门口左右微笑着行额手礼。当欧洲人问候完伊丽莎白后，那个主管捧着一个大花环走上前来，这个花环是仆人们特意为"白人小姐"准备的。麦克格雷格先生致欢迎辞，言语非常幽默，介绍了每个人。他介绍麦克斯韦为"我们的本地巢居专家"，介绍威斯特菲尔德为"法律与秩序的守护神——啊——土匪强盗的煞星"等等等等。大家都笑得乐不可支。见到一位漂亮女孩让每个人顿时变得幽默起来，懂得欣赏麦克格雷格先生的致辞——事实上，他花了一整晚的时间进行准备。

机会一出现，埃里斯就带着狡诈的神情，把弗罗利和威斯特菲尔德拉进了棋牌室。今晚他的心情比平时要好一些。他用他那小而坚硬的手指抓住弗罗利的胳膊，抓得他有点疼，但动作很亲昵。

"我的老伙计，大家都在找你。你去哪儿了？"

"哦，我去散步了。"

"去散步！和谁一起去的？"

"和拉克斯汀小姐。"

"我就知道！也就是说，你是那个落入圈套的该死的傻瓜了，不是吗？别人还没来得及看上一眼，你就把诱饵给吞下去了。本以为你是老鸟了，不会上这样的当，我真的是这么想的。"

"你什么意思？"

"什么意思！看看他，还在假装不知道我什么意思！我是说，拉克斯汀太太已经看上你当她那宝贝侄女的如意郎君了。如果你真他妈不明白的话我就跟你明说了。是吧，威斯特菲尔德？"

"说得对极了，老伙计。合格的年轻单身汉，适合结婚的人什么的。他们看上他了。"

"我不知道你们怎么说起这个来了。这个女孩刚到这儿还不到二十四小时呢。"

"够久的了，你都带她去花园里散步了。你可得小心了，汤姆·拉克斯汀或许是个醉鬼，但他可不是傻瓜，他可不想有一个侄女缠着他一辈子。当然，她可是个八面玲珑的女孩子。所以呢，你可得小心一点，不要一头栽进去。"

"该死的，你怎么可以这样对别人妄加评论。毕竟她还只是个女孩——"

"我亲爱的老伙计，"埃里斯有了新的丑闻题材，态度变得几乎非常和蔼可亲，拉着弗罗利的大衣翻领，"我亲爱的、亲爱的老伙计，你是不是在做白日美梦呢？你以为那个女孩子是个容易得手的猎物，才不是呢。这些从英国来的女孩子都一样。'是个男的就行，但戴上戒指了再说。'——那就是她们的宗旨，每个人都一样。你以为她来这儿是干吗的？"

"为什么？我不知道。我想她想来就来。"

"你可真是个笨蛋！她来这里当然是想找个丈夫。这不是明摆着的事嘛！当一个女孩在别的地方嫁不出去，她就会到印度碰碰运气，那里每一个男人做梦都想见到一个白人女孩。他们称之为'印度婚姻介绍所'。应该说是'皮肉市场'才对。每年一船船这样的女人就像冻羊肉被运过来，被像你这样恶心的老单身汉染指。冷冻库存，刚从冰库里拿出来的丰美的羊蹄髈。"

"你说话怎么这么醒醒？"

"牧场饲养的上等英国羊肉。"埃里斯高兴地说道，"新鲜运到。保证鲜嫩无比。"

他装出挑挑拣拣羊蹄髈的动作，还猥琐地闻了几下。这个玩笑很可能让埃里斯说上很久。他那些笑话总是反反复复地说上很久。再没有什么事情能比糟蹋一个女人的名声更令他开心了。

当天晚上弗罗利没怎么和伊丽莎白见面。大家都坐在酒吧间里，尽说一些这种场合下空洞无聊的话题。弗罗利从来无法附和这种聊天。至于伊丽莎白，俱乐部文雅的气氛、身边那么多白色的面孔，还有亲切的画报和"邦佐"图片，让她在经过了看社戏这个小插曲后心里踏实多了。

拉克斯汀一家九点钟离开了俱乐部，陪他们散步回家的不是弗罗利，而是麦克格雷格，在凤凰树的树荫下像只友好的蜥蜴怪兽一样漫步在伊丽莎白身边。卑廖的轶事和其它类似的故事找到了新的倾诉对象。麦克格雷格喜欢对任何新到乔卡塔的人说这些，因为其他人觉得他特别无聊，俱乐部已经形成了一个规矩，那就是打断他讲述这些故事。但伊丽莎白喜欢听别人说话。麦克格雷格先生觉得她真是一位生平罕见的蕙质兰心的女孩。

弗罗利在俱乐部里多逗留了一会儿，和其他人一起喝酒。他们说了许多关于伊丽莎白的猥琐话。至于选举维拉斯瓦密医生入会的争议就暂时被搁置一旁。昨晚埃里斯贴上去的公告也被取下来了。麦克格雷格先生早上来俱乐部的时候看到了这张公告，他是个处事公正的人，立刻让人取下公告，虽然如此，这张公告上的内容已经不胫而走。

第九章

接下来的半个月发生了许多事情。

吴柏金与维拉斯瓦密医生的斗争进行得如火如荼。整个小镇分成了两个派系，每一个本地人，从治安长官到巴扎集市的扫地工人，都站在各自的阵营，等待着作伪证的时候到来。但在两个派系中，医生的派系势力要小得多，而且诽谤攻讦的能力远远不如对方。《缅甸爱国者报》的编辑被告上法庭，罪名是煽动性言论和诽谤英国官员，不许保释。他的被捕在仰光引起了小小的骚动，被警方镇压下去，只有两个暴动者被打死。那个编辑在监狱里进行绝食抗议，但只坚持了六个小时就偃旗息鼓。

乔卡塔出了几桩事情。一个名叫纳苏欧的土匪神秘地越狱了。而且传闻沸沸扬扬，说本地人正在准备发动叛乱。那些小道消息——到目前为止它们仍然很模糊——都围绕着一个名叫松洼的小村庄，就在离麦克斯韦采伐柚木的营地不远的地方。一个巫师不知从何而来，他散布英国人的统治即将灭亡的预言，给民众分发神奇的外衣，据说可以刀枪不入。麦克格雷格并不是太在意这些谣言，但他提出申请，要求增强警力。据说很快一位英国军官将率领一个印度步兵连过来增援。当然，一收到出大事的威胁，或者说，是出大事的希望，威斯特菲尔德就立刻赶到松洼。

"上帝啊，要是他们能爆发一次像样的叛乱就好了！"出发前他对埃里斯说道，"但一定会像平时那样不了了之的，真是该死。这些造反总是一样——还没开始就疲软了。你相信吗，我还从来没有朝一个家伙开过枪呢，甚至连一个土匪也没打过。不算战争在内的话，十一年了，从未杀过一个人。真是郁闷。"

"噢，那还不好办，"埃里斯说道，"如果他们不敢动手，你可以把为首的抓起来，好好地打他们一顿板子。这可比把他们关在我们那该死的像疗养院一样的监狱里要好得多。"

"嗯，或许是这样。但现在这种事情不能做了。那些形同儿戏的法律在庇护他们，我在想，我们怎么就这么傻，制定出这些法律条文。"

"噢，该死的法律。打板子是让缅甸人乖乖听话的唯一手段。你见过他们被打板子后的样子吗？我就见过。从监狱里被搀扶出来，躺在牛车上，女人们为他们的后背和臀部敷上捣碎的香蕉。他们知道打板子的威慑力。要是我掌权的话，我就会打脚底板，就像那些土耳其人一样。"

"啊，好嘛。希望他们真的有种干上一架。那我们就可以出动军警、步枪什么的。干掉几十个人——这个世界就清净了。"

但是，这个盼望已久的机会并没有出现。威斯特菲尔德和那十几个他带到松洼的警察——都是一帮兴高采烈的圆脸廓尔喀族年轻土兵，希望用他们的库克利弯刀砍人——发现村子里太平得让人觉得沮丧失落，似乎根本没有造反的迹象，只是村民们在尝试着抗交人头税，这种事情每年都会发生，就像雨季一样规律。

天气一天天热起来。伊丽莎白出了第一次疹子。俱乐部的网球活动基本停止了。人们懒洋洋地打了一盘后就瘫坐在椅子上，几品脱几品脱地喝着微热的橘子汁——确实是微热的，因为从曼德勒运来的冰块一周只有两次，而且不到二十四小时就全融化了。森林里的热力达到了最高峰。缅甸女人为了防止孩子们中暑，会往他们脸上涂黄色的防晒霜，看上去就像非洲的巫师。成群的绿鸽子和个头像鸭子一般大的皇鸠飞过来啄食巴扎集市道路两旁那些菩提树结出的浆果。

这段时间里，弗罗利不许玛赫拉梅踏进他的家门。

多么卑鄙龌龊的事情！他有很好的借口——她偷了他的金烟盒，拿到巴扎集市中国人李晔开的杂货店兼非法当铺那里当掉了——但这只是一个借口。弗罗利和玛赫拉梅都心知肚明，包括所有的仆人也知道，他把她赶出家门，完全是为了伊丽莎白，为了"那个染了头发的英格雷玛"，玛赫拉梅就是这么叫她的。

一开始玛赫拉梅没有大吵大闹，她满脸不高兴地站在那儿等着他给她写了一张一百卢比的支票——巴扎集市的李晔或那个印度放债人可以兑现支票——告诉她被逐出家门了。他比她更羞愧，不敢正视她的脸，声音也很软弱，带着愧疚。载她的东西离开的牛车过来时，他把自己关在卧室里躲避着，准备等到东西搬完才出去。

外面传来了牛车吱吱咯咯的走动声和男人的声音。接着，突然间他听到了尖利的哭叫声。弗罗利走到屋外，几个仆人正围在日头下的大门口，玛赫拉梅紧紧抓住大门的栏杆不放，哥斯拉正试图把她撵出去。她转头看着他，一脸悲愤绝望的表情，声嘶力竭地叫着："德钦！德钦！德钦！德钦！"虽然他把她逐出家门，但她仍然叫他德钦，他觉得很心疼。

"怎么了？"他问道。

原来玛赫拉梅和玛伊都说一顶假发是自己的。弗罗利把假发给了玛伊，给了玛赫拉梅两卢比作为补偿。牛车慢悠悠地离开了，玛赫拉梅坐在两个柳条筐旁边，身体坐得笔直，脸色阴沉沉的，抚摸着膝盖上的猫咪。那是两个月前他送给她的礼物。

虽然哥斯拉一直希望玛赫拉梅离开，但当事情真的发生时，他并不开心。当他看到主人去教堂时更加不开心——他把教堂称为"英国佛塔"——星期天牧师来的时候弗罗利仍然在乔卡塔，他和其他人一起去了教堂。教堂的信众有十二个人，包括弗朗西斯先生、萨缪尔先生、六个当地的基督徒，拉克斯汀太太用那部单脚踏板的小风琴演奏着《与我同在》。那是十年来弗罗利除了出席葬礼之外第一次去教堂。哥斯拉根本不知道在"英国佛塔"里会做些什么事情，但他知道上教堂是件体面的事情——和所有的单身汉的仆人一样，他打骨子里不喜欢体面这一品质。

"麻烦的事情就要来了。"他如丧考妣地对其他仆人说道，"这十天来我一直在观察他（指弗罗利）。他的烟量减到了每天十五根，吃早饭之前不喝杜松子酒了，而且每晚都要刮胡子——虽然他以为我不知道，这个傻瓜。他还订了六件新的丝绸衬衣！我得监督着裁缝，骂他怎么这么磨蹭才做好衣服。这是可怕的征兆！再过三个月，这座房子就别想有安宁的日子了！"

"怎么了，他打算结婚吗？"巴沛问道。

"一定是这样。当一个白人开始去英国佛塔时，你可以肯定地说这是结局的开始。"

"我这辈子服侍过很多人，"老萨米说道，"最糟糕的莫过于温普尔上校老爷，他老是叫人把我摁倒在桌子上，然后从后面用厚厚的靴子踢我，因为我老是做香蕉煎饼给他吃。平时他喝醉的时候，会朝仆人的房舍屋顶开枪，子弹就从我们的头顶飞过。但我宁愿在温普尔上校老爷那儿干上十年，也不愿服侍一个小心眼的白人太太一个星期。要是我们的主人结婚了，我当天就辞职不干。"

"我可不走，我服侍他十五年了，但我知道那个女人一来，我们都不会好过。她会冲我们大吼大叫，就因为家具上有一点灰尘，下午我们睡觉的时候会把我们叫醒，给她泡茶，随时随地跑到厨房抱怨一通，说盘子洗不干净啦，面粉罐里有蟑螂啦。我相信这些女人整晚不睡觉，就想着法子折磨仆人。"

"她们还有红色的小本子，"萨米说道，"在里面登记去巴扎集市花了多少钱，这里花了两亚那，那里花了四亚那，所以你根本没有油水可捞。她们对一个洋葱的价格可比一位老爷对五卢比更加计较。"

"啊，我就知道！她可比玛赫拉梅更难缠！女人啊！"最后哥斯拉总结出这么一句，长长地叹了口气。

其他人跟着叹气，甚至玛蒲和玛伊也跟着叹气。两人都没把哥斯拉的话当成是对女性的非难。英国女人被当成另外一个人种，甚至不被当成是人。他们非常害怕英国女人，一个英国男人结婚后，他的仆人便纷纷离开，即使是那些服务多年的仆人也一样。

第十章

其实哥斯拉多虑了。认识伊丽莎白十天后，弗罗利和她的关系并不比第一天刚见面时亲密多少。

其实这十天来他一直陪着她，因为大部分欧洲人都在丛林里。弗罗利其实不应该在总部逗留，因为一年的这个时候是伐木的高峰期，他不在采伐现场，那帮欧亚混血监工又懒惰无能，搞得事情一团糟。但他还是留在总部——借口是发烧了——而监工们几乎每天都会寄来求救信，告诉他种种可怕的情况。一头大象病了，将木料拉到河边的轻轨火车机头坏了，有十五个工人开小差跑了。但弗罗利还是不肯离开乔卡塔，因为伊丽莎白在那儿。他继续尝试着找回两人第一次见面时那种轻松愉快的气氛——但没有多大的成效。

两人每天都见面，早晚两次。每天晚上他们在俱乐部单独打网球——拉克斯汀太太跑不动，而在一年的这个时候拉克斯汀先生根本没有心情打网球——然后他们四人会一起到酒吧间打桥牌，聊天。尽管弗罗利经常和伊丽莎白在一起，一呆就是几个小时，两人还经常单独相处，但他从未感觉到一刻的轻松自在。两人天南海北地神聊——但聊的都是些零碎琐事——虽然可以畅所欲言，但两人很疏远，感觉就像陌生人一样。有她在场让他觉得很拘谨，无法忘却脸上那块胎记。他一天刮两次下巴，酒瘾和烟瘾发作起来难受得要命——和伊丽莎白在一起时他尽量不抽烟不喝酒。过了十天两人的关系根本没有取得他所希望的进展。

　　不知道为什么，他从来无法以自己渴望的方式好好和她聊天。聊天，只是聊天而已！听起来似乎没什么，但其实意义非常重大！当你开始步入中年，过着苦闷孤独的日子，身边那些人觉得你对每件事情的真实看法都是异端思想时，聊天的需要成了最重要的需要。但和伊丽莎白在一起时根本不可能谈起严肃的话题。两人就像被施了魔咒一样，尽聊一些琐碎无聊的话题：谈唱片、谈狗、谈网球拍——都是那些意兴索然的俱乐部闲聊。她似乎只想谈论这些事情。只要他一触及任何有趣的话题，她就会逃避说"这个我可不知道"。了解她读书的偏好时他不禁大吃一惊。他提醒自己她年纪还小，但她不是在巴黎的梧桐树下喝着白葡萄酒，谈论着马塞尔·普鲁斯特吗？再过一段时间，她一定会理解他，并成为他需要的伴侣。或许这只是因为他还没有得到她的信任。

　　和她在一起的时候他根本不懂得相处之道。和所有那些一直生活很孤独的男人一样，他只知道倾吐自己的观点，却没有考虑到别人的感受。因此，尽管两人聊天时只是说一些不着边的话题，他开始让她觉得厌烦，烦的不是他所说的那些话，而是他所暗示的内容。两人在一起的时候总是很别扭，不知道如何形容，但老是濒临吵架的边缘。当两个人在一起的时候，其中一个在这个国家生活了很久，而另一个初来乍到，不可避免地，第一个人会是第二个人的导师。这几天伊丽莎白开始了解缅甸，自然而然地，弗罗利扮演起翻译的角色，对这个予以解释，对那个评头品足。他所说的话，或许是他说话的方式，让她觉得无法认同。她觉得只要弗罗利说起"土著人"，说的几乎都是好话。他总是在赞美缅甸的风俗和缅甸人的品格。他甚至拿他们和英国人作比较，赞美褒扬他们。这些话让她感到不安。说到底，土著就是土著——虽然很有趣，但终究是长着黑色面孔的"臣民"和劣等民族。他的态度未免太宽容了，而且他一直没搞懂他是怎么惹恼她的。他想让她和他一样爱上缅甸，而不是以一位白人女士那种木然而漠不关心的眼神去看待它！他忘记了大多数人只有在蔑视当地人的情况下才能在异国他乡住得踏实。

他总是希望引起她对东方事物的兴趣。比如说，他想劝她学缅甸语，却徒劳无功。（她的婶婶向她解释过，只有传教士的妻子才说缅甸语，大家闺秀只要会说厨房用的乌尔都语就够了。）两人之间出现了无数的小分歧，她隐约察觉他的观点不是一位英国绅士应有的观点。她更清楚地知道他是想让她喜欢上缅甸人，甚至推崇他们，推崇那些长着黑色面孔，几乎等同于蛮夷的土著人，看到他们她仍然会觉得浑身战栗！

这个话题出现的方式足有上百种。一队缅甸人在路上经过他们身边时，她仍然会觉得很好奇，会盯着他们的背影，感觉半是好奇半是排斥，然后她会像对其他人说话那样对弗罗利说道："这些人长得真是丑陋恶心，不是吗？"

"是吗？我倒是觉得这些缅甸人长得蛮好看的。他们的身材多好！看看那个人的肩膀——就像一尊青铜雕像。想象一下，要是在英国，人们像这里的人一样半裸着身体会是什么样子！"

"但他们的头型实在太难看了！头颅后面斜着往上翘，就像一只公猫的脑袋。而且他们的额头是倾斜的——让他们看上去好可怕。我记得曾经在一本杂志里读到过一篇关于人的头型的文章。里面说，一个额头倾斜的人天生就是罪犯。"

"噢，这么说太过分了，世界上得有一半的人长着这种头型。"

"哦，好嘛，如果你把有色人种算在内的话，当然——"

又或者那是一队缅甸女人去井里打水：皮肤黝黑、身形笨重的农村女孩，抬着水罐，臀部像母驴的屁股那样凸起。伊丽莎白讨厌缅甸女人甚于讨厌缅甸男人。她觉得她们是自己的同类，却又讨厌和这些长着黑漆漆的脸的生物是同类。

"她们长得真是太丑了，不是吗？如此粗俗不堪，就像是畜生一样。你觉得有人会觉得这些女人有吸引力吗？"

"她们的男人会，我相信。"

"我想也是，但她们的皮肤好黑——我不知道谁能忍受得了！"

"但你要知道，假以时日你就会习惯棕色皮肤的。事实上，他们说在这些国家呆上几年，你就会觉得棕色的皮肤比白色的皮肤更加自然——我想这话不无道理。它确实更加自然。放眼整个世界，白皮肤才是一种古怪的现象。"

"你的想法可真有趣！"

诸如此类的事情经常发生。他所说的话让她觉得很不高兴，认为那是一派胡言。而在一个晚上，弗罗利允许那两个被遗弃的欧亚混血儿弗朗西斯先生和萨缪尔先生在俱乐部门口和他说话，更是让她觉得气恼。

事情是这样的：伊丽莎白比弗罗利早到了几分钟，她听到他在门口说话，就离开网球场去门口迎他。那两个欧亚混血儿悄悄地凑近弗罗利身边，把他包夹住，就像两只想和他玩游戏的小狗。弗朗西斯一直说个不停。他身材瘦削，情绪很容易激动。他的母亲是个印度南方人，所以他黑得像一片雪茄叶。

萨缪尔的母亲是一个克伦邦人，皮肤是淡黄色的，长着一头暗红色的头发。两人都穿着整脚的军服，戴着大大的遮阳帽，压着瘦削的身子，看上去像两株伞菌的茎秆。

伊丽莎白走过来的时候刚好听到关于一段冗长而复杂的身世的只言片语。和白人聊天——谈论关于自己的事情——是弗朗西斯这辈子的一大快事。每隔几个月，当他发现一位欧洲人愿意听他说话时，他就会将自己的生平滔滔不绝地向他倾吐。他说话时鼻音很重，就像在唱歌一样，而且语速非常快：

"我对父亲的记忆不多，阁下，但他是个很暴躁的人，老是拿很粗的两边有很多节眼的竹篾打我、我那年纪还小的同父异母的弟弟和两个母亲。当主教巡视我们的时候，我和同父异母的弟弟就得穿上笼基，混在一帮缅甸小孩里面，免得被认出来。我父亲从未当上主教，阁下。二十八年来只让四个人皈依了基督。而且他太喜欢喝中国米酒了，使得他在外头的名声不太好，还搞得他那本由仰光浸信会出版社出版的《论酗酒的害处》卖不出去，这本书卖一卢比八亚那。我那个同父异母的弟弟老是咳嗽，在一个大热天死掉了。"等等等等。

那两个欧亚混血儿发现伊丽莎白来了。两人摘下帽子，鞠了一躬，露出白灿灿的牙齿。或许，他们俩得有好几年时间没有和一位欧洲女士说过话了。弗朗西斯的语气变得更加热情洋溢。他滔滔不绝地说着，显然是害怕自己的话会被打断。

"晚上好，小姐，晚安，晚上好！能认识您真是鄙人三生有幸！这些天真是酷热难当，不是吗？但四月天就是这样。我想您应该不至于为痱子所苦，是吧？把罗望子捣碎敷在痱子上面准好。我自己每天晚上也痒得难受。我们欧邹人出痱子可厉害了。"

就像《马丁·崔述伟》①中的查洛普先生一样，他把"欧洲人"说成了"欧邹人"。伊丽莎白没有应他，只是冷冰冰地看着这两个欧亚混血儿。她根本不知道这两个人是谁，是做什么的，觉得他们和她说话是非常无礼的举动。

　　"谢谢，我会记住罗望子这个药方的。"弗罗利说道。

　　"这可是中国名医的验方。还有，阁下和小姐，请允许我向两位进言，在四月天只戴宽边毡帽可不行，阁下。那些本地人可以这么戴，他们的脑袋硬邦邦的。但对于我们来说就有中暑之虞。这日头对欧邹人的脑袋可毒了。我是不是耽搁您了，小姐？"

　　他说最后这句话时的语气特别失落。事实上，伊丽莎白已经决定不去理会这两个欧亚混血儿。她不知道为什么弗罗利愿意和他们说话。她走到网球场，拿着球拍对着空气挥了一拍，提醒弗罗利是时候打球了。他看在眼里，跟了过去，心里很不情愿，因为他不想冷落这两个可怜的欧亚混血儿，虽然他觉得很无聊。

　　"我得走了，晚安，弗朗西斯，晚安，萨缪尔。"

　　"晚安，阁下！晚安，小姐！晚安，晚安！"两人举着帽子离开了。

　　"那两个人是谁？"弗罗利走了过来，伊丽莎白问了他一句。"真是难看的畜生！星期天的时候他们在教堂里。其中一个长得几乎像个白人，他肯定不是英国人吧？"

　　"不，他们都是欧亚混血儿——父亲是白人，母亲是土著

---

① 《马丁·崔述伟》（*Martin Chuzzlewit*）是英国作家查尔斯·狄更斯的小说，讲述穷苦人马丁·崔述伟一生颠沛流离的生活。

人。我们给他们起了友好的绰号，叫'胆小鬼'。"

"他们来这里干什么？他们住在哪儿？他们有工作吗？"

"他们住在巴扎集市。我想弗朗西斯在帮一个放印子钱的印度人当文员，萨缪尔给几个律师当文员。但要不是本地善堂时不时救济他们，或许他们早就饿死了。"

"本地人！你是说——他们仰仗本地人的施舍？"

"我想是这样。如果一个人不介意的话，求得施舍是件很容易的事情。缅甸人不会看着别人挨饿的。"

伊丽莎白对这种事情闻所未闻。想到至少有一半白人血统的大男人与土著人一起生活在赤贫中，她觉得十分惊讶，在小路上停了下来，打网球也因此中止了几分钟。

"但是这太糟糕了！我是说，真是太不像样了！简直就像我们当中的一个沦落到那步田地一样。难道就不能为那两个人做点什么吗？让大家捐点钱，把他们赶走或什么的？"

"恐怕这于事无补。无论他们去到哪儿，情况都会一样。"

"但他们就不能找份正经工作吗？"

"我觉得不行。你要知道，那些欧亚混血儿——在巴扎集市长大，没有接受教育——从一开始就注定完蛋了。欧洲人拿着拐杖也不会去碰他们，而且他们不能担任政府的低级职员。除了仰仗施舍之外他们别无出路，除非他们放弃自己是欧洲人的伪装。但你不能指望那些可怜的家伙会这么做。他们那点儿白人血统是他们唯一的资本。可怜的弗朗西斯，每次见到他时他都会向我抱怨他的痱子。你知道的，本地人不会长痱子——他当然是在胡说八道，以为人们相信他真的长痱子了。还有中暑。他们戴着大大的遮阳帽，让你知道他们长着和欧洲人一样的脑袋。帽子就好像是徽章一样。你可以说这是他们身份的象征。"

这番话并不能让伊丽莎白觉得满意。她感觉到弗罗利和平时一样，对那两个欧亚混血儿起了怜悯之心。看到那两个人就让她觉得讨厌。她已经把这两个人归为鬼佬，将像那些墨西哥人或意大利人或其他在许多电影里扮演坏蛋的外国人。

"他们看起来堕落不堪，不是吗？瘦得像麻秆一样，而且低声下气的，一看就知道不是好人。我想欧亚混血儿都是这么堕落吧？我听说混血儿总是继承了父母双方的缺点，是真的吗？"

"我不知道。大部分欧亚混血儿都算不上是好人，他们出身不好，又怎么能做个好人呢。但我们对他们的态度很粗暴。我们总是当他们是土里长出来的蘑菇，认为他们与生俱来就是这么坏的人。但说到底，之所以会有他们，都是我们的责任。"

"都是我们的责任？"

"他们都有父亲，你知道的。"

"噢……确实如此……但说到底，你不应该为此负责任。我是说，只有非常下流的人才会——呃——和本地女人扯上关系，不是吗？"

"确实如此。不过我知道他们俩的父亲都是神职人员。"

他想起了罗莎·麦克菲，一个1913年的时候他在曼德勒勾引过的欧亚混血女孩。他总是乘着一辆印度马车偷偷来到她家楼下，车帘紧闭着。罗莎盘着头发，客厅里黑漆漆的，摆着几盆蕨类植物和柳条椅子。她那枯瘦的缅甸老母亲给他端茶。后来他甩了罗莎，她用喷了香水的信纸写了很多封可怜兮兮的信件，央求与他重归于好，到最后他连信都懒得打开。

打完网球后，伊丽莎白又提起了弗朗西斯和萨缪尔。

"那两个欧亚混血儿——会有人和他们打交道吗？邀请他们到家里去什么的？"

"老天爷啊，根本没有。他们是彻头彻尾的被放逐者。没有人会和他们说话。事实上，我们顶多和他们打声招呼——埃里斯甚至连招呼也不打。"

"但你和他们说过话。"

"噢，是的，有时候我会打破规矩。我是说，一个白人老爷是不应该被看到和他们说话的。但你要知道，我只是尽量不想当个白人老爷——只有当我能鼓起勇气时才会这么做。"

这句话很傻。现在她知道"白人老爷"这个词的含义和它所指代的人了。他的这番话让两人之间的分歧更清晰了一些。她看着他的眼神几乎带着敌意，而且显得很冷酷无情，有时候她的脸虽然年轻，而且肌肤就像鲜花一样，看上去却冷若冰霜。那副时髦的玳瑁眼镜让她看起来像个很自我的人。眼镜真的可以展现一个人的性格——几乎比眼睛更能展现一个人的性格。

虽然他还是不明白她的想法，也没有赢得她的信任，但至少在表面上两个人还没有闹僵。有时候他会惹她生气，但第一天早上他留下的良好印象还没有消散。很奇怪，这段时间她几乎没有注意到他那块胎记。她很喜欢和他聊一些话题，比方说，打猎——她似乎很喜欢打猎，对于一个女孩来说这可算是很罕有的兴趣。还有骑马，但关于骑马他的知识贫乏得多。他已经安排好了稍迟一些时候带她去打猎一天，等准备就绪就出发。两人都很向往着这次出行，虽然向往的原因并非完全相同。

第十一章

弗罗利与伊丽莎白走在去巴扎集市的路上。虽然是早上，但天气已经很热，就像在一片酷热的海洋中跋涉一样。一路上他们碰到许多缅甸人，都是从巴扎集市那边过来的，穿着很磨脚的草鞋。还有一群缅甸女孩，四五个并排迈着小碎步，走得很快，唧唧喳喳地说着话，光洁的头发闪烁着光亮。在快到监狱的路旁，遍地都是一座石头佛塔的碎片，是被一棵菩提树的树根崩裂弄倒的。佛塔上那些恶鬼狰狞的面孔仰面朝天，静静地躺在草丛中。旁边另一棵菩提树紧紧缠绕着一棵棕榈树，将其连根拔起，整棵树干向后弯去，这种情况已经持续十年了。

他们继续走，来到了监狱。四周都是围墙，占了很大一块面积，大约两百码见方，闪亮的混凝土墙大约有二十码高。那只孔雀——监狱里养的宠物——正像鸽子一样迈着小碎步绕着围墙走动。六个犯人垂着头走了过来，拖着两辆沉重的手推车，上面堆满了泥土，几个印度狱卒看守着他们。这几个都是长期服刑的囚犯，四肢粗壮，穿着粗陋的白布缝制的囚服，光秃秃的脑壳上戴着又小又丑的帽子。他们脸色灰白神情畏惧，而且无精打采的。脚上的镣铐发出清脆的叮当叮当声。一个女人走了过来，头上顶着一个鱼筐。两只乌鸦在鱼筐上方盘旋着，时不时飞下来啄食鱼肉，那个女人漫不经心地扇着手把它们赶走。

不远处人声鼎沸。"拐过这个弯就到巴扎集市了。"弗罗利说道，"今天早上是赶集的日子，看看挺有趣的。"

他邀请她一起来集市参观，告诉她这里是个很有趣的地方。他们拐过弯道。巴扎集市其实是一个围场，看上去像一个大型的畜栏，低矮的摊位上面用棕榈叶遮盖着。围场里人声鼎沸，叫嚷着、推搡着，五颜六色的衣服看上去就像一道从壶里倾泻而出的有千百种颜色的小瀑布。巴扎集市的尽头是一条宽阔的河流，夹带着树枝和长长的几串泡沫，以每小时七英里的速度滚滚而下。河岸边有一排舢板，船头雕着尖利的鸟嘴形状的造型，上面画着眼睛，以锚杆为支点摇来晃去。

弗罗利和伊丽莎白站着看了一会儿。一排排女人经过他们身边，头上顶着蔬菜篮子，鼓着眼睛的孩子们盯着这两个欧洲人看个不停。一个穿着褪色成天蓝色的粗蓝布衣服的中国老头匆匆走过，手里拿着几条血淋淋的猪肠。

"我们去摊位里转转吧，好吗？"弗罗利问道。

"进去和那帮人在一起？这样子好吗？那些东西都脏得要命。"

"噢，没事的，他们会给我们让道的。你会觉得里面很好玩。"

伊丽莎白不是很情愿地跟在他身后，心里充满了疑虑。为什么他总是带她来这些地方？为什么他总是把她带到"土著人"中间，试图让她对他们感兴趣，观看他们肮脏而恶心的习俗？不知怎么地，情况不是很对劲。但是她还是跟在他后面，觉得无法解释内心的不情愿。一股几乎让人窒息的空气迎面而来，那是一股大蒜、干鱼、汗水、尘土、茴香、丁香和姜黄的味道。他们的身边围满了人，有肤色如棕色雪茄的粗壮结实的农民、花白的头发盘在脑后的枯瘦老人、背着赤裸着身子的小婴孩的年轻妈妈。弗洛被踩到了，大声地叫唤着。伊丽莎白被矮小却强壮的肩膀撞了好几下，那些农民忙着讨价还价，根本没有工夫去看一个白人女子绕着摊位艰难地行走着。

"你看！"弗罗利用手杖指着一个摊位，他的声音被两个女人的争吵声淹没了，她们正为了一筐菠萝大吵大闹，挥舞着拳头。伊丽莎白被这股味道和吵闹吓坏了，畏缩不前，但他没有注意到，领着她继续往人群里走，不时地指着这里或那里的摊位。这里的货品看上去那么新奇、古怪而寒酸。有穿在绳子上有如月亮的硕大的柚子、红色的香蕉、一篮篮个头有如龙虾的浅紫色的大虾、一捆捆的松脆的干鱼、深红色的辣椒、处理得像腊肉一样的剖开的鸭子、绿色的椰子、独角仙的幼虫、一段段甘蔗、长刀、涂了漆的凉鞋、画着方格图案的丝绸笼基、做得像肥皂一样的大块的春药、高达四尺的釉面陶罐、用蒜头和糖做的中式糖果、绿白相间的雪茄、紫色的茄子、用柿子的籽做成的项链、在柳条筐里唧唧叫唤的小鸡、铜佛像、心形的蒌叶、一瓶瓶的克鲁岑盐粉、一顶顶的假发、做饭的红色陶罐、给牛穿的铁掌、纸扎的牵线人偶、一块块从短吻鳄身上剥下的品质上佳的皮革。伊丽莎白的头开始发晕。在巴扎集市的另一头，阳光透过一顶教士伞，看上去是血红色的，似乎那把伞是一个巨人的耳朵。在一处摊位前面，四个达罗毗荼女人正用沉重的木桩在一个大大的木臼里捣姜黄粉。火辣辣的黄色粉末飞舞着钻入伊丽莎白的鼻孔，让她连打了几个喷嚏。她感觉自己一刻也无法再呆下去，碰了碰弗罗利的胳膊。

"这帮人 —— 这个地方太热了。我们找个地方乘凉好吗？"

他转过身。事实上，他一直在说个不停 —— 大部分内容其实听不清楚，因为周围实在太吵了——没注意到酷热和气味已经让她眩晕了。

"噢，真是抱歉。我们这就出去。听我说，我们去李晔老头的店里去——他是一个华裔杂货商人——让他给我们弄杯喝的东西。这里确实很闷热。"

"这些香料——它们似乎让你喘不过气来。那种闻起来像鱼的可怕的味道到底是什么？"

"噢，那是一种他们用虾提炼的酱料。他们把虾埋进土里，过几个星期后再挖出来。"

"怎么这么恶心！"

"我倒是觉得很健康。回来，别去那儿！"他对着弗洛下了命令，它正闻着一筐白杨鱼一样、鱼鳃上长着棘状凸起的小鱼。

李晔的杂货店面朝巴扎集市的远端。伊丽莎白其实希望立刻回俱乐部，但李晔的店面看上去是欧洲风格的——堆着兰开夏出产的棉布衬衣，而且令人难以置信的是，还摆着几个廉价的德制时钟——让她感觉舒服了一些，至少比粗野的巴扎集市要好一些。他们正要上台阶的时候，一个年约二十的瘦削年轻人从人群中走了过来，跟在他们身后。他穿着很不协调的一件笼基和一件蓝色的板球运动上衣，脚穿一双明黄色的鞋子，头发梳成油光水亮的中分式"英格雷发型"。他问候了弗罗利，身体别扭地动了一下，似乎不让自己行合十礼。

"什么事？"弗罗利问道。

"有您的信，阁下。"那个小伙子拿出一个脏兮兮的信封。

"失陪一下。"弗罗利对伊丽莎白说了一句，拆开信件。

是玛赫拉梅寄来的——她找人代笔，自己画了一个十字表示签名——信的内容是索要五十卢比，语气略带威胁。

弗罗利把小伙子拉到一边："你会说英语，是吧？告诉玛赫拉梅我迟一些会见她。告诉她，如果她想勒索我，她一个子儿也得不到。你听得懂吗？"

"是的，先生。"

"走吧。别跟着我，否则你会有麻烦。"

"是的，先生。"

"是个小职员，想找份工作。"弗罗利对伊丽莎白解释。两人登上台阶，"他们无时无刻不在烦人。"他觉得信里的语气不是很对劲，因为他没有想到玛赫拉梅这么快就开始勒索他。但是，现在他没有时间好好思考这封信到底是什么意思。

他们走进店里，里面很阴暗。李晔正坐在一篮子一篮子的货品中间抽烟——店里没有柜台——看到是贵客光临连忙热情地蹒跚着迎上前。弗罗利是他的朋友。他上了年纪，膝盖直不起来，穿着蓝布衣服，留着一条辫子，黄色的面孔没有下巴，颧骨高耸，看上去像一个和蔼的骷髅头。他瓮声瓮气地以缅甸话问候弗罗利，然后又蹒跚着走到店后，叫人递茶水点心上来。屋里有一股清冷而甜腻的鸦片味，墙上挂着长条形的红色纸条，上面写着黑色的字①，一面墙上挂着一张肖像画，上面是两个神情肃穆的人，穿着刺绣长袍，肖像前供奉着两根焚香。两个中国女人，一个是老妇，一个是女孩，正坐在一张席子上用玉米秸秆和切得像马毛一样细碎的烟草卷香烟。她们穿着黑色的丝绸裤子，双脚的脚背肿胀弓起，勉强塞进红色鞋跟

---

① 译者注：这应该指中国式的对联。

的木屐中，看上去比洋娃娃的脚大不了多少。一个赤身裸体的小孩正在地上慢悠悠地爬来爬去，像一只黄色的大青蛙。

"看看那两个女人的脚！"等李晔一转身伊丽莎白就悄悄对弗罗利说道，"真是太可怕了，不是吗？她们怎么把脚弄成那样？肯定不是天生的吧？"

"不，她们是故意把脚弄成那样的。我想这种风俗在中国已经不流行了，但这里的人还很落后。李晔的辫子是另一个不合时宜的东西。中国人觉得小脚女人很美。"

"还美呢！这太可怕了，我都不敢看上一眼。这些人就是彻头彻尾的野蛮人！"

"噢，不是这样！他们非常有文化，我觉得比我们更有文化。美只是一种品味。在这个国家有一个民族，叫帕劳人，他们认为女人长脖子很美。那些女孩戴着粗大的铜圈，以此拉长脖子，铜圈越戴越多，直到她们的脖子长得像长颈鹿一样。这可不比穿裙撑或裙箍更古怪。"

这时李晔回来了，两个丰满圆脸的缅甸女孩跟在后面，两人应该是姐妹。她们笑个不停，端着两张椅子和一个蓝色的中式茶壶，里面装有半加仑的茶水。这两个女孩是李晔的小妾。老人家拿出了一罐巧克力，正把盖子撬开，笑容就像慈父那样和蔼，露出三枚长长的、被烟熏黑的牙齿。伊丽莎白心神不定地坐了下来。她很清楚接受这些人的款待是不合适的。其中一个缅甸女孩立刻绕到椅子后面，给弗罗利和伊丽莎白扇风，另一个女孩跪在他们脚边，给他们倒茶。伊丽莎白觉得那个缅甸女孩往她脖子后面扇风，而那个中国男人在她面前咧嘴而笑的这一幕情形特别傻气。弗罗利似乎总是把她卷入这种不自在的情况里。李晔把罐子递给了她，她拿了一块巧克力，但说不出

"谢谢"这两个字。

"这样子好吗？"她悄悄问弗罗利。

"怎么了？"

"我是说，我们应该坐在这些人的屋子里吗？这难道不会有点——有失体面吗？"

"和中国人在一起不要紧。在这个国家，他们是上等人。他们的观念很开通民主，我们应该和他们平等相待。"

"这茶看上去特别难喝。怎么绿油油的。你想他们应该懂得往里面加奶的，是吧？"

"这茶很不错，是李晔从中国带来的特别品种。我想里面加了香橙花。"

"呃！这茶的味道就像泥土一样！"她品尝了一口。

李晔手持烟斗站立着，那支烟斗足有两尺长，金属斗钵有橡树果般大小。他看着这两个欧洲人，想了解他们是不是喜欢喝他的茶。椅子后面的女孩说了几句缅甸语，然后两人又咯咯咯地笑起来。那个跪在地上的女孩仰着头，天真而钦羡地看着伊丽莎白。然后她转头问弗罗利这位英国小姐是不是穿了胸衣。她把"胸衣"说成了"松衣"。

"嘘！"李晔惊讶地用脚指头踢了踢那个女孩，示意她不要多嘴。

"我可不好意思问她。"弗罗利回答。

"噢，德钦，请您问她一下！我们都很想知道！"

两人争执起来，椅子后面的那个女孩忘了扇风，加入了争论。这两个女人似乎都很渴望看到一件真正的"松衣"。她们听说了许多关于胸衣的传闻：胸衣是以束缚囚犯的紧身衣为原理，用钢铁做成的，它们紧紧地把一个女人绑住，让她变成平胸，绝对的平胸！那两个女孩把手按在自己胖嘟嘟的肋骨上作示范。弗罗利能行行好，问这位英国小姐一下吗？小店的后面有一个房间，她可以跟她们去那里宽衣。他们一直想看看一件真正的"松衣"是什么样子的。

然后谈话突然间停了下来。伊丽莎白僵硬地坐在那里，手里拿着茶杯，不敢再喝一口，脸上硬挤出一丝微笑。那几个东方人心里一寒，他们意识到这位英国女士不愿加入他们的谈话，感觉很不自在。刚才还让他们啧啧称赞的她那副优雅姿态和异国美貌，现在开始让他们有点畏惧。连弗罗利也心有同感。与东方人在一起时的那一可怕的时刻降临了：大家都不敢去看其他人的眼睛，徒劳地思索着要说些什么好。接着，刚才那个没穿衣服的小孩原本在店后面翻弄篮子，现在他爬到两个欧洲贵客的脚边，好奇地看着他们的鞋子和袜子，然后他抬起头，看到那两张白皙的脸庞，着实吓了一跳，惊恐地啼哭起来，开始在地板上撒尿。

那个中国老妇抬头一看，咂了咂舌头，继续卷她的烟。其他人根本没有注意到发生了什么事情。地板上开始出现一摊尿。伊丽莎白吓坏了，匆忙放下茶杯，茶水都洒了出来。她抓住弗罗利的胳膊。

"那个小孩！看看他在干什么！真的，难道就不能有人——太可怕了！"那几个东方人惊奇地看着那个小孩，然后他们意识到发生了什么事情，现在起了一阵骚动，每个人都在咋舌。刚才没有人关注那个孩子——这种事情已经见怪不怪了——现在他们倒觉得很难为情。每个人都在责备那个孩子，嚷嚷着："真是丢脸的孩子！讨厌鬼！"那个中国老妇把还在嚎啕大哭的孩子抱到门口，把他横在门槛上，似乎当他是一条沐浴海绵。似乎是在同一时间，弗罗利和伊丽莎白走出了小店，他跟在她的身后走到路上，李晔和那几个女人满脸不高兴地目送他们离开。

"这就是你所说的有教养的人——！"她抱怨道。

"很抱歉，"他低声说道，"我刚刚没想到——"

"那些人真令人恶心！"

她真的生气了，她的脸泛起了美丽的红晕，像一朵开早了一天的罂粟花。这是她最红润的脸色。他跟在她身后走过巴扎集市，回到大路上。走了五十码远，他才鼓起勇气说话。

"发生了那些事情，我真的很抱歉。李晔是个体面人，要是他觉得冒犯了你，心里会很遗憾的。我们应该多呆几分钟的，谢谢他请我们喝茶。"

"谢谢他！出了这种事还谢谢他！"

"说老实话，在这个国家你不应该介意这些事情。这些人的观点和看法与我们完全不同。我们得学会调整心态。比方说，你回到了中世纪——"

"我不想再纠缠这件事了。"

这是他们第一次吵架。他很难过，甚至忘了探究自己到底是怎么惹恼了她。他没有意识到自己努力让她对东方事物感兴趣的尝试只是令她觉得是有悖常理、毫无绅士风范和刻意追求肮脏与"低俗"的举动。到现在他还是不明白她是怎么看待这里的"土著人"的。他只知道每一次他试图和她分享自己的生活、自己的想法、自己对美的理解时，她就像一匹受惊的马一样从他身边躲开。

两人在路上走着，他走在左边，跟在她后面，看着她那扭到一边的下巴和遮阳帽下颈背上的金色茸毛。他很爱她，非常非常地爱她！他狼狈地跟在她身后，甚至不敢让她看到他那张丑陋的脸，但似乎直到现在他才真正地爱上了她。他欲言又止，如此反复了许多遍。他不知道该如何开口，不知道该说些什么才不会惹她不高兴。最后他装作什么事情也没有发生，以平淡的口吻说道：

"天气真是热得要命，不是吗？"

在树荫下也有华氏 90 度的时候说这句话实在是很傻气，但让他吃惊的是，她热烈地响应他的话题，转过脸看着他，脸上又带着微笑。

"应该说快把人烤熟了，不是吗？"

就这样，两人言归于好。这句傻气的陈词滥调带着让人觉得安心的俱乐部的气氛，就像一句咒语抚慰了她的心灵。一直被落在后面的弗洛淌着口水跑到他们跟前，他们又开始聊天，和往常一样，聊起了狗。接下来的一路上他们尽在谈狗，几乎一刻也没停。狗是永不厌倦的话题，又是谈狗！又是谈狗！他们走上炙热的山坡，太阳透过薄薄的衣衫曝晒着他们的肩膀，感觉就像在烤火一样，弗罗利心想，难道他们永远就只能谈论狗这个话题了吗？就算不谈狗，难道就一直谈论唱片和网球拍吗？但是，当两人只谈论像这样无聊的话题时，感觉是多么轻松亲切！

他们经过公共墓地的白色围墙，来到拉克斯汀一家的大门前。门口长着几棵老莫赫树，一丛约莫八尺高的蜀葵结出了圆圆的红花，像少女被晒得通红的脸蛋。弗罗利站在树荫下，摘下帽子，扇着自己的脸。

"嗯，我们赶在最热的时候到来前回到家了。去巴扎集市似乎是个馊主意，真是抱歉。"

"噢，别这么说，我很开心，真的。"

"不——我不知道，不幸的事情似乎总是会发生。噢，顺便问你一声，你没忘记后天我们准备去打猎吧？我希望那天你可以成行。"

"好的，我叔叔会把他的枪借给我。一定很好玩！你一定要教我打猎。我好期待噢。"

"我也是。这个时候不是很适合打猎，但我们会尽兴的。再见，到时见。"

"再见，弗罗利先生。"

她还是叫他弗罗利先生，虽然他叫她伊丽莎白。两人道别后各自回家，心里都在想着打猎之行。两人都觉得，这趟出行会理顺两人之间的关系。

第十二章

客厅里的空气热得黏糊糊的，令人昏昏欲睡，还挂了一道珠帘，光线非常昏暗。吴柏金慢悠悠地踱着步，嘴里自吹自擂，不时地把手伸进内衣下面挠一挠汗淋淋的胸脯。他的胸脯肥厚多肉，像女人的胸脯一样丰满。玛津坐在坐垫上，抽着细条的白雪茄。卧室的门打开着，可以看到吴柏金那张大床的一角，上面有几根雕刻着图案的柚木柱子，像是一个灵柩台。在这张床上，他不知强暴了多少女人。

这是玛津第一次听说吴柏金攻讦维拉斯瓦密医生的计划中的"其它步骤"。虽然吴柏金觉得玛津是个蠢妇，但他总是会把自己的秘密告诉她。在他身边只有她不惧怕他，因此，讲点秘密吓吓她对他来说是件挺开心的事情。

"嗯，津津，"他说道，"你知道吗，计划进行得非常顺利！十八封匿名信已经发出去了，每一封都堪称杰作。我倒想读几封信给你听听，可惜你听了也不明白。"

"但要是那些欧洲人不理睬你的那些匿名信呢？那你该怎么办？"

"不理睬？啊哈，这个根本不用担心！那些欧洲人的心理我都摸透了。告诉你吧，津津，我最擅长的就是写匿名信，这一招屡试不爽。"

情况确实如此。吴柏金的匿名信收到了效果，特别是主要的目标麦克格雷格先生。

前两天麦克格雷格先生彻夜未眠，琢磨着到底维拉斯瓦密医生是不是对政府不忠。当然，这不是什么露骨的不忠之举的问题——根本不是这么一回事。问题的关键是，医生是不是那种有不忠思想的人？在印度，判断你的标准不是你做了什么，而是你是什么人。只要对政府的忠诚受到一丁点儿怀疑，一个东方官员的前途就完蛋了。麦克格雷格先生秉性公正，不会轻易怀疑别人，哪怕是一个东方人。他看着一堆告密信，一直琢磨到深夜，里面包括了五封他本人收到的匿名信，还有两封威斯特菲尔德先生转交给他的匿名信，全部用仙人掌的硬刺钉在一起。

不只是匿名信的问题，关于维拉斯瓦密医生的谣言从四面八方传来。吴柏金清楚地知道单单指控维拉斯瓦密医生是个叛徒远远不够，他必须从各个方面摧毁维拉斯瓦密医生的名誉。维拉斯瓦密医生不仅被扣上了散播煽动性言论的罪名，而且还被控告勒索、强奸、虐待、进行不法勾当、在烂醉的情况下施行手术、投毒谋杀、以巫术杀人、吃牛肉、向杀人犯兜售死亡证明文件、穿鞋踏入寺庙、企图鸡奸警察局的小鼓手等等。听到对维拉斯瓦密医生的指控，任何人都会觉得他是马基雅弗利①、斯温尼·托德②和萨德侯爵③的结合体。起初麦克格雷格

① 尼科罗·马基雅弗利(Niccolò Machiavelli, 1469—1527)，意大利政治哲学家，著有《君主论》和《论李维》等。
② 斯温尼·托德(Sweeny Todd)，英国作家詹姆斯·马尔科姆·赖默(James Malcolm Rymer, 1814—1884)和托马斯·佩克特·普雷斯特(Thomas Peckett Prest, 1810—1859)所创作的人物，其身份是理发师，利用他的理发店残杀上门的顾客。
③ 萨德侯爵(the Marquis de Sade, 1740—1814)，法国作家、诗人，为人风流倜傥，作品多直白地描写性爱与暴力，蔑视天主教会的伪善和道德观。

先生并不以为意。他已经见惯了这种把戏。但最后一封匿名信收到了良好的效果，连吴柏金自己也觉得很惊讶。

那封信与土匪纳苏欧从乔卡塔的监狱中越狱一事有关。纳苏欧被判处罪有应得的七年徒刑，正在服刑期间。他筹备越狱好几个月了。他在监牢外的朋友先是买通了一个印度狱卒。那个狱卒收到了一百卢比的预付金，请假说去为一个亲戚奔丧，却跑到曼德勒，在那里的妓院花天酒地。越狱的日子被推后了几次——与此同时，那个狱卒越来越想念妓院里的种种风情。最后，他决定向吴柏金出卖情报，多挣一笔钱。和往常一样，吴柏金意识到这是天赐良机。他严词厉色地威胁狱卒保守秘密，然后到了计划越狱的当晚，当阻止越狱已经太迟的时候，他又发出一封匿名信给麦克格雷格先生，警告他有犯人正在策划越狱。不用说，信的矛头直指监狱的典狱长维拉斯瓦密医生，说他收受贿赂，纵容犯人越狱。

到了早上，监狱里的狱卒和警察们忙成一团，因为纳苏欧已经越狱了（他早已渡河远远逃开了，那艘舢板就是吴柏金提供的）。这一回麦克格雷格先生大吃一惊。无论那封信是谁写的，他一定了解越狱的内情，或许维拉斯瓦密医生真的纵容了此次越狱行动。这可是非常严重的罪名。一个胆敢收受贿赂，让犯人越狱的典狱长还有什么干不出来呢？因此——或许这一番逻辑推理并不严密，但在麦克格雷格先生看来已经非常清楚了——因此那番散播煽动性言论的主要指控变得更加可信。

与此同时，吴柏金还对其他欧洲人发力。虽然弗罗利是维拉斯瓦密医生的朋友，也是维拉斯瓦密医生声望的主要靠山，但他受到一点惊吓就背叛了维拉斯瓦密医生。影响威斯特菲尔德就没那么容易了。威斯特菲尔德是个警察，深知吴柏金的为人，可能会破坏他的计划。警察和地方法官是水火不容的天敌。但吴柏金知道如何利用这一点达成自己的目的。在匿名信中他指控维拉斯瓦密医生与那个臭名昭著的无耻贪官吴柏金狼狈为奸。这一招摆平了威斯特菲尔德。至于埃里斯，他根本不需要匿名信，因为他对维拉斯瓦密医生的憎恨与厌恶已经到了无以复加的地步。

吴柏金甚至还给拉克斯汀太太寄去了一封匿名信，因为他知道欧洲女人很有影响力。信里说维拉斯瓦密医生正在煽动土著人绑架强奸欧洲女人——信里没有具体的指控，但这已经足够了。吴柏金摸准了拉克斯汀太太的软肋。在她的心目中，"暴动"、"民族主义"、"造反"、"地方自治"都意味着同一件事情。她想象着自己被一帮皮肤黝黑翻着白眼的苦力强暴。有好几个晚上她担心得睡不着觉。就算原本这帮欧洲人对维拉斯瓦密医生有一点好印象，如今也已经灰飞烟灭了。

"你懂了吧，"吴柏金洋洋得意地说道，"我是怎么毁掉他的。他就像一棵树，根部已经被锯空了，摇摇欲坠。只要我再轻轻一碰就倒了。三周以内，或许不用三周，我就能把他整垮。"

"怎么整垮他？"

"我正要说到那里，是时候让你知道这件事了。这些事情虽然你不懂，但你守得住秘密。你听说了吗，松洼村那里在筹划造反。"

"是的。他们真的好傻，那些村民。拿着弓箭长矛怎么干得过那些当兵的？他们会像野兽一样被枪炮射倒的。"

"确实如此。如果发生战斗，那将是一场屠杀。但那些人都是些村夫愚妇，他们真以为穿上分给他们的那些巫术盔甲就能刀枪不入，真是蠢到家了。"

"可怜的家伙！为什么你不制止他们呢，哥柏金？你不需要逮捕任何人，你就去他们村里，告诉他们你知道他们想干什么，他们就不敢造反了。"

"噢，我当然可以阻止他们，要是我愿意的话。但我可不会这么干，我有我的理由。听我说，津津——这件事你可不能说出去——这次造反可是我一手安排的。"

"什么！"

玛津的雪茄掉了下来，眼睛睁得大大的，露出了眼珠子周围的整圈眼白，惊慌失措地问道：

"哥柏金，你在说些什么？你是在开玩笑吧？你煽动造反——这不是真的吧？"

"当然是真的。我们进行得很顺利。那个巫师是我从仰光请来的，人倒是很机灵，其实是个浪迹全国的马戏团魔术师。那些刀枪不入的盔甲都是在怀特威与莱德劳百货商店买来的，一件卖一卢比八亚那，花了我不少钱呢，告诉你。"

"但是，哥柏金，你真的要造反！会发生可怕的战斗和屠杀的！那些可怜的人会被杀死的！你不是疯了吧？你就不怕自己被枪毙吗？"

吴柏金停下脚步，觉得很惊奇，"老天爷啊，你到底在想些什么，老婆？你不是以为我要造反和政府作对吧？我在政府里服务了三十年！老天爷啊，不，我只是说造反是我煽动的，但我没说我要造反。是那些蠢猪一样的村民准备拿生命冒险，不是我。没有人会想到我和这件事有关系，他们做梦也想不到，只有巴森和其他一两个人知情。"

"但你说过是你劝说他们造反的？"

"是的。我指控维拉斯瓦密煽动造反对抗政府，那我就得真的搞场造反出来，不是吗？"

"啊，我懂了。村民们一造反，你就会说是维拉斯瓦密医生是幕后的主谋。是这样吗？"

"这会儿你才明白过来啊！我以为连傻瓜都看得出我煽动造反，为的就是有理由镇压造反。我是——麦克格雷格先生怎么形容来着？'幕后黑手'——拉丁文你不懂的啦。我就是幕后黑手。我先是煽动松洼村那帮傻瓜造反，然后我就把他们抓起来。在造反即将开始的最关键时刻，我就把那帮带头的人抓起来，全都关进监狱里。然后呢，我想可能会爆发战斗，有人会被打死，有人会被发配到安达曼群岛。而我，吴柏金，将是一马当先的急先锋，在最关键的时候平息动乱的功臣！我将成为这里的大英雄。"

吴柏金对自己的计划非常得意，微笑着抄着手又开始在客厅里踱起步来。玛津静静地思考着他的计划，最后开口说道：

"我还是不明白为什么你要这么做，吴柏金。这样做有什么意义呢？这和维拉斯瓦密医生又有什么相干？"

"我真是在对牛弹琴，津津！从一开始我不就告诉过你维拉斯瓦密碍了我的道吗？这次造反是除掉他的杀手锏。当然，我们无法证明他就是幕后黑手，但那又有什么关系？所有的欧洲人都会认定他与此事有关。这就是他们的思维方式。他这辈子就这么完了。而他的垮台就是我的高升。我把他描得越黑，就越衬托出我的英明神武。现在你懂了吧？"

"是的，我懂了。我觉得这是在耍阴谋。我很奇怪，你告诉我的时候就不觉得羞愧吗？"

"好了，津津！你不是又要开始说那番废话吧？"

"哥柏金,为什么只有在耍阴谋的时候你才会高兴?为什么你做的每件事一定要伤害别人?想到那个可怜的医生会被革职,那些村民会被枪毙或打板子或被判终身监禁,你非得做出这种事吗?你已经很有钱了,要挣更多的钱做什么?"

"钱!谁说是为了挣钱?终有一天你会知道这个世界上除了钱还有别的事情很重要,老婆。比方说名誉和地位。你知道吗,缅甸总督很有可能会为我佩戴勋章,褒奖我的忠心耿耿。难道你不为这一荣誉感到骄傲吗?"

玛津摇了摇头,不为所动,"哥柏金,你什么时候才记得你活不到一千岁呢?想想那些作奸犯科的人的下场吧。他们可能会轮回变成老鼠或青蛙,甚至可能会下地狱。我记得一位方丈曾经对我讲过地狱,是他从巴利语的经文翻译过来的,实在是太可怕了。他说:'每一千个世纪会有两把火热的长矛在你的心头相交,你对自己说:"还要等一千个世纪我的折磨才会结束,我已经遭受了那么多痛苦,还有同样多的痛苦将要降临。"'想到这些难道你不害怕吗,哥柏金?"

吴柏金哈哈大笑,不以为意地招了招手,他的意思是"有佛塔呢"。

"我希望到最后你还笑得出来。要换了是我,我可觉得这种生活实在不堪回首。"

她又点着了雪茄,瘦削的肩膀不以为然地对着吴柏金,而他继续在房间里踱了几圈。当他开口的时候,他的语气严肃了一些,甚至带着一丝羞怯。

"你知道吗,津津,在这些事情背后还有另一件事情。我没对你说过,也没对任何人说过,连巴森也不知道。但我现在就告诉你。"

"如果又是害人的事，我可不想听。"

"不，不是。你不是问我干这件事的真正目的是什么吗？你觉得我要除掉维拉斯瓦密只是因为我看他不顺眼，不喜欢他不收受贿赂的原则，不只是这样。还有别的事情比这更重要，这可关系到你我两人。"

"是什么事情？"

"你从来没有渴望过更高层次的东西吗？你有没有想过，我们已经这么成功了——我是说，我已经这么成功了——但我们的地位怎么还是和当初差不多？不是我夸口，我有二十万卢比的身家，但看看我们住的是什么地方！看看这个房间！比农民住的地方好不了多少。吃东西老是用手指，交往的尽是本地人，我烦透了——这些卑贱低劣的人——如你所说的，就像一个可怜巴巴的镇区小吏的生活。单有钱是不够的。我希望体验平步青云的感觉。难道你不希望让生活变得更加——我该怎么说好呢——高大上吗？"

"我们已经拥有了这么多财富，我不知道还能要些什么。我小时候住在村子里可没想过自己会住在这么一间房子里。看看那些英国式的椅子——我以前可从来没坐过。看着它们我就觉得很自豪了，想到这些都是我的。"

"切，当初你为什么要离开村子呢，津津？你就只配头上顶着水罐站在井边说长道短。大丈夫应该有志气，受众人颂扬。现在我来告诉你我要整垮维拉斯瓦密的真正目的吧。我要做一番大事，轰轰烈烈的丰功伟业！一个东方人所能获得的最高荣誉。你明白我的意思吗？你当然明白。"

"不明白。你在说些什么？"

"你知道的啦！这将是我这辈子最伟大的成就！你肯定猜

得出来的。"

"啊，我知道了！你准备买辆汽车。但是，噢，哥柏金，我可不想坐在里面！"

吴柏金厌烦地扬扬手，"买辆汽车！你的想法怎么跟巴扎集市卖花生的人一样！如果我要买汽车，二十辆都买得起。而且，这种地方要汽车有什么用？不是，那可比汽车更了不起。"

"那到底是什么？"

"是这样的，我知道一个月后那群欧洲人准备选举一个本地人加入他们的俱乐部。他们可不愿意这么做，但行政长官下达了命令，他们必须遵从。本来呢，他们打算选举维拉斯瓦密，他是本区官职最高的本地人。但我已经把维拉斯瓦密搞臭了，所以——"

"所以什么？"

吴柏金没有立刻回答，而是看着玛津，他那张黄色的大脸、宽厚的下巴和无数细密的牙齿几乎就像孩童的脸一样浪漫天真。他那双茶褐色的眼睛甚至噙着眼泪。他说话时的声音很低，几乎带着畏惧，似乎被自己所描述的伟大情形深深感动了。

"你还不明白吗，老婆？你难道不明白，如果维拉斯瓦密名誉扫地，被选入俱乐部的人就是我了。"

这句话收到了奇效。玛津再也没有反驳他一句。吴柏金所安排的计划原来有如此远大的目标，令她目瞪口呆。

确实如此。与这个相比，吴柏金一生的所有成就都不算什么。一个下层官员成功跻身欧洲人的俱乐部——这的确是丰功伟绩——在乔卡塔更是如此。欧洲人俱乐部，那飘渺神秘的殿堂，比西方极乐世界更难以企及的至圣之地！柏金，那个曼德勒衣不蔽体、腆着肚皮的小屁孩，那个小偷小摸的职员和卑微的小吏，将踏入这个神圣的地方，和欧洲人平起平坐，喝威士忌和苏打水，在绿色的桌子上打那颗白色的小球！而她，玛津，一个村姑，出生时看到的是从棕榈叶铺的竹房屋顶的缝隙间洒下来的光线，将坐在一张高脚椅子上，身穿丝绸长裙和高跟鞋（是的，到了那里她就得穿鞋），用印度斯坦语和那些英国女士谈论婴儿尿布！这么美妙的前景，任何人都会为之目眩神迷。

过了好久，玛津一直没有说话，张大着嘴幻想着欧洲人俱乐部和那里的纸醉金迷。生平第一次她没有反对吴柏金的阴谋。在玛津善良的心里埋下野心的种子——这或许是一项甚至比攻入俱乐部更了不起的成就。

第十三章

弗罗利走进医院的大门时，四个衣着褴褛的扫地工人从他身边经过。他们抬着一个身上裹着布条、业已死去的苦力，准备抬到丛林里一个一尺来深的土坑里。弗罗利穿过棚舍之间的院子，地面硬得像铺了砖块。宽敞的凉台上摆着一溜没有铺席子的轻便床，上面躺着一排面容灰槁的病人，一个个默不作声，动也不动。棚舍之间有几只脏兮兮的土狗正在打盹或抓挠身上的虱子，据说这几只狗喂的是手术后的截肢。整个地方看上去很破败邋遢。维拉斯瓦密医生花了很多工夫想让这里保持干净，但灰尘太多，供水不足，清洁工人和助理医生又太懒惰，因此根本无法应付。

他们告诉弗罗利维拉斯瓦密医生在门诊室。门诊室是一间石膏墙的小屋，里面只有一张桌子、两张椅子和一幅布满灰尘的维多利亚女皇的肖像，挂得歪歪斜斜的。一排缅甸农民正鱼贯走进屋内，他们穿着褪色的布衣，衣服下面是结实的肌肉，在桌旁排队。医生卷着袖子，忙得大汗淋漓。看到弗罗利他跳了起来，高兴地打招呼，和平时一样，手忙脚乱地把弗罗利让到那张空椅子上，从桌子的抽屉里拿出一罐香烟。

"您来看我真系太好了，弗罗利先生！您别客气——要系您在这么一个地方能坐得舒服就好了，哈哈！待会儿去我家坐坐，我们一边享用啤酒和小吃一边聊天。请恕我失陪一会儿，我得给病人看病。"

弗罗利坐了下来，身上立刻热得汗淋淋的，把衬衣都浸透了。门诊室里面的空气非常沉闷。那些农民似乎每个毛孔都散发着大蒜味。每个人来到桌旁的时候，医生会从椅子上站起身，敲敲病人的背，将他黑漆漆的耳朵贴在病人的胸口，态度很凶地用缅甸语问了几个问题，然后跑回桌子开了一张处方。病人拿了处方，穿过院子去找药剂师，药剂师就给他们几瓶掺了菜汁的水。这个药剂师的大部分收入都是靠私卖药品，因为政府每个月只给他二十五卢比的工资。但维拉斯瓦密医生对此一无所知。

维拉斯瓦密医生早上通常没有时间亲自给门诊病人看病，把他们交给助理医生处理。助理医生诊断的方式很简单，他会问每个病人："你哪里疼？头，背还是肚子？"听到病人回答后他就从准备好的三叠处方里抽一张给病人。比起维拉斯瓦密医生的看病方式，病人们更喜欢这种法子。医生老是喜欢问他们有没有性病——这个问题既没有风度又不知所谓——有时候他还暗示要动手术，把他们吓得魂飞魄散。他们把手术称为"切开肚子"。大部分病人宁愿死上几回也不愿意"切开肚子"治病。

最后一个病人走后，维拉斯瓦密医生一屁股坐在椅子上，用写处方的垫板扇着风。

"啊，怎么这么热！有时候我想这辈子系没指望摆脱这股大蒜味的了！我真系觉得奇怪，他们的血怎么生来就带着这股味道。您不会闷得窒息了吧，弗罗利先生？您们英国人的嗅觉太发达了，来到我们肮脏的东方一定遭了不少罪！"

"进入此地之人，弃绝汝之鼻子[①]，是吧？他们应该把这句

---

① 这句话取自意大利作家但丁的《神曲》，原文是"进入此地之人，弃绝汝之希望"（All hope abandon ye who enter here）（英译本）。

话写在苏伊士运河的关卡处。今天早上你好像挺忙的。"

"一直都系这样。啊，但系，我的朋友，在这个国家当医生系多么令人沮丧的事情！这些村民——都系肮脏无知的山野村夫！我们费尽九牛二虎之力才把他们劝到医院来。他们宁愿死于坏疽或怀着大如西瓜的肿瘤忍受痛苦十年也不肯开刀。他们那些所谓的医生给他们开的都系些什么药！新月时采集的草药、老虎的胡须、犀牛的角、尿液和经血！人怎么能吃这些乱七八糟的东西呢？真系恶心。"

"我倒是觉得很美妙。你应该撰写一本缅甸的药典，医生。这本书几乎可以和《库帕尔医经》①媲美。"

"下贱的畜生，下贱的畜生。"医生说道，开始挣扎着穿上他那件白色外套。"我们回我家去，好吗？家里有啤酒，我想还有一点冰块。十点钟的时候我有手术——绞窄性疝气，挺紧急的。在那之前我有时间。"

"好的。事实上，我有些事情想和你说。"

两人穿过院子，登上维拉斯瓦密医生家里凉台的楼梯。医生伸手到冰柜里摸了摸，发现那些冰都已经化成了温水。他打开了一瓶啤酒，慌慌张张地叫仆人把几瓶啤酒放在湿漉漉的稻草堆中。弗罗利仍倚在凉台的栏杆上，俯视着下面，头上仍戴着帽子。事实上，他是来向维拉斯瓦密医生道歉的。他回避维拉斯瓦密医生差不多半个月了——从那天他在俱乐部里签署了那份侮辱维拉斯瓦密医生的公告开始。但他必须道歉。吴柏金看人很准，但他以为区区两封匿名信就可以吓得弗罗利彻底抛

---

① 《库帕尔医经》，英国名医尼古拉斯·库帕尔（Nicolas Culpeper, 1616—1654）的作品集，包含了许多中世纪的医学和药草知识。

弃朋友，那可就想错了。

"听我说，医生，你知道我想说什么吗？"

"我？不知道。"

"是的，你知道的，两个星期前我做出了一件卑鄙的事情。埃里斯在俱乐部的公告板上贴了一张告示，而我在上面签了名。你一定听说过这件事。我希望解释——"

"不，不，我的朋友，不需要解释！"医生痛苦地从凉台冲了过来，抓住弗罗利的胳膊，"您不用解释！请不要提起这件事！我非常明白——非常明白。"

"不，你不会明白的。你不会明白的。你不会明白的，这种事情让我们背负着怎样的压力。其实没有什么迫使我在那则告示上签字，如果我坚持拒绝的话，也不会有事情发生。没有法律告诉我们要粗暴地对待东方人——刚好相反，但是——如果恪守对一个东方人的忠诚意味着得罪其他人，我们可不敢这么做。没办法啊。如果我一意坚持不签署那份告示的话，我得有一两个星期在俱乐部里招人白眼。所以，和平常一样，我退让了。"

"行了，弗罗利先生，行了！您再说下去的话我心里可不好受。似乎系我不肯原谅您的立场似的！"

"你知道的，我们的格言是：'到了印度，入乡不随俗，只当在英国。'"

"这系当然，这系当然，多么高贵的格言。正如您们所说的：'同舟共济'。这就系您们比我们东方人优越的秘密。"

"说道歉其实于事无补，但我来是想告诉你，这种事情不会再发生了。事实上——"

"好了，好了，弗罗利先生，请答应我，您不会再提起这件事。事情过去了，没有人记得了。快点喝您的啤酒，不然就变成热茶了。我也有事情告诉您。您还没有问我发生了什么事呢。”

“啊，你怎么样了？最近一切都还好吗？不列颠玛怎么样了？还是半死不活吗？”

“啊哈，情况非常危殆，非常危殆！但还不至于比我惨。我现在大难临头了，我的朋友。”

“什么？又是吴柏金在搞鬼？他还在诋毁中伤你吗？”

“要只系诋毁中伤我就好了！这一次的情况系——噢，这一次可真系大祸临头了。我的朋友，您听说这一带会有村民造反的消息了吗？”

“我听说了很多传闻。威斯特菲尔德希望以屠杀进行镇压，但我听说他查不出有人造反，只是那几个村里的老油条在抗税。”

“啊，系的，这些可怜的笨蛋！您知道他们中间大部分人为了多少钱而抗税吗？五个卢比！很快他们就会厌倦的，乖乖地纳税。这种事情年年发生，但至于这次造反——所谓的造反，弗罗利先生——我想告诉您，事情绝不系看上去那么简单。”

“哦？出什么事了？”

盛怒之下，维拉斯瓦密医生把杯子重重地放在凉台的栏杆上，几乎把啤酒都给洒了，把弗罗利吓了一跳。维拉斯瓦密医生破口而出：“又系吴柏金在搞鬼！那个不可言喻的恶棍！那条丧尽天良的鳄鱼！那个——那个——”

“继续骂下去，‘那个满肚子坏水、臃肿肥胖、滥食无度的畜生’——继续骂下去。他最近干了些什么？”

"这个坏事做绝的恶棍。"——说到这里维拉斯瓦密医生概述出一个虚张声势的造反的阴谋,情况和吴柏金对玛津的解释差不多。他唯一不知道的情况就是吴柏金想进入欧洲人俱乐部的野心。确切地说,在生气的时候不能用"气红了脸"来形容医生,而是气黑了。弗罗利听得瞠目结舌,一直站在原地。

"这个老奸巨猾的恶棍!谁会想到他居然这么一肚子坏水?但你是怎么知道这些的?"

"哎,系我的朋友告诉我的。现在您明白了他准备怎么毁掉我了吧,我的朋友?一切都已经在他的算计之内。一旦真的造反,他就会竭尽所能把我牵扯进去。我可以告诉您,只要我的忠诚被人有半丁点儿怀疑,我就完蛋了,完蛋了!要系有风声传出,说我与这次造反有牵连,我可就完蛋了。"

"但是,该死的,这件事太荒唐了!你应该能为自己辩护的!"

"我什么都证明不了,怎么为自己辩护?我知道事情的真相,但那又有什么用?要系我提请进行公开质询,我找到一个证人,吴柏金可以找到五十个。您还不知道他在这一带的势力有多么庞大。没有人敢对他说个不字。"

"但你不需要证明任何事情。为什么不把这件事告诉麦克格雷格?他处事还是蛮公正的。他会听你解释的。"

"没用的,没用的。您根本不了解一个小人的心思,弗罗利先生。这不系欲盖弥彰吗?告诉别人我陷入一场阴谋之中根本无济于事。"

"那,你打算怎么办?"

"我无能为力,只能等着事情发生,希望我的名望能让我安然度过危机。遇到这种事情,当一个本地官员的名誉受到攻诘时，他不能指望用证据证明自己的清白。一切都取决于他和欧洲人的关系。要系我的关系够硬的话，他们就不会相信，要系关系不够硬的话，他们就会相信。名望就系一切。"

两人都沉默下来。弗罗利很明白"名望就是一切"的含义。他见过好几次类似的含糊暖昧的冲突，遇到这种情况，猜忌比证据更重要，而名望比一千个证人更有力。他萌生了一个想法，这个想法让他心里很不自在，一个冷彻心扉的想法，三个星期前他绝对不会有这么一个想法。到了这种时候，他清楚地知道什么是自己应尽的道义，他一心只想逃避这个道义，但他知道自己必须一力承担起来。他说道：

"假如你当选为俱乐部的会员呢？这能巩固你的名望吗？"

"当选为俱乐部的会员！啊，系的！俱乐部！那系坚不可摧的堡垒。要系我能进俱乐部，就没有人会相信那些流言蜚语，就像没有人会相信关于您或麦克格雷格先生或任何一位欧洲绅士的闲言碎语一样。但现在他们的想法都被影响了，认为我系个坏人，我还能指望他们会推举我吗？"

"听我说，医生，我向你保证，下次召开全体大会的时候我会提名你进俱乐部。我知道届时会讨论这个问题，如果有人提出候选人的名字，我敢说，只有埃里斯会投反对票。与此同时——"

"啊，我的朋友，我亲爱的朋友！"维拉斯瓦密医生激动得几乎哽噎着，紧紧抓住弗罗利的手，"啊，我的朋友，太高贵了！真系太高贵了！但这样做代价太大了。我担心您会和那些欧洲朋友再次起矛盾。比方说，埃里斯先生——您提名我他会作何感想？"

"噢，别理会埃里斯了。不过你得明白，我不能保证你能当选。这取决于麦克格雷格的意思和其他会员的心情。或许最后不会成事。"

维拉斯瓦密医生仍然把弗罗利的手捧在自己丰满潮湿的手心里，眼里闪烁着泪花，被他那副眼镜一照，在弗罗利眼中就像一只小狗水汪汪的眼睛。

"啊，我的朋友！如果我能当选，我的麻烦就会一扫而空！但系，我的朋友，正如我所说过的，这件事千万不能鲁莽。要小心吴柏金！现在他一定把您也列为他的敌人。被他盯上了，就算系您也会有危险。"

"噢，他威胁不了我的。到现在他什么事情也没做——只是写了几封傻不拉叽的匿名信。"

"我可不像您这么笃定。他有很多阴招。他肯定会不惜一切代价阻止我入选俱乐部。我的朋友，如果您有弱点，他一定会找出来的。他总系攻击别人最脆弱的弱点。"

"就像鳄鱼一样。"弗罗利说道。

"就像鳄鱼一样。"医生神情严肃地表示同意，"啊，不过呢，我的朋友，要系我真的能成为欧洲人俱乐部的会员，我不知道该怎么感谢您好！能成为欧洲绅士中的一员，多么崇高的荣誉！但还有一件事，弗罗利先生，系我以前没有提过的。我系说——我希望您能明白——我绝对根本没有利用俱乐部的意思。我只系渴望成为会员。就算我当选了，我也不会去俱乐部的，这系当然的事情。"

"不去俱乐部？"

"我不会去的！我可不能打扰了欧洲绅士们的雅兴！我会支付会员费，对我来说，这已经系一种特权了。您明白我的意思，系吧？"

"是的，医生，非常明白。"

朝山上走去的时候弗罗利忍不住笑了起来。现在他作出了推举维拉斯瓦密医生入会的承诺，其他人听说这件事后肯定会大吵一架——噢，吵架实在是太可怕了。但奇怪的是，想到这里他还是笑个不停。这件事在一个月前会令他吓破了胆，但现在却让他觉得振奋又开心。

为什么？为什么他要作出那番承诺？这只是小事一桩，一个小小的危险——没有什么英雄主义色彩——但这不是他的作风。为什么？经过了这些年——当个八面玲珑的白人老爷的这些年——为什么突然间要坏了规矩呢？

他知道为什么。是因为伊丽莎白，她走进了他的生活，改变了他的生活，赋予了他新生，一改这么多年来肮脏悲惨的厄运。她的出现改变了他的思考方式，她让他重拾英国绅士的作派——亲爱的英国，崇尚思想自由，你并非永远都得保持着一个为劣等民族带来启蒙的白人老爷的调调。我将来的生活将何去何从？[1]他在心里想。自从她来了以后，他重新变回了一个体面的人，甚至觉得这是天经地义的事情。

我将来的生活将何去何从？走过花园门口的时候他又想着这个问题。他很开心，很开心，因为他觉得那些虔诚的信徒说得对，一个人可以获得救赎，生活可以从头开始。他走上小径，在他眼中，他的房子、他的那些花、他的仆人，还有不久前还浸透了无聊和乡愁的生活中的一切，不知怎地，变得焕然一新，而且美不胜收，充满了意义。生命是如此多姿多彩，假

---

① 本句出自莎士比亚的《驯悍记》。

如你能找到一个人和你分享！你可以深深地爱上这个国家，假如你并不孤单！那只斗鸡尼禄走出来在小径散步，顶着太阳啄食园丁在喂羊的时候掉下的稻谷。弗洛喘着粗气朝它扑了过去，尼禄扑腾着飞上半空，落在弗罗利的肩膀上。弗罗利抱着这只小公鸡走进屋里，抚摸着它那丝绸般的颈毛和背部光滑的、钻石形状的羽毛。

还没踏上凉台，不用看到哥斯拉阴沉着脸从屋里跑出来通报，他就知道玛赫拉梅在屋子里。弗罗利闻到了她那股夹杂着檀香、大蒜、椰子油和头发里茉莉花的味道。他把尼禄放在凉台的栏杆上。

"那个女人回来了。"哥斯拉说道。

弗罗利的脸变得非常苍白。当他脸色苍白时，那块胎记显得特别丑陋难看。他的心头一疼，仿佛有一把冰刃插了进去。玛赫拉梅出现在卧室的门口，低垂着脑袋，眼睛从奓拉的眉毛下面瞅着他。

她低声说道："德钦。"语气半是愠恼，半是着急。

"你走开！"弗罗利斥责哥斯拉，把恐惧和气愤都发泄在他身上。

"德钦，"她说道，"请进卧室里来，我有事情想告诉您。"

他跟着她走进卧室。一个星期——才过了一个星期——她的样子就变丑了许多。她的头发油腻腻的，那些吊坠都不见了，穿着一条曼彻斯特印花棉布做成的笼基，这条裙子只要两卢比八亚那。她的脸上涂着厚厚的脂粉，像一个小丑的面具，在她的发际没有涂脂粉的地方，露出了棕色的肤色。她整个人看上去毫无生气，弗罗利不敢面对她，站在那儿闷闷不乐地看着通往凉台的门道。

"你回来想干什么？为什么你不回乡下老家？"

"我现在住在乔卡塔表亲的家里。发生了这些事情，我怎么能回乡下老家？"

"你叫人向我要钱是什么意思？一星期前我已经给了你一百卢比，你还想干吗？"

"我怎么能回去？"她又重复了一遍，根本没有理会他的话。她的声音变得如此尖厉，吓得他转过身来。她笔直地站着，眉头紧蹙，嘟着嘴唇，一脸的不高兴。

"你为什么不能回去？"

"出了这种事！你对我做出了这种事，叫我怎么回去！"

突然间她愤怒地絮絮叨叨说个不停，声音就像巴扎集市的那些村妇在吵架时一样变得歇斯底里，完全不顾仪态。

"我怎么能回去，被那些我一直看不起的低贱愚蠢的农民们指指点点？我原本是博卡度，白人的妻子，却被赶回娘家，和那些老妇还有丑得嫁不出去的女人一起舂米！啊，真是太丢脸了！我嫁给你两年，你爱我，呵护我，然后你又无来由地把我像狗一样赶出家门。我只能回娘家，钱都没了，首饰和丝绸笼基都当掉了，人们会指指点点地说：'她就是玛赫拉梅，自以为比我们聪明，看看她的下场！她那个白人丈夫还不是不要她了，那些白人都是这样的人。'我这辈子就这么毁了！我在你家里住了两年，还有谁肯娶我呢？你夺走了我的青春。啊，太丢脸了，太丢脸了！"

他不敢看她，像一只吊死狗那样一脸苍白无助地站在那儿。她所说的每一句话都义正辞严，他该怎么开口告诉她，自己这么做实属情非得已？该怎么告诉她，再继续让她当他的情人是一种卑劣的行径和罪行？他几乎是畏缩着远离了她，黄色的脸庞上的那块胎记就像一摊墨迹。他本能地想用钱解决问题——因为钱总是可以摆平玛赫拉梅。他木然地说道："我会给你钱。你要的五十卢比我给你——迟一点还有。得到下个月我才有钱。"

他是说真的。他给她的那一百卢比和他花费在衣服上的钱，已经几乎用光了他的现款。让他感到不快的是，她放声嚎啕大哭起来。脸上那层白粉起了褶子，眼泪簌簌地顺着脸颊往下滑。还没等他来得及阻止，她已经跪在他面前，弯下腰以最谦卑的"五体投地"的姿势向他叩头。

"起来，起来！"他叫嚷着。见到有人向他可怜兮兮地叩头，脖子紧缩着，身体弓了起来，似乎任由宰割，他总是会觉得惊恐万状。"折煞我了，快起来！"

她又开始哭哭啼啼的，还试图搂住他的脚踝。他慌张地往后退了几步。

"现在给我起来，别哭了。我不知道你有什么好哭的。"

她没有起身，只是跪在那儿挺直身子，对着他继续哭个不停。"为什么您要给我钱？您以为我回来就是为了要钱吗？您以为当您把我像一只狗那样逐出家门，我在乎的就只有钱吗？"

"起来。"他重复了一遍。他退后了几步，不让她碰到自己。"如果不是为了钱，那你想要什么？"

"为什么您这么讨厌我？"她哭喊着，"我做了什么对不起您的事情？我偷了您的烟盒，但您并没为此生气。您要娶那个白种女人，我知道，每个人都知道。但那又有什么相干？为什么您要把我赶走？为什么您要讨厌我？"

"我没有讨厌你。我无法解释。起来吧，快起来吧。"

这时她没脸没皮地哭闹着。终究，她比一个孩子大不了多少。在泪眼婆娑中她一直看着他，希望看到心软的迹象。接着，一桩可怕的事情发生了：她伸直了身子，脸趴在地上。

"起来，起来！"他用英语叫嚷着，"折煞我了——真是太讨厌了！"

她不但没有起来，而且像条蠕虫一样爬过地板来到他的脚边。她的身体在布满灰尘的地板上留下一道痕迹。她匍匐在他身前，脸埋在底下，双手平伸，似乎在神明的祭坛前顶礼膜拜。

"主人，主人，"她呜咽着说道，"您不能原谅我吗？就这一回，就这一回！让玛赫拉梅回来吧。我愿意当您的奴隶，比奴隶更低贱也行，只要别赶我走，什么事情都可以。"

她紧紧抱住他的脚踝，亲吻着他的脚趾。他的手插在口袋里，爱莫能助地低头望着她。弗洛信步走进房间，走到玛赫拉梅身边，闻着她的笼基。它记得这股味道，轻轻地晃着尾巴。弗罗利看不下去了，弯下腰抱着玛赫拉梅的肩膀，把她搀扶起来。

"站好了。"他说道，"看到你这个样子我心里怪不舒服的。我会尽我所能帮你，哭有什么用？"

她的心中登时充满了希望，大声嚷嚷道："您愿意让我回来吗？噢，主人，让玛赫拉梅回来吧！没有人会知道的。那个白人小姐来的时候她会以为我是一个仆人的妻子。您能让我回来吗？"

"我不能让你回来。这是不可能的事情。"他又转过身。

听他的语气她知道回家的希望终归是落空了，当下就嘶哑难听地哀号起来，还弯下腰跪在地上，捣蒜般地以额头叩着地板。这实在是太可怕了。而比这更可怕的，让他心里隐隐作痛的，是隐藏在哀求之下的卑贱。她做出种种行为，并非出于半丁点儿对他的爱意。她哀号下跪只不过是因为她舍不得情妇的身份、优裕的生活、华丽的服饰和对仆人颐指气使的地位。这是一幕无以言状的凄楚情景。要是她爱他的话，他可以不那么内疚地将她赶出家门。最令人觉得心里别扭的，莫过于看到一个人完全没有尊严的模样。他弯下腰，将她搀扶了起来。

"听我说，玛赫拉梅，"他说道，"我没有讨厌你，你也没有对不起我。是我亏欠了你。但现在我不再爱你了，你必须回去。过些时候我会给你寄钱。如果你愿意，你可以在巴扎集市开间小店。你还年轻，你有钱，可以找个丈夫嫁了。"

"我被糟蹋了！"她又开始哀号，"我要自尽。我要去投河。我活下去还怎么见人啊？"

他把她搂在怀里，几乎以爱抚的动作抚慰着她。她紧紧地贴着他，把脸靠在他的衬衣上，身体伴随着啜泣战栗着。檀香的气味飘入他的鼻孔，或许到了现在，她仍然以为只要投入他的怀抱，与他有身体接触，她就可以对他施加魔力。他轻轻地将自己挣脱出来，看到她没有再跪倒在地，就站了开去。

"够了。你现在必须离开。我答应过给你五十卢比，现在就给你。"

他从床底下拖出他那口锡铁军箱，取出五张十卢比面额的纸钞。她默默地把钱塞进上衣的胸襟里，她的眼泪突然间不流了。她一言不发地走进卧室呆了一会儿，出来时脸上的脂粉都被洗净，露出原本棕色的肌肤，头发和衣服也都整理过了。她看上去仍很哀伤，但不再显得歇斯底里。

"我最后一次问您，德钦：您不肯让我回来吗？这就是您最后的决定？"

"是的。我只能这么做。"

"那我走了，德钦。"

"好的。愿上帝保佑你。"

他靠在凉台的栏杆上，看着她顶着烈日走在路上。她走路的身姿很笔挺，背影和头部的姿态散发出恶毒的恨意。她说的是事实，他夺走了她的青春。他的膝盖不由自主地战栗着。哥斯拉悄无声息地走到他身后，轻声咳嗽了一声，引起他的注意。

"什么事？"

"主人，您的早餐凉了。"

"我什么也不想吃，给我弄点酒来——杜松子酒吧。"

我将来的生活将何去何从？

第十四章

那两艘载着弗罗利和伊丽莎白的独木舟蜿蜒地溯河而上，就像两根又长又弯的针在刺绣上穿梭。这条河从伊洛瓦底江的东岸一直通往内陆。今天他们去打猎——不过只是下午，他们不能一起在丛林里过夜。他们准备趁傍晚凉快的时候打猎几个小时，然后回乔卡塔吃晚饭。

独木舟是用一根树干挖空做成的，在深棕色的河面上轻快地行驶着，似乎不泛起一丝涟漪。长着丰茂的、海绵般的叶子和蓝花的水葫芦壅塞了河面，只剩下一条歪歪扭扭、四尺来宽的船道。交错的树枝将光线过滤成了绿色。有时候，你能听到头顶有鹦鹉在叫唤，但没有一只野生动物现身，只有一条蛇匆忙游开，消失在水葫芦丛中。

"还有多久才到那个村子？"伊丽莎白回头问弗罗利。他的独木舟比较大，行驶在后面，舟上还有弗洛和哥斯拉，驾舟的是个衣衫褴褛满脸皱纹的老妇。

"还有多久到，婆婆？"弗罗利问那个老妇。

老妇把嘴里的雪茄取下来，把桨靠在膝盖上，想了一下，"还有男人吼一嗓子的距离吧。"

"还有半英里。"弗罗利翻译给伊丽莎白听。

他们已经走了两英里，伊丽莎白的背很痛。这种独木舟一不小心就会倾覆，你只能笔挺地坐在没有靠背的狭窄座位上，尽量不让双脚踩到堆着死虾、老是晃来晃去的船底。伊丽莎白那艘独木舟的船夫是个六十岁的缅甸人，精赤着上半身，皮肤黝黑，身材还像年轻人一样健美结实。他那张脸沧桑、慈祥而滑稽。他长着一头浓密的黑发，比大部分缅甸人的发质要好，在一只耳朵上蓬松地打了个髻，有一两绺头发垂落在脸庞上。伊丽莎白正把叔叔的枪平放在膝盖上，抚摸着它。弗罗利要帮她扛枪，但她拒绝了。事实上，这把枪让她如此开心，她不愿与它分开。今天是她第一次拿枪。她穿着一条粗布裙子，一双粗革皮鞋和一件男式的绸缎衬衣，她知道衬上她那顶宽边毡帽，这身衣服看上去很好看。虽然背很疼，脸上热汗淋漓，脚踝上总有硕大的斑蚊在嗡嗡嗡地叫，但她还是很开心。

河面变窄了，水葫芦逐渐被如同巧克力一般闪闪发亮的陡峭的泥巴河堤所代替。摇摇欲坠的茅屋的支柱深深地扎入河床，房子离河面很高。一个赤身露体的小男孩正站在两间茅屋中间，手里拿着一根线，上面绑着一只绿色的甲虫，像风筝一样。看到两个欧洲人他惊叫了一声，几个小孩子不知从哪里冒了出来。那个缅甸老头把独木舟引到用一根棕榈树的树干铺在泥沼上做成的简易码头那里——上面布满了藤壶，因此可以站住脚——然后跳上河岸，搀扶着伊丽莎白上岸。其他人背着包裹和子弹跟在后面。弗洛陷进了泥沼里，泥浆没到了它的肩膀，它老是这样。一个骨瘦如柴的老头戴着一顶品红色的帽子，脸上长着一颗痣，上面长出了四根足足有一码长的灰毛。他迎上前，双手合十行礼，然后朝那些聚在码头的孩子头上打了几巴掌。

"这位是村子的头人。"弗罗利介绍道。

老人领着他们去他家。他走在前面，步态特别猥琐，就像一个上下颠倒过来的字母 L——这是风湿和作为基层小官经常得合十行礼共同作用的结果。一帮孩子跟在两个欧洲人的身后，还有一大群狗吠个不停，吓得弗洛缩在弗罗利的脚边。每间茅屋的门口都聚集着皮肤粗糙的圆脸，目瞪口呆地看着"英格雷玛"。在阔叶的遮蔽下，村子里很荫凉。雨季到来的时候，河水会漫出来，将村子的低洼处变成肮脏的茅屋版威尼斯，村民们出了前门就直接以独木舟代步。

头人的房子比其他村民的房子大一些，屋顶是瓦楞铁皮，虽然在下雨的时候吵得让人没办法忍受，却是头人生活中的骄傲。为此他放弃了修筑一座佛塔，显然，他到达西天极乐世界的机会也因此而降低了。他快步走上楼梯，轻轻踢了踢一个躺在凉台上睡觉的年轻人的肋部，然后转过身再次向几位欧洲客人合十行礼，邀请他们进屋。

"我们进去吧。"弗罗利说道，"我想还得等上半个小时。"

"你能让他拿几张椅子放在凉台上吗？"伊丽莎白说道。有了那一次在李晔家的遭遇，她已经决定假如可以的话，她不会再进当地人的家里。

屋里一阵忙乱，头人、那个年轻人和几个女人搬来了两张椅子，上面艳俗地装饰着红色的木槿花，还有几口汽油桶，里面种着秋海棠。显然，为了迎接这两位欧洲客人，他们准备了这两张宝座。伊丽莎白坐下后，头人端着一个茶壶、一长串青绿色的香蕉和六根焦黑的本地雪茄出来了。但当他为伊丽莎白敬上一杯茶时，她却摇了摇头，因为那茶看上去比李晔的茶还要糟糕。

头人看上去很尴尬，揉了揉鼻子。他转身问弗罗利是不是这位年轻的德钦玛希望在茶里加点牛奶。他听说过欧洲人喝茶时要加奶。如果是这样的话，村民们会牵一头奶牛过来当场挤奶。但是，伊丽莎白谢绝了茶水，但她很口渴，于是她叫弗罗利派人把哥斯拉带在包里的一瓶苏打水拿过来。看到这一幕，头人退了下去，觉得很惭愧，认为迎接贵客的准备工作没有做好，由得这两位欧洲客人独享凉台。

伊丽莎白仍然把枪横在膝盖上，弗罗利靠着凉台的栏杆，假装在抽头人拿来的雪茄。伊丽莎白等不及去打猎了，不停地追问着弗罗利。

"我们什么时候出发？我们子弹够不够？我们得带多少名助手？噢，我希望今天我们会有好运！你觉得我们会有收获吗？"

"或许打不到什么好东西。我们应该能打到几只鸽子，或许打到丛林里的飞禽。现在不是打猎的季节，但打野鸡是可以的。他们在这附近见过一头豹子，上星期几乎就在村子里干掉了一头牛。"

"噢，豹子！要是我们能猎到这头豹子就好了。"

"恐怕不大可能。在缅甸像这样的打猎通常别想有什么收获，每次都会失望而归。丛林里到处都是猎物，但你经常连开枪的机会都找不到。"

"为什么会这样？"

"丛林里树木茂密，就算动物只有五码远你也看不见，而且它们往往能够躲过帮忙打猎的人。就算你能看到它们，也只有那么一瞬间。而且到处都是树，没有动物会固定在一个地方。比方说，一头老虎可能会游走数百英里。到处都是猎物，如果有什么可疑之处，它们绝不会过来。我小时候曾经连续好几天晚上蹲在发臭的牛尸旁边，等候着老虎，但一头老虎也没能等到。"

伊丽莎白往椅子上磨蹭着自己的肩胛骨。当她满心高兴的时候就会这样。当弗罗利说起打猎这个话题时，她喜欢他，真的很喜欢他。即使只是关于打猎的只言片语也能让她满心欢喜。如果他能一直谈论打猎，而不是谈论书籍、艺术和令人作呕的诗歌该多好！她突然间觉得很崇拜弗罗利，觉得他看上去蛮英俊的。他穿着那件帕葛利布料的开领衬衣、短裤和打猎的皮靴，扎着绑腿，看上去特别有男人味！他的脸棱角分明，晒得很黑，看上去像当兵的。他站在那儿，长着胎记的那一边脸背着她。她催促他继续说下去。

"再说点打老虎的事情嘛。太有趣了！"

他讲述起许多年前那次打猎：一头上了年纪、长着疥癣的食人猛兽咬死了他的一个苦力。他们在满是蚊子的狩猎台等候着，那头老虎大如灯笼的绿幽幽的眼睛在黑漆漆的丛林中逼近，它吞食绑在狩猎台下面一根柱子上的那个苦力的尸体时发出的喘息声和流口水的声音。弗罗利的故事讲得很敷衍——狩猎打老虎难道不是那些在印度的典型英国讨厌鬼最爱喋喋不休的话题么？——但伊丽莎白再一次高兴得扭动着肩膀，他不明白像这样的一席话让她觉得很心安，弥补了他让她觉得厌烦焦躁的时刻。六个头发蓬乱的年轻人从小径那头走了过来，肩膀上扛着长刀，一个干瘦却很活跃的灰发苍苍的老头走在前头。他们在头人的屋子前面停了下来，其中一个哑声哑气地嚷了一句，听到叫嚷声头人出现了，解释说他们就是帮忙打猎的下手。现在他们准备好了，如果年轻的德钦玛不嫌热的话就可以出发了。

他们动身了。村庄远离河流的另一边种了一道六尺高、十二尺宽的仙人掌篱笆作为保护。他们沿着一条狭窄的仙人掌小径走着，然后拐进一条印着车辙、布满灰尘的牛车小径，两边密密麻麻地长着高如旗杆的竹子。那几个打猎的下手排成单列快步走在前头，每个人的长刀都搁在前臂上。那个老猎户走在伊丽莎白身前。他的笼基拉了起来，就像一块腰布，干瘦的大腿上刺有深蓝色的、错综复杂的刺青图案，好像穿了深蓝色的蕾丝长袜一样。一根粗如男人手腕的竹子倒了下来，横在小路上。走在最前面的打猎的下手把刀一撩，将其砍断。竹竿里的水带着钻石般的光亮喷射而出。走了半里后他们来到了开阔地，每个人都汗淋淋的，因为他们走得很急，而且日头很晒。

"那里就是我们准备打猎的地方，就在那儿。"弗罗利说道。

他指着那片留茬田的对面一块开阔的灰褐色的平原，被泥界划分成面积为一两英亩的小块土地。那块地平得出奇，显得死气沉沉，只有几只雪白的鹭鸶。在远处突兀地出现了一处满是大树的丛林，就像一片墨绿色的悬崖。那几个打猎的下手走到二十码外一棵像是山楂树的小树那里。其中一个跪在地上，朝那棵树合十行礼，嘴里急促而含糊地说着什么，而那个老猎户往地上倒了一瓶浑浊的液体。其他人站在一旁，神情严肃地看着，就像教堂里的信徒一样。

"这些人在干什么？"伊丽莎白问道。

"他们在向当地的神明祭祀。他们称呼这些神明为纳特——就像德律阿德斯①。他们正向神明祈求赐予我们好运。"

---

① 德律阿德斯(Dryad)，古希腊神话中的树神。

那个老猎户回来了，声音嘶哑地解释说，他们得先到右边的灌木丛里扫荡，然后才能进入大丛林里。显然，是纳特神吩咐他这么做的。那个老猎户用长刀指点弗罗利和伊丽莎白应该站在哪里。那六个下手走进了灌木丛中，他们会绕上一圈，然后朝着稻田扫荡过来。离丛林的边上三十码处有几簇野玫瑰，弗罗利和伊丽莎白就躲在其中一簇后面，而哥斯拉则蹲在旁边一丛后面，拉着弗洛的颈圈，让它保持安静。打猎的时候弗罗利总是让哥斯拉呆在一旁，因为要是他没有打中目标的话，哥斯拉总是会讨厌地咂舌发出怪声。很快远处就传来了回音——是一种轻轻敲打，夹杂着奇特的、空洞的呼喊的声音，扫荡开始了。伊丽莎白立刻不由自主地战栗起来，连枪管也没办法扶稳。一只比画眉大一些的漂亮的小鸟，翅膀是灰色的，而身体是火红色的，从树丛间朝他们飞了过来，飞得很低。敲打声和叫嚷声渐渐接近。丛林边上的一处灌木剧烈地摇晃着——某只大型动物就要出来了。伊丽莎白举起枪，想把它扶稳，但那只是一个赤身裸体的黄皮肤下手，手里拿着长刀。他看到自己已经出了灌木丛，便朝其他人呼喊着，让他们和他集中。

伊丽莎白放下枪："出什么事了？"

"没事，扫荡结束了。"

"也就是说，里面什么都没有！"她失望地叫嚷着。

"别介意，第一次扫荡是打不到猎物的。下一次我们的运气可能会好一些。"

他们穿过了那片起伏的留茬田，跋涉穿过隔开田野的沼泽地，在那堵高高的丛林绿墙对面就位。伊丽莎白已经学会了如何装子弹。这一次，扫荡刚刚开始，哥斯拉就高声吹着口哨。

"小心！"弗罗利叫嚷着，"快点，它们来了！"

在四十码外，一群绿色的鸽子以难以置信的速度朝他们冲了过来，就像一簇旋转着掠过天空的投石。伊丽莎白兴奋得难以自制。有那么一会儿，她一动也不能动，然后她将枪管对着天空，朝着那群鸟的方向用力地扣下扳机。什么事情也没有发生——她拉的是扳机护环。那群鸟飞过头顶的时候，她找到了两个扳机，同时扣了下去，枪声震耳欲聋，她被震得后退一步，觉得锁骨几乎被震断了。她打中的是那群鸟后面三十码的地方。与此同时，她看到弗罗利转过身，端平了他的猎枪。两只鸽子飞着飞着突然间慢了下来，打了个旋，像箭一样掉到地上。哥斯拉尖叫一声，和弗洛朝它们跑了过去。

"留神！"弗罗利说道，"这里有一只皇鸠。我们把它打下来！"

一只飞得比其它鸟慢得多的又大又重的鸟正扑腾着从头上飞过。伊丽莎白先前开枪没打中，这一次没有开枪。她看着弗罗利将一颗子弹塞进枪膛，然后举枪射击，枪管里飘出了一缕白烟。那只鸟重重地掉了下来，它的翅膀折断了。弗洛和哥斯拉兴奋地跑了过去，弗洛的嘴里叼着那只硕大的皇鸠，哥斯拉咧嘴笑着，从克钦式的包里掏出两只鸽子。

弗罗利拿起一只绿色鸽子的尸体，对伊丽莎白说道："看看，多漂亮的鸟儿，不是吗？亚洲最漂亮的鸟。"

伊丽莎白用指尖触摸着那只鸟光滑的羽毛，心里觉得很苦涩妒忌，因为那不是她开枪打中的。现在她知道弗罗利打得一手好枪，觉得非常崇拜他。

"看看它胸膛部位的羽毛，就像宝石一样。开枪打它们是谋杀。缅甸人说，当你杀了一只这种鸟时，它们会呕吐，意思是说：'看吧，这就是我肚子里的东西，我没有吃你的东西，为什么你要杀我？'我得承认，我从未见过一只鸟这么做。"

"这些鸟好吃吗？"

"非常好吃，但就算这样，打死这些鸟我总是觉得很惭愧。"

"要是我能像你打得那么准就好了！"她羡慕地说道。

"只是熟练而已。很快你就能学会的。你知道如何扶稳枪，已经比很多初学者强多了。"

然而，在下两次扫荡中，伊丽莎白什么也没能打到。她学会了不要一次把两枪管的子弹打光，但她兴奋得身体僵直，连瞄都不瞄就胡乱开枪。弗罗利又打了几只皇鸠和一只小小的青铜色翅膀的鸽子，背部就像铜绿一样。丛林里的飞禽都很狡猾，虽然可以听到它们在周围唧唧咕咕，但就是看不到它们在哪儿，有一两次他们听到山鸡尖利如唢呐一样的叫声。现在他们越来越深入丛林了。光线灰蒙蒙的，有几块空地阳光很刺眼。无论往哪个方向看去，视野总是被层层叠叠的树木、纠结不清的灌木丛和就像码头柱子下盘旋的海水一样缠绕着灌木丛生上来的爬山虎挡住了。这片丛林是那么浓密，就像一片延绵数英里的荆棘，令人不可逼视。有的爬山虎粗壮得就像蟒蛇一样。弗罗利和伊丽莎白顺着狭窄的狩猎小径艰难地前行，爬上湿滑的河堤，衣服上挂满了尖刺。两人的衬衣都浸透了汗水。天热得令人透不过气来，空气中弥漫着被踩碎的叶子的味道。有时候看不见的知了会连续好几分钟发出尖利的、金属般的颤动声，就像一把钢吉他的拨弦声，接着停了下来，静得让人心慌。

走到第五处扫荡的地方时，他们碰到了一棵很大的菩提树，听到树冠上有皇鸠在咕咕咕地叫，声音听起来像是远处奶牛的叫声。一只鸟扑腾着飞了出来，独自栖息在最高的树枝上，小小的身影是灰色的。

"试着坐下来开枪。"弗罗利对伊丽莎白建议道，"瞄准它，不要犹豫，开枪。左眼不要闭上。"

伊丽莎白举起枪，和以前一样，手颤个不停。那些打猎的下手停下来观看，有几个忍不住啧舌惊叹。看到一个女人耍枪他们觉得非常惊奇。伊丽莎白竭力让自己的枪稳住一秒钟，然后扣下扳机。她没有听到枪声，当子弹击中目标时，你是不会听到枪声的。那只鸟似乎从树枝往上跳起，然后掉了下来，在空中翻了好几个圈，然后卡在十码高的树杈上。一个打猎的下手放下长刀，打量了一下树干，然后走到一株爬山虎那里。那株爬山虎吊在一根树枝上、有人腿一般粗细，像麦芽糖一样纠结扭曲。他轻巧地顺着爬山虎往上爬，仿佛那是一架梯子，然后顺着宽阔的树枝走了过去，把那只皇鸠拿了下来，搁在伊丽莎白手上，感觉还很柔软暖和。

她几乎舍不得放手，摸着那只鸟的感觉令她心醉神迷。她原本想亲吻它一下，将它搂在胸前。所有的男人——弗罗利、哥斯拉和那些打猎的下手——都彼此微笑着，看着她爱抚着那只死鸟。她很不情愿地把鸟递给哥斯拉，让他放进他的袋子里。她好想搂住弗罗利的脖子，亲吻他——在某种程度上，是开枪打死这只鸟让她想这么做。

第五次扫荡结束后，那个老猎户对弗罗利解释说，他们必须穿过一片种菠萝的空地，到后面的丛林里另一块空地再扫荡一回。他们走出了丛林的荫蔽，走到了耀眼的日头下。那块空地是长方形的，面积有一两英亩，从丛林中被开垦出来，就像长长的杂草中一块修剪过的草地，那些种成一排排、就像多刺的仙人掌的植物几乎被杂草淹没。在菠萝田的中间有一道低矮的荆棘篱笆将两边隔开。快要走过这片田的时候，荆棘篱笆那边传来尖利的、咕咕咯咯的叫声。

"噢，听听！"伊丽莎白停了下来，"那是山鸡吗？"

"是的，现在是它们出来觅食的时候。"

"我们不能过去开枪打它们吗？"

"如果你想打的话就试一下吧。它们可狡猾了。听好了，我们会绕着篱笆走，直到我们走到山鸡的对面。我们走路的时候不能出声。"

他让哥斯拉和那几个帮手继续往前走，他和伊丽莎白两人顺着菠萝田猫着腰沿着篱笆走，避免暴露自己。伊丽莎白走在前面。汗水从她的脸颊上滑落下来，刺得她的上嘴唇痒痒的，而且她的心跳得很厉害。她能察觉到弗罗利就跟在她的脚跟后面。两人一齐直起身子，望着篱笆的那头。

十码外有一只小山鸡，个头有矮脚鸡那么大，正精神抖擞地在地上啄食。它长得很漂亮，脖子上的长翎像丝绸一般光滑，鸡冠高高地耸起，弓状的尾巴呈橄榄绿色。它身后有六只母鸡，个头要小一些，羽毛是棕色的，背部钻石形的羽毛就像蛇鳞一样。伊丽莎白和弗罗利才看了一秒钟，这些山鸡就咯咯地叫着飞到空中，像子弹一样朝丛林飞去。伊丽莎白立刻自发地举起猎枪，开了一枪。这一枪没有刻意瞄准，似乎不知道手里有枪一样，她的精神就像跟在子弹后面，驱使它击中目标。还没扣下扳机她就知道那鸟死定了。那只雄鸡在三十码开外翻了个跟斗，羽毛掉落了一地。"好枪法！好枪法！"弗罗利叫嚷着，两人兴奋得扔下手中的枪，冲过荆棘篱笆，跑到那只山鸡倒下的地方。

"好枪法！"弗罗利絮絮叨叨地说着，和她一样兴奋雀跃，"天哪，我还没见过有人第一天就能开枪射中还在飞的山鸡，从未见过！你的枪法进步真是神速，太棒了！"

两人面对面跪在那儿，中间就是那只死山鸡。他们惊讶地发现两人的手——他的右手和她的左手——紧紧地握在一起。原来在不经意间，他们手拉着手跑了过来。

两人突然间都僵住了，感觉到有什么重大的事情发生了。弗罗利伸出另一只手和她的另一只手相握。他的手有点畏缩，却又十分大胆。两人跪在那里，四手相握，足足持续了好一会儿。太阳照耀着他们，两人的身体散发出热力。他们似乎漂浮漫步在炽热而欢乐的云海中。他抓住她的上臂，将她拉入怀中。

突然间他转过头，站了起来，把伊丽莎白也拉了起来，然后松开她的胳膊。他想起了自己的那块胎记，不敢在光天化日之下和她亲热。它所招来的冷落实在是太可怕了。为了掩饰尴尬，他弯下腰，拣起那只山鸡。

"太棒了，"他说道，"你不需要指导，你已经会开枪了。我们还得赶去下一次扫荡呢。"

他们刚走过篱笆，拾起那两把枪，林子边上就传来一阵叫嚷。两个帮手迈着大步朝他们跑来，拼命地挥舞着手臂。

"怎么了？"伊丽莎白问道。

"不知道。他们应该见到什么动物了。看他们的样子，应该是好猎物。"

"噢，太好了！快走吧！"

两人快步跑过长着菠萝和笔挺多刺的杂草的田地。哥斯拉和五个帮手正站在一块儿七嘴八舌地说着话，另外两个人兴奋地朝弗罗利和伊丽莎白招手。他们走上前时，看到那几个人正围着一个老妇，她一只手正抓住身上那件褴褛的笼基，另一只手拿着一根大雪茄正在比划着什么。伊丽莎白听到"猹"这个字不断地出现。

"他们在说什么？"她问道。

帮手们围在弗罗利身边，激动地说着什么，指着丛林的方向。问完几个问题后，弗罗利挥手示意大家安静，转身对伊丽莎白说道：

"听我说，我们运气太好了！这个老妇刚从丛林里出来，她说刚刚你开枪那一瞬间她看到一头豹子从小径上跑了过去。这些人知道豹子可能躲在哪里。要是我们动作快的话，他们或许可以在豹子跑开之前把它包围，然后把它赶出来。要试一下吗？"

"噢，好的！噢，太好玩了！要是我们能打到那只豹子，那可真是太好了，太好了！"

"你知道这是很危险的事情吗？我们必须紧紧聚在一起，或许会平安无事，但没有人能够打包票。你做好准备了吗？"

"噢，是的，当然准备好了！我可不怕。噢，我们快点出发吧！"

"你们一个跟着我们，给我们带路。"弗罗利对那几个帮手说道，"哥斯拉，给弗洛套上狗圈，和其他人一齐走。跟着我们它老是乱叫。我们得快点行动。"他对伊丽莎白补充了一句。

哥斯拉和那几个帮手匆匆顺着丛林的边上走去。他们会直捣丛林内部，从远处开始扫荡。另外一个帮手，就是刚才那个爬树拾皇鸠的年轻人，冲进了丛林里。弗罗利和伊丽莎白尾随其后。他迈着短而急促的步伐，动作像在奔跑一样，将他们带入了迷宫一样的狩猎小道中。灌木丛长得很低矮，有时候他们得匍匐前进，爬山虎就像铁丝网一样横亘在小径上。地上满是灰尘，脚下一点声音也没有。走到某处丛林的地标时，那个帮手停了下来，指着地面表示这里就是合适的地方，把手指放在嘴唇上示意安静。弗罗利从口袋里掏出四颗钢芯子弹，拿过伊丽莎白的枪，悄无声息地装弹上膛。

他们后面有轻微的沙沙声，把他们吓了一跳。一个几乎全身赤裸的年轻人拿着一把弹弓，不知道从哪里分开丛林钻了出来。他看着那个帮手，摇了摇头，指着小径的那头。两个年轻人用手势进行交流，然后那个帮手似乎同意了。四个人没有作声顺着小径走了四十码，绕过一个弯，然后再停下来。与此同时，从几百码外传来一阵可怕的、闹哄哄的叫嚷声，叫得最凶的是弗洛。

伊丽莎白感觉到那个帮手的手搭在她的肩膀上，把她摁了下去。他们四个人蹲在一丛灌木后面，以它作为掩护，两个欧洲人在前面，两个缅甸人在后面。远处的叫嚷声吵吵闹闹的，还有长刀砍在树干上的声音，很难相信六个人能够弄出这么大的动静。那几个帮手正卖命地吵闹，不让那只豹子掉头往他们那边去。伊丽莎白看见一排硕大的、淡黄色的蚂蚁像士兵一样爬过灌木丛上的尖刺。一只蚂蚁掉在她的手上，顺着前臂往上爬。她不敢把蚂蚁掸开，在心里默默地祈祷："求求你，上帝啊，让那只豹子出现吧！噢，求你了，上帝，让那只豹子出现吧！"

突然间落叶上传来了很响的脚步声，伊丽莎白举起猎枪，弗罗利断然摇了摇头，把枪管按了下去。一只野禽迈着大大的步子匆匆地从小径上走过。那几个帮手的叫嚷声并没有接近，而这边的丛林静得像在棺材里一样。那只爬在伊丽莎白胳膊上的蚂蚁咬了她一口，然后掉到地上，被咬的地方很疼。她的心情开始绝望，那只豹子不会出现了，它已经溜到别处去了，他们逮不到它。她宁愿没听说过有豹子这个消息，失望是那么令人痛苦。接着，她察觉到那个帮手在掐她的胳膊肘。他前倾着脸，光滑焦黄的面颊离她的脸只有几英寸，她可以闻到他的头发上椰子油的味道。他听到了什么，努着嘴唇，似乎要吹响口哨。这时弗罗利和伊丽莎白也听到了，那是最轻微的沙沙声，似乎有一头透明的生物正从丛林中溜过，只是脚摩擦到了地面。就在这时，那头豹子的头和肩从灌木里出现了，就在小径那头十五码开外。

它停了下来，前脚掌踏在小径上。他们可以看到它那低垂的耳朵、耷拉着的头、露在外面的獠牙和粗壮恐怖的前肢。在阴影中，它看上去不是黄色的，而是灰不溜秋的。它正专注地倾听着。伊丽莎白看到弗罗利猛地站了起来，举起猎枪，立刻扣下扳机。一声枪响，几乎是在同时，那头豹子重重地倒在草丛中。"小心！"弗罗利嚷道，"它还没死！"他又开了一枪，子弹击中了目标，传来了砰的一声。那头豹子喘着粗气。弗罗利把猎枪打开，伸手到口袋里摸子弹，然后一股脑儿把子弹全部倒到了小径上。他跪了下去，在那堆子弹当中摸索着。

"该死的！"他叫嚷着，"这里头一颗钢芯子弹也没有。我到底把它们放哪儿去了？"

他跪下去的时候那头豹子不见了。它就像一条受伤的大蛇在灌木丛中游走，咆哮着，呜咽着，声音听起来凶残而凄楚，似乎正在逼近。弗罗利捡起来的每一颗子弹底端都写着6号或

8号，事实上，剩下的那些大号子弹他都放在了哥斯拉那边。脚步声和吼叫声现在几乎不到五码远了，但他们什么也看不见，丛林太茂密了。

那两个缅甸人惊叫着："开枪啊！开枪啊！开枪啊！"声音越来越远——他们正往附近爬得上去的树干跑去。树下的灌木丛有什么东西穿了进来，伊丽莎白身边的灌木丛在摇晃。

"天哪，它就在我们跟前！"弗罗利说道，"我们必须把它轰出来。弄出点声响！"

伊丽莎白举起她的猎枪，她的膝盖抖得像在打响板，但她的手却坚如磐石。她迅速开了一枪、两枪。脚步声减弱了，那头豹子正在爬开去，虽然脚步跟跄，但仍很迅速，而且不在视野之内。

"干得漂亮！你把它吓着了。"弗罗利称赞着她。

"但它跑掉了！它跑掉了！"伊丽莎白叫嚷着，气急败坏地跺着脚。她想要去追那只豹子，弗罗利跳了起来，把她拉了回来。

"不要慌！你呆在这儿。等着！"

他把两发小口径子弹装进枪膛里，顺着豹子离开的方向跑去。有那么一会儿，伊丽莎白看不见他和那头豹子，接着，在三十码开外的一块空地上，他和豹子出现了。那头豹子肚皮趴在地上蠕动着，呜咽着。弗罗利端着猎枪隔着四码的距离开了一枪。子弹击中了那头豹子，它像一团垫子一样跳了起来，然后打了个滚，蜷成一团，一动不动地躺在那儿。弗罗利用枪管捅着豹子的身体，但它纹丝不动。

"没事了，它被干掉了。"他说道，"过来看看。"

那两个缅甸人从树上跳了下来。两人和伊丽莎白走到弗罗利身边，那头豹子——那是头雄豹——蜷在那儿，头搭在两只前爪之间，看上去比活着的时候小了一些，像只可怜的死猫。伊丽莎白的膝盖仍然在颤抖。她和弗罗利低头看着那头豹子，挨得很近，但这一次没有牵手。

不一会儿哥斯拉和其他人就赶来了，兴高采烈地叫嚷着。弗洛闻到那头死豹子的味道，吓得夹着尾巴跑到五十码外，幽幽地呜咽着，无论怎么劝诱都不肯再接近豹子。大家都蹲在那头豹子旁边，端详着它。他们抚摸着豹子雪白美丽的腹部，感觉像兔子的腹部一样柔软。他们又挤压它的脚掌，让爪子亮出来；还把黑色的嘴唇拉开，检视那森森的利牙。不一会儿两个帮手就砍倒一根长竹，将那头豹子的四肢绑在竹子上，长长的尾巴耷拉了下来。大家扛着豹子，迈着胜利的步伐回到村子里。虽然天还很亮，但没有人再说起打猎。包括两个欧洲人在内，大家都迫不及待地想回村子里夸耀他们的战利品。

弗罗利和伊丽莎白并肩走过那片留茬田。其他人端着步枪和豹子走在前头，离他们有三十码远，弗洛被落在他们后头很远的地方。太阳落到了伊洛瓦底江后面，暮光平行地照射着留茬田，为残株镀上了金色，一缕柔和的黄色光线照射在两人的脸上。走着走着，伊丽莎白的肩膀几乎挨到了弗罗利的肩膀。他们的衬衣被汗水浸湿过，又被晒干了。他们说话不多，两人心里都很高兴，既是因为筋疲力尽，又是因为收获颇丰，觉得生命中再没有什么快乐——无论是身体还是心灵上的快乐——能与之相比。

快到村子的时候弗罗利说道："那张豹皮留给你吧。"

"噢，但它是你猎杀的！"

"别介意，豹皮留给你了。天哪，我想象不出这个国家有多少女人能像你那样保持头脑冷静！我可以想象她们尖叫昏厥的样子。我会让乔卡塔监狱把豹皮硝制好。那里有一个犯人会硝制毛皮，可以弄得像天鹅绒一样柔软。他被判了七年徒刑，所以他有时间学会了这门手艺。"

"噢，好的，太谢谢你了。"

现在什么也不用说了。待会儿等他们洗去汗水和泥垢，吃完饭并好好休息之后，他们会在俱乐部再见面。他们没有事先约好，但再次见面这件事两人都心照不宣。虽然两人没有提起，但心里都知道弗罗利将会向伊丽莎白求婚。

弗罗利在村子里给每个帮忙打猎的人八亚那作为酬劳，看着那头豹子的皮被剥下，然后送给头人一瓶啤酒和两只英国鸽子。豹皮和豹头被装在一艘独木舟上。虽然哥斯拉一直守着，但豹子的腮须都被偷走了。几个村里的小伙子把尸体抬走，准备把豹子心和其它内脏吃掉，他们相信这样可以让自己像豹子一样强壮敏捷。

第十五章

　　弗罗利来到俱乐部的时候，发现拉克斯汀一家出奇地心情低落。拉克斯汀太太和往常一样，坐在葵蒲扇下面最好的位置上，正在阅读《皇室经费，德布雷特的缅甸年鉴》。她正和丈夫闹别扭，他竟然不听她的话，一来到俱乐部就要了一大杯"佳酿"，而且还在读《粉红报》。伊丽莎白一个人坐在闷热狭窄的图书室里，翻弄着一本过期的《布莱克伍德》杂志。

　　自从和弗罗利分开后，伊丽莎白遭遇了一件令她十分不爽的事情。她洗完澡，正穿好衣服准备吃晚饭时，叔叔突然进了她的房间——说是要听听今天打猎的情况——然后开始在她的腿上摸来捏去，意图暴露无遗。伊丽莎白吓坏了，她第一次意识到，有些男人能无耻到想和自己的侄女做爱。真是无奇不有。拉克斯汀先生想让这件事权当一个玩笑，但他笨嘴笨舌，而且喝得醉醺醺的，没能蒙混过关。幸好他老婆不知道，要不然这件事或许会成为天字第一号丑闻。

　　这件事过后，晚饭吃得很不自在。拉克斯汀先生恼羞成怒。真是烂透了，这帮女人老是扮清高，不让你好好地乐一乐！这个女孩还算长得漂亮，让他想起了《巴黎生活》里面的那些插画，该死的！难道不是他施舍收留了她吗？真是不要脸。而对于伊丽莎白来说，形势非常严峻。她身无分文，而且除了寄居叔叔篱下之外再没有别的去处。她跋涉八千英里来到这里，而仅仅过了半个月，她就不能再住在叔叔家里，真是太可怕了。

因此，她更坚定了决心，如果弗罗利向她求婚（毫无疑问，他会向她求婚的），她会答应他。换了是别的时候或许她不会这么坚决，但今天下午，经过了那次又兴奋又有面子的"美妙"的打猎历险，她近乎爱上了弗罗利——就弗罗利而言，这是她对他所能产生的最近乎爱情的感觉了。但即使是这样，过后或许她的困惑又会回来。因为弗罗利身上有些事情总是令她有所保留：他的年龄、他的胎记、他那些奇怪而离经叛道的言论——那些"不切实际"的夸夸其谈让她感到莫名其妙而且很不安。有些时候她甚至很讨厌他。但现在，叔叔的行径扭转了她心中的天平。无论如何她得离开叔叔的家，越快越好。是的，只要他向她求婚，她就会嫁给他！

走进图书室的时候，从她的脸上他就能猜到答案。她的态度比以往更加温柔顺从。她穿着两人第一次见面时穿的那件淡紫色的连衣裙，见到这身熟悉的打扮给予了他勇气。这件衣服似乎把两人的距离拉近了，同时带走了有时困扰着他的她那种陌生和高高在上的感觉。

他拿起她刚刚在阅读的那本杂志，发表了几句评论，两人沉闷地聊起了天，平时聊天时就总是这样，很少能够避免。尽说些无聊的话这一习惯几乎永远都无法避免，真是奇怪。但是，聊着聊着，他们发现自己渐渐走到了门口，来到了外面，置身于网球场旁边那棵开着赤素馨花的大树下。今晚是满月之夜，月亮像一个烧得白热的硬币，亮得刺眼，在飘着几朵黄云的土蓝色天空中飞升，不见一点星光。那几丛巴豆白天看起来很丑，就像害了黄疸病的月桂，在月光下变成了犬牙交错的黑白图案，像是美妙的木刻画。在围墙那边有两个身体畸形的达罗毗茶苦力正在路上走着，身上白色的破布闪着微光。几棵开着赤素馨花的树散发出香气，顺着微热的空气飘荡过来，就像从一便士售卖机里飘出来的让人无法忍受的化学气味。

"看看月亮，看看！"弗罗利说道，"就像白色的太阳一样，比英国冬天时的月亮还要亮。"

伊丽莎白抬头看着那棵赤素馨花树的树枝，月光似乎将它们变成了银色的棍棒。他们似乎感觉得到月光就厚厚地堆积在每一样东西上面，在地上和粗糙的树皮上结了一层硬壳，像闪闪发亮的盐花。每一片树叶似乎都承担着月光的重量，似乎月光就像白雪一样是固体的。虽然伊丽莎白平素对这种事情熟视无睹，但这一刻也觉得十分惊奇。

"太美了！在英国你从不会见到这样的月光。它好——好——"她想不出除了"皎洁"之外的词汇，于是默不作声。她有一个习惯，说话总是只说一截，就像罗莎·达图尔①，却是出于不同的原因。

"是的，这轮亘古的月亮在这个国家是最美丽的。这棵树味道很浓，不是吗？野蛮的热带树！我不喜欢一年四季都开花的树，你呢？"

他心不在焉地信口说着话，拖延时间等那两个苦力走出视野之外。等他们一走开，他就搂着伊丽莎白的肩膀，没等她反应过来或开口说话，他就将她转过身，拥入自己的怀中。她的头靠在他的胸膛上，短发摩挲着他的嘴唇。他托着她的下巴，抬起她的脸，俯视着她。她没有戴眼镜。

---

① 罗莎·达图尔（Rosa Dartle），狄更斯的小说《大卫·科波菲尔》一书中的人物。

"你不介意吗？"

"不介意。"

"我是说，你不介意我的——这个吗？"他晃了晃脑袋，露出那块胎记。他得先弄清楚这个问题，然后才能亲吻她。

"不，不介意，当然不介意。"

两人的嘴凑到了一起，他感觉到她赤裸的胳膊轻轻地勾住他的脖子。两人站在那儿，紧紧地贴在一起，靠在赤素馨花树光滑的树干上，深情地拥吻了大约有一分钟。那棵树令人作呕的气味和伊丽莎白头发的味道夹杂在一起。这股味道让他觉得整个人傻傻的，又似乎感觉伊丽莎白离他很遥远，虽然她就在他的怀里。这棵异国的树代表了他：他的放逐、他的秘密和蹉跎的年华——就像一条无法逾越的沟壑将两人隔开。他该怎样才能让她明白他想从她身上得到什么呢？他停止了亲吻，轻轻地推着她的肩膀，让她靠在树干上，俯视着她，虽然月亮在她身后，但他还是能看清她的脸。

"我无法用言语形容你对于我的意义。"他说道，"你对于我的意义！语言是多么苍白无力！你不会知道我有多爱你。但我必须尝试着对你表白。有很多事情我必须告诉你。我们回俱乐部好吗？他们可能正过来找我们。我们可以在凉台上聊天。"

"我的头发很乱吗？"她问道。

"很漂亮。"

"但乱不乱？帮我梳一下头发，好吗？"

她站在他跟前，低下了头，他用手整理好短而清爽的发绺。她低头的姿势带给他一种亲昵的感觉，比刚才的接吻更加亲昵，他觉得自己似乎已经成为了她的丈夫。啊，他一定要娶她，这是肯定的！只有和她结婚，他的生活才能获得救赎。呆会儿他就向她求婚。两人缓步走过蓬松的灌木丛，回到俱乐部，他的胳膊仍然搂着她的肩膀。

"我们可以在凉台上聊天。"他又说了一遍，"不知道为什么，我们还没有好好说过话呢，就你和我。天哪，这么多年来我一直盼望着能找个人说说话！我可以一直对着你说下去，一直说，一直说！听起来很无聊。我很担心它会变成一件无聊的事情。我得请你多担待一些。"

听到"无聊"这个词，她哼了一声以示抗议。

"不，这是无聊的事情，我知道的。我们这些在印度的英国人总是被视为无聊的人。我们确实很无聊。但我们身不由己。你知道，有一个——我该怎么说呢？——有一个魔鬼藏在我们心里，驱使我们说话。我们心里藏着许多记忆，渴望与人分享，却从未做到。这就是我们来到这个国家的代价。"

他们不会受到旁边凉台的干扰，因为那里没有门直接通往这里。伊丽莎白坐了下来，胳膊搁在小柳条桌子上，但弗罗利仍然在踱着步子，双手插在上衣的口袋里，走进从凉台东边的屋檐下射进来的月光中，然后又走进阴影里。

"我刚刚对你说我爱你。爱！这个词已经被用得俗透了，完全失去了意义。但请听我的解释。今天下午我们一起打猎时，我想到，上帝啊，终于有人可以分享我的生活，真真正正地和我一起生活——你知道吗——"

他准备向她求婚——事实上，他不想再拖延下去了。但那番话一直说不出口，他发现自己正忘我地一直说个不停。他无法控制自己。她应该了解他在这个国家的生活，她应该理解他希望借助她去摆脱的寂寞的本质，这很重要。而这是很难解释清楚的事情。忍受着悲惨却无以名状的痛苦是多么可怕。那些受清清楚楚的病痛折磨的人都是幸福的！那些穷人、病人、失恋的人都是幸福的，因为至少其他人理解他们到底出了什么事，愿意同情地倾听他们一吐心声。但有哪个未经过放逐的人明白被放逐的痛苦呢？伊丽莎白看着他踱着步子，月光将他的丝绸外套染成一袭银装。她的心情仍为那个吻而激荡着，但听着他说话，她不禁心生疑惑：他准备向她求婚吗？他怎么这么拖拉！她模模糊糊听到他在说关于寂寞什么的。当然会寂寞！他是说，两人结婚后她将面对丛林生活的寂寞。他并不需要为此烦恼。或许，住在丛林里的确有时会觉得很寂寞。住在前不着村后不着店的地方，没有电影院，没有舞会，除了他们夫妻俩没有其他人可以说话，晚上除了读书无事可做——确实挺无聊的。但他们可以买一部留声机。等那些新型便携式收音机运到缅甸，日子就不会寂寞了！她正要说起这个，他补充说道：

"你听明白我的意思了吗？你能想象我们在这里的生活吗？生活在这个孤独忧郁的异国他乡！异国的树木、异国的花草、异国的风景、异国的面孔。一切都是那么陌生，似乎来到了另外一个星球。但你知道吗——我想说的就是这个——你知道吗，生活在另外一个星球并非那么糟糕，如果有人和你分享的话，或许会是最有趣的事情。有一个人用和你一样的眼光去看待事物。这个国家对我来说曾经是如此寂寞荒凉的地狱——对我们大部分人来说的确如此——但是，假如有个伴的话，它可以是一处天堂。这些话似乎毫无意义，是吗？"

他在桌子旁边停了下来，握着她的手。在半明半暗中，他只能看到她苍白的鹅蛋脸，就像一朵鲜花。但一摸到她的手，他立刻明白她对他的话一个字也没听进去。为什么她会理解呢？这番绕来绕去的话都白说了！他想立刻对她说："嫁给我好吗？"他们不是有一辈子的时间可以交流吗？他握着她另一只手，温柔地将她拉起来。

"我刚才说了很多废话，请你原谅。"

"没关系。"她含糊不清地喋嚅着，以为他准备亲吻她。

"不，像那样说话实在是很无聊。有的事情能用语言表达，但有的事情不行。而且一味地大吐自己的苦水是很不得体的行为。但我只是想让你明白一些事情。看着我，我有话对你说。你愿意——？"

"伊—丽—莎—白—！"

那是拉克斯汀太太尖利而哀伤的声音，是从俱乐部那里传过来的。

"伊丽莎白，你在哪儿？伊丽莎白？"

听声音她快到前门了——随时可能走上凉台。弗罗利把伊丽莎白拉到身边，两人匆匆忙忙亲吻了一下，然后他松开了她，但还握着她的手。

"快点，还有点时间，回答我，你愿意——"

但这句话还没说完，脚底下就发生了惊天动地的事情——地板就像海面一样摇摆着——他脚步蹒跚，然后晕头转向地跌倒了，前臂重重地摔在地板上。他倒在地上，发现自己剧烈地前后摇摆着，似乎有一只庞大的怪兽将整座房子扛在背上。

突然间，摇摇晃晃的地板稳了下来，弗罗利坐起身，头脑眩晕，但伤得不厉害。模糊中他发现伊丽莎白蜷缩在他的身边，俱乐部那里传来了尖叫声。在大门那里，两个缅甸人正在月光下跑着，长发飘荡在身后。他们以最高的嗓门尖叫着：

"纳殷在动了！纳殷在动了！"

弗罗利疑惑地看着他们。谁是纳殷？纳是用于修饰罪犯的前缀，那纳殷一定就是个土匪。为什么他在动？接着，他记起来了：传说中纳殷是一个被缅甸人埋起来的巨人，就像地底下的堤尔福斯①。果然！这是一场地震。

"地震了！"他喊了一句，想起伊丽莎白，走过去把她扶了起来。她已经坐了起来，身上没有受伤，正揉着脑后。

"刚才是地震吗？"她的声音非常惊慌。

拉克斯汀太太高挑的身躯顺着凉台的角落缓缓地挪了过来，紧紧贴着墙壁，像一只顽长的蜥蜴。她歇斯底里地尖叫着：

"噢，天哪！地震了！真是太可怕了！我受不了了——我的心脏可承受不了刺激！噢，亲爱的，噢，亲爱的！地震了！"

拉克斯汀先生蹒跚着跟在她的身后，脚步特别不协调，既是因为地震，又是因为杜松子酒喝多了。

"地震了，真见鬼！"他嘴里骂骂咧咧的。

弗罗利和伊丽莎白慢慢地站起身，走回俱乐部里，脚底下感觉很奇怪，就像从一叶摇摆不定的小舟踏上岸边一样。那个老领班正匆匆从仆人区跑出来，一边跑一边往头上缠头巾，身后跟着一群仆人，都在唧唧喳喳地说个不停。

"地震了，先生，地震了！"他唾沫四溅地热切地说着。

"我想这他妈的应该是地震。"拉克斯汀先生小心翼翼地

---

① 堤尔福斯（Typhaeus），古希腊神话中的巨人，曾与宙斯为敌，失败后被流放到地狱。

坐在一张椅子上，"给我倒酒，领班。看在上帝的分上，出了这种事情，就让我喝上一杯吧。"

大家都点了酒。那个领班有点腼腆，但脸上带着笑容，单脚站在桌子旁边，手里托着盘子。"地震，先生，大地震哪！"他热切地重复着。他很渴望说话，其他人也一样。那种脚下颤巍巍的感觉刚过去，一种美妙的"生之乐"就笼罩着他们。地震结束之后，感觉是那么好玩。想到你没有被一堆废墟砸死，感觉实在是太美妙了。大家异口同声地说道："亲爱的，我从未经历过这么一场地震——我整个人都倒下去了——感觉就像地底下有一只该死的贱狗在挠痒痒——我还以为是哪里发生爆炸了……"诸如此类的话，地震后的老生常谈。连领班也加入了谈话。

"我想你记得很多回地震，是吧，领班？"拉克斯汀太太以对她来说相当和蔼的态度问道。

"噢，是的，太太，很多回地震！1887 年、1899 年、1906 年、1912 年——太太，我记得很多回地震！"

"1912 年那回震得不轻。"弗罗利说道。

"噢，先生，但 1906 年那一回更严重！先生，震感非常强烈！寺庙里那座巨大的异教徒雕像砸在了国师①的头上，国师就是佛教徒的主教，夫人。缅甸人说这是厄运的征兆，预示着稻米歉收和口蹄疫爆发。还有 1887 年，我记得那是我第一次经历地震，那时候我还是个小仆童。麦克卡拉甘少校老爷躺在桌子底下，发誓他明天就会戒酒。他不知道发生了地震。屋顶掉了下来，砸死了两头牛。"他一直说个不停。

---

① 国师(thathanabaing)，缅甸小乘佛教的佛教领袖，由王室钦命。

这几个欧洲人呆在俱乐部里直到深夜，领班出现在房间里不下五六次，讲述新的传闻轶事。这几个欧洲人没有喝止他，甚至鼓励他说下去。地震将他们团结在一起。如果再来一两回余震，他们或许会让领班和他们一起同桌而坐。

弗罗利的求婚无疾而终。刚刚发生了地震，求婚似乎不大合适。而且，当晚剩下的时候他都没有机会和伊丽莎白独处。但这没什么，现在他知道她已经芳心暗许。一切等到明天早上再说。想到这里他安下心来，经过漫长的一天他已经精疲力尽，一上床就睡着了。

第十六章

　　公墓旁边那棵大彬加都树的上面栖息着几只秃鹫，粪便把树枝都染成了白色。秃鹫张开翅膀平衡着身体，盘旋着直冲上天际。虽然还是清晨，弗罗利已经出门了。他准备去俱乐部，等伊丽莎白来，然后正式向她求婚。一种他不能明白的本能催促着他在其他欧洲人从丛林里回来之前赶快行事。

　　走出大门的时候，他看到乔卡塔来了新人。一个年轻人骑着白马正缓步走过练兵场，手里拿着一根长矛，像拿着绣花针一样挥舞着。几个看上去像土兵的锡克人跟在他后面，牵着另外两匹小马的缰绳，一匹是枣色的，另一匹是栗色的。当他和弗罗利擦肩而过时，弗罗利停了下来，喊了声"早安"。他不认得那个年轻人，但在小地方问候陌生人是很平常的事情。那个年轻人看到有人在问候自己，于是心不在焉地调转马头，让马停在路边。他看上去大约二十来岁，身材柔软而笔挺，应该是个骑兵军官。他长着一张在英国士兵中很常见的兔子脸，眼睛是淡蓝色的，双唇之间可以看见小小的三角形门牙，但是他看上去一副刚强、无畏甚至凶悍的样子，颇有几分潇洒的风范——是像一只兔子，却是一只强壮尚武的兔子。他骑在马上，似乎和马结合为一体。他看上去那么年轻健壮，青春洋溢的脸被晒成和淡蓝色的眼眸很般配的古铜色，而且他戴着白色的鹿皮帽，马球靴闪烁着旧海泡石烟斗一般的光芒，看上去就像是画里那些高贵的人物。打一见面弗罗利就觉得不自在。

"你好。"弗罗利问道，"刚到这儿的？"

"昨晚到的，乘夜里的火车。"他说起话来乖戾而孩子气，"我奉命带着一连士兵到此驻扎，以防你们当地的贱民挑起事端。我叫威洛——隶属武警部队。"他补充了一句，但没有问弗罗利的名字。

"噢，是的。我们听说他们会派人过来。你们在哪里驻扎？"

"目前在兵舍驿站。昨晚我进去的时候有黑人乞丐住在里面——自称是什么训导员，我一脚把他踢了出去。这地方臭死了，不是吗？"他朝后面晃了一下脑袋，表示说的是整个乔卡塔。

"我想这里和其它小官署驻地就是这样。你准备在这里久呆吗？"

"就住一个月，感谢上帝，直到雨季开始。你们这里的练兵场好烂，不是吗？他们没有剪草，"他补充说道，挥舞着长矛的矛尖指着那片干枯的草地，"这样根本打不了马球什么的。"

"恐怕你在这儿打不了马球。"弗罗利说道，"我们最多打打网球。我们这里只有八个欧洲人，大部分人四分之三的时间都呆在丛林里。"

"天哪！好烂的地方！"

说完这一句两人都沉默下来。那些高大的、蓄着络腮胡的锡克土兵围着两匹马的马头站成一圈，不是很有好感地打量着弗罗利。显然，威洛对谈话意兴阑珊，一心只希望离开。弗罗利这辈子从未觉得如此显得多余，或者说，觉得自己是个老瘪三。他注意到威洛的马是一匹漂亮的阿拉伯母马，长颈弓背，尾巴就像翎毛一样光滑，皮肤呈奶白色，这匹马得值好几千卢比。威洛已经拉着缰绳把马转过身，显然，他觉得早上说这么多话已经够了。

"这可是匹好马。"弗罗利说道。

"还好，比那些缅甸劣马强。我过来安排搭建帐篷。在这个烂鬼地方是没指望打马球的了。嘿，希拉·辛！"他转过马身喊道。

那个牵着枣色马匹的土兵把缰绳递给一个同伴，跑到四十码开外的一处地方，往地上插了一根狭长的黄杨木桩。威洛没有再理会弗罗利。他举起长矛，摆出似乎正在瞄准木桩的姿势，那几个锡克土兵把马牵到后面不要挡道，站在那儿看热闹。威洛的双膝轻轻地夹住马肋，那匹马就像弹弓射出的石子一样飞奔向前。他就像一只瘦削的半人马，笔直的身体倾着贴在马鞍上，垂下矛头，把它漂亮地插进那根木桩里。一个印度人嘀咕着："沙巴什！①"威洛以正统的姿势将长矛别在身后，策马慢行兜了回来，把那根被刺穿的木桩交给了那个土兵。

威洛又瞄着那根木桩策马冲刺了两回，每次都命中目标。他的行动潇洒绝伦，又格外严肃认真。旁观的英国人和那些印度土兵都全神贯注地观看着威洛刺那根木桩，似乎那是一场宗教仪式。弗罗利仍在驻足观望，没有人理他——威洛那张脸是那种能对不受欢迎的陌生人不闻不问的特殊构造的脸——但他受到冷落这件事情没有让他走开。不知怎的，威洛让他觉得自惭形秽。他试着想找些话题，让谈话继续下去，就在这时他抬头望着山边，看到伊丽莎白穿着一袭浅蓝色的衣服，从她叔叔

---

① 沙巴什（shabash），印度语中表示"好棒"的感叹词。

的家门口走了出来。她一定看到第三次刺穿木桩了。他的心顿时不安起来，他的心里掠过一个念头，他的这些心血来潮的念头总是带给他麻烦。威洛离他有几码远，他叫住了他，用手杖指着另外两匹马。

"这两匹马受过训练吗？"

威洛不悦地转过头看着他。他原本以为弗罗利自讨没趣之后就会离开的。

"什么？"

"另外两匹马受过训练吗？"弗罗利重复了一遍。

"那匹栗色的马还不赖。不过如果你没控制住的话会跑开的。"

"我也来刺木桩，如果你同意的话。"

"好的。"威洛很不客气地说道，"别拉得太紧，伤了它的嘴。"

一个土兵把马牵了过来，弗罗利假装检查着缰绳。事实上他是在拖延时间，等到伊丽莎白走到离他们三四十码外的地方。他决定在她刚好经过的时候刺中那根木桩（骑着缅甸小马这是很容易做到的事情，假如它们能笔直地跑出去的话），然后再骑着马走到她身边。显然，这么做是对的。他可不想让她以为只有这个红脸膛的小子才会骑马。他穿着短裤，骑马的时候会很不舒服，但他知道，和大部分人一样，骑在马背上时他看上去英姿勃发。

伊丽莎白越来越近，弗罗利跨上马鞍，从那个印度人手里接过长矛，作势朝伊丽莎白打了个招呼，但她没有反应。或许在威洛面前她觉得害羞吧。她转过脸朝公墓望去，脸颊绯红。

"驾！"弗罗利朝那个印度土兵说了一声，然后膝盖夹住那匹马的双肋。

还没等马飞奔出去，弗罗利发现自己整个人在空中翻滚着，重重地摔在地上，肩膀几乎脱臼了，打了好几个滚。幸运的是，他没有被长矛刺中。他仰卧在地上，天空和翱翔的秃鹫看上去很模糊。接着，他的眼睛聚焦在一个锡克土兵的卡其布头巾和黑漆漆的络腮胡子一直长到眼际的脸上，那士兵正俯身看着他。

"出什么事了？"他说的是英语，疼痛地举起手肘。那个锡克土兵粗鲁地答着话，指着那边。弗罗利看到那匹栗马正跑过练兵场，马鞍耷拉在腹部。带子没有绑紧，刚才松开了，导致了他的坠马。

弗罗利坐起身，浑身疼得要命。他右肩部位的衬衣被扯破了，浸湿了血，而且他感觉得到脸上正在流血。他被坚硬的地面擦伤了，帽子也丢了。他想起了伊丽莎白，心里似乎被重重敲了一记。他看到她正朝他走来，距离不到十码，眼睛直视着他，而他就可耻地躺在那儿。"我的天哪，我的天哪！"他想着，"噢，我的天哪，我一定就像个大傻瓜。"这个想法甚至让他忘却了堕马的痛楚。他用手挡着胎记，似乎这半边才是受伤的脸。

"伊丽莎白！你好，伊丽莎白！早上好啊！"

他的声音特别热情，带着哀求——当一个人知道自己看上去就像一个傻瓜时就会这么说话。她没有回答。令人惊奇的是，她没有停下脚步，似乎没有看到他，也没有听到他打招呼。

"伊丽莎白！"他惊讶地叫嚷着，"你看见我摔倒了吗？马鞍松了，那个笨蛋土兵没有……"

这回她肯定听见了，转过脸看着他，但神情却似乎当他不存在一样。接着她望着远处墓地的后面。太可怕了。他难过地在她身后叫嚷着：

"伊丽莎白！听我说，伊丽莎白！"

她一句话也没说，继续走过去，没有动作，也没有看他。她急匆匆地走着，鞋跟发出咔哒咔哒的声音，背对着他。

现在那群士兵围在他身边，威洛也骑着马来了。几个士兵向伊丽莎白行礼。威洛没有理她，或许没有看到她。弗罗利僵着身子站了起来。他摔得很重，但没有骨折。那些印度人帮他捡回了帽子和手杖，但没有为自己的疏忽道歉。他们的神情带着不屑，似乎他是自讨苦吃。或许，他们是故意把带子解松的。

"马鞍松了。"和那些遭遇尴尬的人一样，弗罗利的语气软弱而傻气。

"你上马前怎么不好好检查一下？"威洛漫不经心地说道，"你应该知道这些下等人根本靠不住。"

说完这些他就一拉马头，纵马骑了开去，觉得这件事应该就此告一段落。那些士兵跟着他离开了，没有向弗罗利行礼。弗罗利走到门口时，回头看了一下，看到那匹栗色的小马已经被抓住了，正在重新上鞍。威洛正在指挥给帐篷打木桩。

刚才那一跤摔得很重，直到现在他还是没办法让自己平静下来。她为什么会那样子对他？她见到他摔得满身是血，痛楚难忍，而她径直走过他身边，似乎他只是条死狗。为什么会发生这种事？这件事真的发生过吗？太难以置信了。她在生他的气吗？他做了什么事惹恼了她吗？所有的仆人都在围墙那里等候着他。他们都出来看给帐篷打桩，每个人都看到了他的狼狈样。哥斯拉跑下山来迎接他，神情很关切。

"主人，您摔伤了吗？让我背您回屋里好吗？"

"不用了。"主人回答道，"去给我拿威士忌和干净的衬衣过来。"

他们回到屋里，哥斯拉扶着弗罗利坐在床上，解下他那件破烂的衬衣，血迹将衣服紧紧地贴在身上。哥斯拉咂着舌头。

"哎呀，疼吗？伤口里尽是沙土。您不应该骑着陌生的马玩那些小孩子的游戏，德钦。这不适合您的年龄，太危险了。"

"是马鞍松了。"弗罗利解释道。

哥斯拉继续说道："这是那些年轻警官们玩的游戏，而您不年轻了，摔一跤会受伤的。您可得照顾好自己的安全。"

"你当我是个糟老头吗？"弗罗利生气地问道。他的肩膀疼得很厉害。

"您三十五岁了，德钦。"哥斯拉的语气很礼貌，但很坚定。

真是太丢脸了。玛蒲和玛伊两人暂时没有吵架，端来了一锅看上去很可怕的东西，说是对伤口有好处。弗罗利私底下吩咐哥斯拉把东西倒出窗外，换成硼素药膏。然后，他坐在一缸微热的水中，哥斯拉用海绵把擦伤的部位的尘土清洗干净。他无助地疑惑着，头脑渐渐恢复了清醒，越想起刚才那件事心情就越发不快。显然，他惹恼了伊丽莎白。但自从昨晚一别他还没见过她，怎么会惹恼她呢？他想不出合理的解释。

他对哥斯拉解释了好几遍，他是因为马鞍松了才摔下来的，但哥斯拉虽然很同情他，却似乎根本不相信他的理由。弗罗利知道，摔了这一跤，他这辈子都会被看成是蹩脚的骑师。而半个月前他赶跑了毫无威胁的大水牛，赢得了不配得到的名声。命运毕竟是公平的。

第十七章

　　直到去俱乐部吃晚饭的时候弗罗利才见到伊丽莎白。虽然他心里很想单独找她，希望她能解释清楚，但他并没有付诸行动。看着镜子里自己那张脸让他失去了勇气。现在他的脸一边有那块胎记，另一边又擦伤流血，实在是太寒碜、太丑陋了。他可不敢在大白天丢人现眼。走进俱乐部酒吧间的时候他用一只手挡住胎记——找了个借口，说是额头上被蚊子咬了。这个时候要他不用手挡住胎记，他可没有这个勇气。但是，伊丽莎白不在里面。

　　出乎意料地，他和别人吵了一架。埃里斯和威斯特菲尔德刚从丛林里回来，两人正在喝酒，心情很不好。仰光那边传来消息说，那个诽谤麦克格雷格先生的《缅甸爱国者报》编辑只被判了四个月的有期徒刑，对这么一个轻描淡写的判罚埃里斯非常气愤。弗罗利一进来，埃里斯就开始缠着他，嘴里说着"那个小黑鬼的'阿拉会来事'医生"。这时弗罗利还不想和他吵，但他漫不经心的回答引发了一场争执。两人越说越激动，埃里斯骂弗罗利是"黑鬼的面首"，弗罗利还了嘴。威斯特菲尔德也发火了。他的本性并不坏，但弗罗利那布尔什维克式的思想有时令他很不满。他想不明白，每件事的是非对错其实非常清楚，但弗罗利总是选择了错误的一方，而且还很得意。他告诫弗罗利"不要像个该死的海德公园的煽动者那样说话"，然后疾声厉色地对他进行了一番简短的说教，列举出他心目中作为白人老爷最重要的五项原则，分别是：

"维持我们的尊严，高压统治（不需要怀柔政策）；我们白人必须团结一致；本地人总是得寸进尺；发扬团结精神。"

弗罗利迫切想见到伊丽莎白，根本没有听清楚旁人在对他说些什么。而且，那番话他已经听过许多遍，许许多多遍——上百遍，或许有上千遍，自从他来到仰光的第一个星期起就一直在听了。当时他的长官（一个精通养育赛马的苏格兰老酒鬼。后来因为给同一匹赛马起了两个名字这一醒醒的勾当遭到赛马会的严重警告）看见他经过一个本地人的葬礼时脱下了帽子，训斥他说："记住，小子，总是得记住，我们是大老爷，而他们是贱民！"现在听到这么一番废话让他觉得很恶心，于是他打断了威斯特菲尔德，说出一番大逆不道的话：

"噢，闭嘴！这些话我听够了。维拉斯瓦密是个好人——见到他比见到某些白人更令我开心。不管怎样，召开全体大会的时候我会提名他为俱乐部会员。或许，他会给这个该死的地方带来点活力。"

话说到了这个分上，本来这次争吵会闹到不可开交的地步，但它的结局还是和俱乐部里大部分吵架一样——领班走了过来，他听到了争吵声。

"主人在叫我吗？"

"没有，去死吧。"埃里斯没好气地说道。

领班退下了，但争执暂时告一段落。这时外面传来了脚步声和说话声：拉克斯汀一家来到俱乐部了。

他们走进酒吧间时，弗罗利甚至没有勇气直视伊丽莎白，但他注意到他们三人穿得要比平时隆重。拉克斯汀甚至穿着一件晚礼服——白色的，因为天气热——整个人特别清醒。硬领衬衣和珠地布马甲似乎就像一副铠甲，让他挺直了腰杆，道德感也变强了。拉克斯汀太太穿着一袭红裙，像一条艳丽的美女蛇。他们三人看上去似乎在等候某位重要的客人。

叫了酒之后，拉克斯汀太太占据了葵蒲扇下面的位置。弗罗利坐在人群的外面。他还不敢和伊丽莎白说话。拉克斯汀太太开始很傻气地说起亲爱的威尔士亲王，声音就像一个原本是伴唱的女生临时被提拔扮演音乐剧里的公爵夫人。其他人都在心里嘀咕她到底是怎么了。弗罗利悄悄地把椅子移到了伊丽莎白身后。她穿着一件剪裁很短又时髦的黄色连衣裙，配着香槟色的长袜和凉鞋，手里拿着一把鸵鸟羽毛扇子。她看上去如此时髦成熟，让他心里充满了前所未有的畏惧。他不敢相信自己亲吻过她。她立刻和其他人有说有笑，时不时他会插上几句，但她从来没有直接回应他，至于她是不是有意不理睬他，他弄不明白。

"好了，"拉克斯汀夫人说道，"谁要搭牌儿？"

她说的是"搭牌儿"，口音越来越有贵族范儿，真是奇哉怪也。埃里斯、威斯特菲尔德和拉克斯汀先生似乎都想"搭牌儿"。看到伊丽莎白不想参与，弗罗利也马上谢绝了邀请。现在是他和她独处的大好机会。其他人走进了棋牌室，看到伊丽莎白走过来，他心里既慌张又宽慰。他在门口停下脚步，拦住她的去路。他的脸变得煞白，而她则稍稍避开了他。

"劳驾。"两人异口同声地说道。

"等一等，"他说道，声音有点颤抖，"我有话跟你说，好吗？希望你不介意——有些话我真的得说。"

"能让我过去吗，弗罗利先生？"

"请听我说，请听我说，现在只有我们两人，你不会不让我说话吧？"

"那你想说什么呢？"

"我只想说，到底我做了什么事情惹你不高兴——请告诉我到底是什么事情。让我知道，我会改的。我宁愿把自己的手砍掉也不愿惹你生气。告诉我好吗？告诉我，别让我一直蒙在鼓里。"

"我不知道你在说些什么。告诉你到底做了什么惹我生气？为什么你会惹我生气呢？"

"但我一定是做了什么！你整个人都变了！"

"我整个人都变了？我不知道你什么意思。你怎么说话这么奇怪。"

"但你对我不理不睬！今天早上你伤透了我的心。"

"我喜欢做什么就做什么，不用受人质问吧？"

"别这样，求你了！难道你不知道，你一定知道的，突然间遭到冷落对我来说是一种怎样的感受。毕竟，昨晚你还——"

她的脸一红，"我想你提起这些事情真是太——真是太没品了！"

"我知道，我知道，这些我都知道。但我还能怎样？今天早上你径直从我身边走过，似乎我只是一块石头。我知道一定是我惹你不高兴了。我只想知道自己做了什么，这你也要怪我吗？"

和往常一样，他越是解释，事情就变得越糟。他察觉到无论自己做过什么，要逼她说出来比事情本身更加糟糕。她不想解释。她准备撒下他不管——冷落他，假装没有任何事情发生过。这就是女人的天性。但他一意要追问她："请告诉我好吗？我不想让这段关系就这么结束。"

她冷冰冰地说了一句："'让这段关系就这么结束'？我们没有关系，何来结束？"

这番无情的话伤害了他，他立刻说道：

"你以前不是这个样子的，伊丽莎白！你刚对一个人那么好，然后却对其不理不睬，甚至不肯告诉他原因，这样做太狠心了。你可以对我实话实说。请告诉我，到底我做错了什么？"

她乜斜着眼睛狠狠地盯着他，不是因为他的举止，而是因为他逼她说出原因。或许是急于结束眼下的场面，她说道：

"那好吧，如果你一定要逼我说出来的话。"

"到底怎么了？"

"他们告诉我，就在你假装——当你在和我那个的时候，你还同时——噢，太下流龌龊了！我说不出口。"

"说下去。"

"他们告诉我，你一直包养着一个缅甸情妇。现在可以让我过去了吗？"

说完这句话，她趾高气扬地走过——再没有别的合适的字眼了——她趾高气扬地走过他身边，短裙发出沙沙的声音，走进了棋牌室。他站在原地，望着她的背影，惊讶得说不出话来，看上去一副无以言状的滑稽模样。

太可怕了。经过这件事，他无法面对她。他转过身，想赶快离开俱乐部，但不敢经过棋牌室的门口，担心她会看到自己。他走回酒吧间，思索着如何离开这里，最后，他爬过凉台的栏杆，跳到通往伊洛瓦底江的草坪上。他的额头上汗水涔涔，他想恼怒地吼叫发泄。他被诅咒了！被逼到做出那种事情。"包养一个缅甸情妇"——这根本不是真的！但否认这件事根本没有意义。啊，为什么会这么倒霉，凑巧让她知道这件事？

但事实上，这并不是凑巧，而是出于一个非常合理的理由，这个理由也是为什么今天晚上拉克斯汀太太在俱乐部的行为举止那么怪异的原因。昨天晚上，就在地震之前，拉克斯汀太太正在读《民政官名录》。《民政官名录》（里面列举了每一位缅甸官员确切的收入）总是能让她读得孜孜不倦。她正在加着算着她曾经在曼德勒见过的一位护林官的工资和津贴，这时她想起查找威洛中尉的名字，她听麦克格雷格先生说威洛中尉明天会率领一百个武警抵达乔卡塔。找到名字时，她看到前面有两个字，让她惊讶得几乎傻掉了。

那两个字是"钦命"！

"钦命"！"钦命中尉"可是罕有的官职，在印度军队中的稀罕程度不亚于钻石。你是方圆五十英里内唯一尚待字闺中的姑娘的叔母，你听说一位钦命中尉明天就要到这里来——太棒了！拉克斯汀太太不悦地想起伊丽莎白和弗罗利在花园里——那个可怜的酒鬼弗罗利，每个月的工资只有七百卢比。他很可能向她求婚了！她匆忙走出去想把伊丽莎白叫回来，就在这时地震发生了。但是，在回家的路上她找到机会开口。拉克斯汀太太热情地挽着伊丽莎白的胳膊，以生平最最亲切的声音说道：

"亲爱的伊丽莎白，你应该知道吧，那个弗罗利有一个缅甸女人。"

她抛出这个炸弹，但没有收到爆炸性的反应。伊丽莎白对这个国家还很陌生，对她那句话毫无反应，听起来似乎就像

"他有一只鹦鹉"一样。

"有一个缅甸女人？怎么了？"

"怎么了？我的天哪！一个男人和一个女人，那还能怎样？"

于是，事情就变成了这样。

弗罗利久久地站在河岸边。月亮升起来了，在河水里投下倒影，看上去就像一面宽大的电子盾。外面清凉的空气改变了弗罗利的心境。他甚至失去了愤怒的心情，因为在这个时候自知之明和自我厌恶接踵而来，让他觉得自己是罪有应得。有那么一会儿，他似乎觉得有一队无穷无尽的缅甸女人恍如一队幽灵，在月光下从他身边经过。天哪，有那么多的女人！一千个——不，但至少得有上百个。"向右看齐！"他沮丧地想着。她们朝他转过脸，但她们没有面目五官，只是一张张空白的脸庞。他记得左边一件蓝色的笼基，右边一双红宝石耳环，但一张脸也想不起来，一个名字也叫不出来。神明是公正的，我们所犯下的愉悦之罪（确实很愉悦）总是会遭到报应。他已经让自己陷入无可救赎的罪孽中，这是对他公正的惩罚。

他慢慢地走过那几丛巴豆，绕过俱乐部的会所。他太难过了，还没有感受到这个灾难完全的痛苦。和所有深切的伤痛一样，得过上许久，它才会开始刺痛人心。走过大门时，身后的树叶窸窸窣窣地动了。他心里一惊。有人以狰狞的缅甸语说道：

"派克—桑沛—来克！派克—桑沛—来克！"

他猛地转过身。"派克—桑沛—来克！"（给我钱！）这句话被一再重复着。他看到一个女人站在那棵金莫赫树的树荫下。那个人就是玛赫拉梅。她警惕地走到月光下，一脸敌意，保持着距离，似乎担心他会打她。她的脸涂满了脂粉，在月光下显得一片惨白，看上去像一个头骨，挑衅地看着他。

她吓了他一跳，"你来这里到底想干什么？"他生气地用英语质问她。

"派克—桑沛—来克！"

"什么钱？你什么意思？为什么你要跟着我？"

"派克—桑沛—来克！"她重复了一遍，声音几近嘶吼。"你答应过给我钱，德钦。你说过会再给我钱，我现在就要，现在！"

"我现在怎么给你钱！下个月就给你。我已经给了你一百五十卢比。"

她开始以最高的音量尖叫着："派克—桑沛—来克！"还有几句相似内容的话，把他吓了一跳。她似乎濒临歇斯底里的边缘。她的嗓门实在是很吓人。

"安静！他们在俱乐部会听到你的。"他叫嚷着，然后立刻意识到他不该让她知道这个。

"啊哈！现在我知道你怕什么了！现在就给我钱，不然我就喊救命，把他们引出来。快点，给钱，不然我就喊了！"

"你这个臭婊子！"他朝她走近一步，她一下子蹦到他碰不到的地方，踢掉凉鞋，站在那儿挑衅地看着他。

"快点！现在给我五十卢比，剩下的明天给。拿出来！不然我就喊救命，连巴扎集市的人都听得见！"

弗罗利骂骂咧咧的。现在可不是弄出难堪场面的时候。他掏出钱包，从里面拿出两张二十卢比面额的钞票，扔到地上。玛赫拉梅朝两张钞票扑了过去，点着数目。

"我说过是五十卢比，德钦！"

"我身上没钱怎么给你？你以为我会带着几百卢比到处走吗？"

"我说过五十卢比！"

"噢，走开！"他用英语喊了一声，将她推开。

但这个可怕的女人不肯放过他。她一路尾随着他，像一只不听话的母狗，嘴里嚷嚷着："派克—桑沛—来克！"似乎只要这么喊就能把钱变出来。他匆匆地走开，一部分原因是让她离俱乐部远点，一部分原因是希望摆脱她，但她似乎准备好跟着他直到房子那边。过了一会儿，他再也受不了了，转身想把她赶走。

"现在就给我滚！再跟下去，你一个子儿也得不到。"

"派克—桑沛—来克！"

"你这个傻女人，"他说道，"你这样做有意思吗？我身上一派斯也没有，怎么给你钱？"

"说得跟真的似的！"

他摸着囊中羞涩的口袋。他烦透了，什么都愿意给她，只为了能摆脱她。他的手指摸到了烟盒，那是个金烟盒。他拿了出来。

"拿着这个，然后滚蛋！你可以当个三十卢比。"

玛赫拉梅似乎想了一想，然后愠恼地说道："拿来。"

他把烟盒扔到路边的草丛上。她抓起烟盒，立刻弹了回去，紧紧地捂在胸襟上，似乎担心他会把东西拿回去，高声感谢着神明。那个香烟盒就是十天前她偷过的。

在门口他回头望去。玛赫拉梅仍然站在山脚下，在月光下成了一个灰色的影子。她一定就像一只狗注视着陌生人离开视线那样看着他走上小山。真是奇怪。就像几天前她给他送去勒索信一样，一个奇怪的想法掠过他的念头：她的举止很奇怪，根本不像她自己的所为。他从来没有想过她会这么死缠烂打——似乎有人在背后怂恿她。

第十八章

经过那天晚上的争吵之后，埃里斯打算整个星期都不放过弗罗利。他给他起了个绰号，叫"面首"——"黑鬼的面首"的简称，但那些女人并不知道这个——并开始捏造关于他的丑闻流言。任何人只要和埃里斯吵过架，都会被他说长道短——谣言经过重复的渲染，变成了离奇的传说。弗罗利不经意所说的"维拉斯瓦密医生是个好人"这句话很快就被夸张渲染成《工人日报》那样的亵渎神明而富有煽动性的言论。

"请听我说，拉克斯汀太太，"埃里斯说道——自从得知威洛的情况后，拉克斯汀太太突然非常讨厌弗罗利，很乐意倾听埃里斯想说什么——"请听我说，要是你昨晚在这儿听到那个弗罗利说了些什么就好了——嗯，你听了会双脚打摆子的！"

"是啊！我一直觉得他的想法很古怪，他说了什么？我想不是社会主义吧？"

"比那还糟糕呢。"

埃里斯开始了长篇大论，但令他失望的是，弗罗利并没有留在乔卡塔受他折磨。自从被伊丽莎白甩掉后，他就回到了营地。伊丽莎白听说了许多关于他的丑闻。现在她完全了解他的性格了。她明白为什么他总是让她觉得既无聊又讨厌。他是个自命不凡的人——这是她最致命的评价——像列宁、库克①和蒙帕纳斯的咖啡厅里那些脏兮兮的小诗人那样自命不凡的人。

比起这些，她觉得他有缅甸情妇并非什么十恶不赦的事情。三天后，弗罗利给她写了封信。一份语气软弱呆板的信件，派人送过来的——他的营地离乔卡塔有一天的路程。伊丽莎白没有给他回信。

幸运的是，弗罗利现在忙得不可开交，没有时间想事情。自从他请了长假以来，整个营地变得乱七八糟。有将近三十个苦力失踪了，那头大象病得越来越重，那一大堆柚木原本应该十天前就运走的，到了现在还堆在那儿，因为牵引机头坏了。弗罗利是个机械白痴，捣鼓着发动机的零件，搞得全身上下粘满了黑漆漆的机油。哥斯拉义正词严地告诉他白人不应该从事"苦力的工作"。最后，牵引机头终于能运转了，至少能够缓缓地开动了。那头生病的大象被诊断出是得了绦虫病。至于那帮苦力，他们离开是因为鸦片的供应中断了——没有鸦片抽他们才不肯呆在丛林了，他们把这当成了防止中暑的预防药。吴柏金对弗罗利落井下石，举报海关进行扫荡，没收了鸦片。弗罗利给维拉斯瓦密医生写了封信向他求助。医生给他寄来了一批鸦片，当然是通过非法途径得到的，还有医大象的药和一封详尽的指导信。一条二十一英尺长的绦虫被扯了出来。弗罗利一天工作十二小时，到了晚上没有事情做的时候他会走进丛林，一直走到汗水刺痛自己的眼睛，双膝被荆棘扎得鲜血直流为止。他晚上无法入睡——发生了这样的事情，就像往常一样，痛苦在一点一滴地折磨着他。

与此同时，几天过去了，伊丽莎白还是只能在一百码外看

---

① 指亚瑟·詹姆斯·库克（Arthur James Cook，1883—1931），英国矿工工会领袖，曾组织 1926 年英国矿工大罢工。

着威洛。他抵达乔卡塔的当晚并没有去俱乐部，令他们大失所望。拉克斯汀先生被逼着穿上他那件晚礼服却什么事情也没有发生，觉得非常恼火。第二天拉克斯汀太太就催促丈夫给驿站兵舍送去一封正式邀请函，邀请威洛到俱乐部去。但是威洛没有回答。又过去了几天，他还是没有参加当地的任何社交活动。他甚至对正式传召不予理睬，没有去麦克格雷格先生的办公室报到。驿站兵舍位于小镇另一头，就在火车站附近。他在那里过得很逍遥自在。按照规定，住了几天之后他必须从驿站兵舍里撤走，但威洛根本不把这条规矩当一回事。那些欧洲人只在早晨和傍晚看到他在练兵场上。来到乔卡塔的第二天威洛就命令五十名部下拿着镰刀在练兵场上清出一大片地方，然后大家都看到威洛策马来回地跑，练习着打马球，根本不理睬从那条路上过往的欧洲人。威斯特菲尔德和埃里斯气坏了，连麦克格雷格都说威洛的举止实在是"有失体面"。要是他稍稍客气一些，他们早已匍匐在一位"钦命中尉"的脚下。结果，除了那两个女人，其他人从一开始就讨厌他。有头衔的人总是这样，他们不是备受崇拜，就是受人憎恨。如果他们接受某个人，他们就变得朴素而魅力十足；如果他们忽视某个人，他们就变得势利而令人讨厌。只此二端，没有折中的情况。

威洛是一位贵族的小儿子，但并不是有钱人，老是欠钱不还，除非法院下达命令逼他还钱。他只对自己真正喜欢的事情感兴趣：衣服和马匹。他随英国骑兵团来到印度，作为交换军官加入了印度部队，因为这里的生活成本低一些，而且可以更自由地打马球。两年后，他欠了一屁股债，不得不加入缅甸武警部队，这是众人皆知的省钱法子。但他讨厌缅甸——这里根本不适合骑马——他已经申请返回骑兵团。他总是能搞到调令。而且他只会在乔卡塔呆一个月，根本不想和这里的白人老爷们打交道。他知道这些缅甸小官署驻地的社交场合——尽是一群山野俗人，养的是土狗，又没有马骑。他看不起他们。

不过威洛鄙视的不只是他们，被他看不起的人多了去了。他鄙夷印度的所有平民，几个著名的马球运动员除外。他鄙夷整支印度军队，步兵和骑兵都一样。确实，他自己也隶属于本地人的队伍，但那只是他为了图方便而已。他对印度人不感兴趣，所学的乌尔都语都是骂人的脏话，用的动词都是第三人称单数。①在他眼中，那些武警官兵都像苦力一样低贱。"上帝啊，这群被上帝遗弃的猪！"视察部队的时候别人总是听到他嘴里这么嘟囔着，那位印度老兵端着他的佩剑跟在他身后。有一次威洛还因为对当地部队出言不逊而惹上麻烦。那是在一次阅兵礼上，威洛和一群军官一起站在将军身后。一个印度步兵团列队行进，走了过来。

"枪——上肩。"有人喊着指令。

"看看，真丢脸。"威洛以乖戾而稚嫩的声音说道。

那个步枪兵团的白发苍苍的团长就站在旁边。他气得脖子都红了，向将军告发了威洛。威洛受到了训斥，但将军本人是位英国军官，并没有严肃对待。无论威洛的行为有多么过分，他总是能够平安无事。整个印度上下，无论他驻扎何地，都会得罪一大堆人，然后留下一堆责任没有完成和一摞账单没有偿还就一走了之。他原本应该被逐出军队，却一直平安无事。他之所以总是能够吉人天相，不仅是因为他的头衔还值点分

---

① 在英语中，与人交谈时用的一般是第二人称，使用第三人称表示把对方视为"东西"或不在跟前。

量——他的眼睛里有某种气质，让那些讨债人、夫人、小姐甚至上校长官感到畏惧。

那是一双令人不安的眼睛，眼眸是淡蓝色的，略略凸起，但十分清澈。他会上下打量你，掂量你的斤两，然后断定你是一个不够格的人，这冷冷的一瞥或许只发生在五秒钟之内。如果你是他看得上眼的人——如果你是骑兵军官或马球运动员——威洛会接纳你，甚至向你表示敬意。如果你不是这两类人，他会对你不屑一顾，而且会非常露骨地表现出来。这甚至与你的贫富无关，因为他并不是一个势利的人。当然，和那些富家子弟一样，他非常厌恶贫穷，认为穷人之所以挨穷是因为他们染上了恶习。但他鄙夷舒适的生活。他花了很多钱，或者说，欠了很多钱在衣服上，但他过着几乎是苦行僧一般的生活。他不知疲倦地进行着艰苦的操练，抽烟喝酒非常节制，睡的是军营里的床铺（穿着丝绸睡袍），即使是数九寒冬也坚持洗冷水澡。他只推崇两样事情：马术和健身。练兵场上的马蹄声、强健而稳若泰山的身躯、人马一体的结合、手中挥舞的马球棍——这些就是他的信仰和生命的气息。那些在缅甸的欧洲人——那些酗酒泡妞的黄面孔懒汉——让他觉得非常厌恶。至于所有的社交活动，他统统斥之为"装贵宾犬"，根本理都不理。他讨厌女人。他觉得她们就像塞壬女妖，引诱男人离开马球，让他们陷于争吵和网球中。但他并非全然不解风情。他很年轻，各种各样的女人对他投怀送抱，而有时他也会屈服。但他的堕落很快就让他觉得厌烦，而且他性格喜怒无常，说分手就分手。来到印度才两年，他已经抛弃过十几个女人了。

整整一个星期过去了。伊丽莎白还是没能和威洛搭上话，只能干着急！每天早晚两次，她和婶婶走在俱乐部和家里的路上，经过练兵场。威洛就在那里，打着印度土兵扔给他的马球，完全没有理会这两个女人。两人的距离如此接近，却又如此遥远！而令情况更加糟糕的是，两个女人都无法直接开口，觉得这是有失身份之举。一天晚上，一个马球被抽击过猛，滚过草堆跳在马路上，蹦到她们面前。伊丽莎白和婶婶停了下来，但只是一个印度土兵跑过来拣球。威洛看到了她们俩，刻意保持距离。

第二天早上，走出大门口的时候拉克斯汀太太停下了脚步。最近她不坐黄包车了。在练兵场下面，那帮武警正在拉练，排成土色的一排，刺刀闪闪发亮。威洛正面对着他们，但没有穿着制服——早上拉练的时候他很少穿上制服，觉得训练武警没有这个必要。这两个女人什么都看，就是不去看威洛，却在鬼鬼祟祟地瞄他。

"真是糟糕，"拉克斯汀太太说道——这句话没头没脑的，但这个话题并不需要引言——"真是糟糕，我担心你叔叔很快就得回营地去了。"

"他真的得回去吗？"

"恐怕是这样。一年这个时候在营地里生活真是讨厌！噢，蚊子那么多！"

"他不能再呆久一会儿吗？或许一个星期？"

"我觉得不行。他在总部呆了快一个月了，要是公司知道的话会气坏的。当然，我们俩也得跟着他一起去，真是无聊！那么多蚊子——真是太可怕了！"

确实太可怕了！伊丽莎白还没来得及和威洛说声"你好"就得离开！但如果拉克斯汀先生得走的话，她们两个也得跟着走。留下他一个人那还得了。即使在丛林里，撒旦也会恶作剧。那排印度土兵起了一阵骚动，他们正卸下刺刀准备行军出发。那群灰头土脸的士兵向左转身，敬了个礼，然后排成四列纵队出发。勤务兵牵着马匹和马球棍从武警的队伍里走了出来。拉克斯汀太太作出了一个英勇的决定。

"我想，"她说道，"我们可以抄捷径穿过练兵场。这比走正路要快多了。"

那样可以省五十码的距离，但没有人愿意走练兵场，因为上面的杂草高得可以钻进长裤里。拉克斯汀太太勇敢地迈入草丛，然后她甚至放弃了要去俱乐部的伪装，径直朝威洛走去。伊丽莎白跟在身后。她们俩宁死也不肯承认自己根本就不是在抄捷径。威洛看到她们朝他走来，嘴里咒骂着，放慢了马匹的脚步。现在她们公然走过来和他搭话，他就不能对她们置之不理了。这些女人真是不知羞耻！他缓缓地朝她们走去，一副不悦的表情，轻轻地挥舞着马球棍。

"早上好，威洛先生！"二十码开外拉克斯汀太太就娇滴滴地打招呼。

"早上好！"他粗声粗气地回了一句，看到她那张脸，他就知道她是那种印度小官署驻地常见的皮包骨头的老虔婆。

伊丽莎白走到婶婶身边，摘下眼镜，手里晃着那顶宽边毡帽。她顾不上在意阳光的曝晒，因为她知道自己那头短发的魅力。一股清风——噢，在这种大热天有时会不知从哪儿吹来一股令人遍生凉意的清风！——吹着她的棉布连衣裙，将其贴在她的身上，让她身材的曲线展露无遗，苗条而结实，像一棵婀娜多姿的树。站在一个晒得黝黑的大婶身边，她的美貌令威洛遽然动容。他的动作很大，那匹阿拉伯母马感觉到了，想用后腿站立，他不得不拉紧缰绳。他一直没有问，直到现在才知道原来乔卡塔还有年轻女人。

"她是我侄女。"拉克斯汀太太介绍。

他没有回答，但把马球棍放在一边，脱下遮阳帽。他和伊丽莎白互相直视着对方，在炽热的日头下两张脸上面都没有疤痕或印记。草籽挠着伊丽莎白的胫骨，她觉得很痒。由于没戴眼镜，威洛和那匹马在她眼中只是白色模糊的一团。但她是那么开心！她的心在怦怦乱跳，血液涌入面颊，就像染上了一层红晕。威洛心想："上帝啊，竟有如斯美人！"那些倦怠的印度土兵拉着马匹的头，好奇地看着这一幕，似乎这对金童玉女感染了他们。

沉默足足持续了半分钟，最后拉克斯汀太太开口了。

"你知道吗，威洛先生，"她以俏皮的口吻说道，"我们觉得你真是好没良心，一直对我们这些穷人不理不睬。我们多么希望俱乐部能有新的面孔出现。"

答话的时候他仍看着伊丽莎白，但语气变了许多。

"这几天我一直想过去坐坐。但实在是太忙了——我得安排我的部下驻扎下来什么的。我很抱歉。"他补充了一句——他可没有道歉的习惯，但他觉得这个女孩实在是美得出奇——"没能回复你的邀请，实在很抱歉。"

"噢，没关系！我们都知道你忙。不过，我们希望今晚能在俱乐部与你见面。因为你知道的，"她的语气甚至更夸张了，"要是你继续让我们失望，我们都会觉得你是个玩世不恭的公子哥儿。"

"真是对不起。"他又道了一回歉，"今晚我一定会去的。"

这两个女人没有再多说什么，走到俱乐部，但只坐了五分钟。草籽让她们的胫骨痒得受不了，不得不赶紧回家立刻换袜子。

当晚，威洛信守诺言，去了俱乐部，比其他人去得还早，在那里坐了不到五分钟就让那里领教了他的威风。埃里斯走进俱乐部时，老领班从棋牌室里冲出来迎接他。他很是难过，眼泪从脸颊上簌簌地往下掉。

"老爷！老爷！"

"到底出什么事了？"埃里斯问道。

"老爷！老爷！那个新的客人揍了我一顿，老爷！"

"什么！"

"老爷，揍了我一顿！"说起"揍"这个字时他的声音变得特别尖利，拖长了声音哀号着，"把我给揍——了一顿！"

"揍了你一顿？你是应该挨揍的。谁揍你了？"

"是新的主人，老爷。军警老爷。用他的脚踢我，老爷——这儿！"他揉了揉自己的屁股。

"该死的！"埃里斯骂道。

他走进酒吧间。威洛正在阅读《竞技场》，只看见他那条棕榈滩牌长裤的裤腿和一双光亮的棕黑色皮鞋。听到有人进来他连动都懒得动。埃里斯停了下来。

"嘿！你——你叫什么来着——威洛！"

"什么事？"

"你干吗踢我们那该死的领班？"

威洛那双不悦的蓝色眼睛从《竞技场》的一角闪现，就像一只虾的眼睛从石头后面伸出来。

"什么事？"他简短地重复了一遍。

"我问你，是你踢了我们那该死的领班吗？"

"是的。"

"你这么做到底什么意思？"

"那个贱人自讨苦吃。我叫他拿威士忌和苏打水来，他拿来的都是温的。我叫他往里面加冰，他却不肯——说什么最后一些冰要省着用。所以我就踢了他的屁股。他活该。"

埃里斯面色铁青，非常生气。领班是俱乐部财产的一部分，怎么可以任由陌生人殴打呢？而最让埃里斯生气的是，他觉得威洛可能以为他是在同情那个领班——事实上，是不同意踢他屁股这件事本身。

"他活该？要我说，他真他妈活该。但这跟你有什么关系？你是什么人，跑来这里踢我们的仆人？"

"胡扯，好伙计。他是应该被踢上几脚。你没有管好这里的仆人。"

"你这无礼的小混蛋，就算他是应该被踢上几脚，那又关你什么事？你根本不是这间俱乐部的会员。要踢也得我们来踢，轮不到你。"

威洛放下《竞技场》，露出另一只眼睛。他那乖戾的语气还是没有变。他对欧洲人不会发脾气。没有必要这么做。

"小样，要是有人惹恼了我，我就踢他的屁股。你想我踢你的屁股吗？"

突然间埃里斯的火气全没了。他不是害怕，这辈子他没有怕过谁，只是威洛的眼睛慑服了他。那双眼睛能让你觉得自己似乎置身于尼亚加拉大瀑布下！那些脏话到了埃里斯的嘴边就萎了，他的声音几乎变了，以抱怨甚至难过的声音说道：

"但该死的，他不肯给你最后一点冰也有他的道理。你以为冰都是给你一个人用的？在这里我们一星期只能有两回送冰过来。"

"那只能怪你们管理不善。"威洛说道，继续看他的《竞技场》，很满意这个问题暂时告一段落。

埃里斯不知所措。威洛继续看他的报纸，全然忘记了他的存在。那股镇定自若的态度实在令他抓狂。他难道不应该把这个小无赖狠狠踢上几脚，教训他一下？

但他没有动脚。威洛这辈子有很多人想踢他，但从来没有人敢真踢，可能今后也不会有人敢这么做。埃里斯无可奈何地回到棋牌室，找领班出气，由得威洛霸占着酒吧间。

麦克格雷格先生走进俱乐部大门时听到了音乐声。黄色的中国式灯笼照耀着覆盖着网球场的匍匐植物。今天晚上麦克格雷格先生心情很好。他说好了要和拉克斯汀小姐促膝长谈——她真是一个蕙质兰心的女孩！——他有一则非常有趣的奇闻轶事要告诉她（事实上，这件事已经刊登在《布莱克伍德》杂志上其中一篇他的短文里），关于1913年发生在实皆的一桩抢劫案。他知道她会喜欢听的。他满怀期待走过网球场。在网球场上，娥眉月的月光和挂在树上的灯笼的光交织在一起，威洛和伊丽莎白正在跳舞。那些仆人已经搬出了几张椅子和一张桌子放置留声机，其他欧洲人或坐或站，围在他们旁边。麦克格雷格先生在球场的角落停下脚步，威洛和伊丽莎白绕着圈子从他身边经过，相距几乎不到一码。两人跳舞时贴得很近，她的身体被他的身体压得向后倾着。两人都没有留意到麦克格雷格先生。

麦克格雷格先生绕过球场，心里觉得冰冷而绝望。和拉克斯汀小姐聊天是没指望了！他走到桌子旁边，努力扮出平时那副诙谐幽默的样子。

"舞蹈之夜！"但他的声音仍很阴郁。

没有人应他。大家都看着网球场上那对年轻人。伊丽莎白和威洛全然不顾其他人的存在，鞋子在光滑的水泥地上轻快地舞动着。威洛的舞姿和他的骑术一样潇洒绝伦。留声机正播着《带我踏上归家路》，这首歌就像瘟疫一样传遍了全世界，甚至传到了缅甸这个偏远的地方。

"带我踏上归家路，我身心疲惫，但求有床安枕。一小时前我喝了点酒，酒力已经上头！"

这首沉闷压抑的烂歌在鬼影幢幢的树木间和四处弥漫的花香中飘荡着，唱了一遍又一遍，因为留声机的钢针一接近中心拉克斯汀太太就把它搁回起点。月亮升得更高了，从地平线的乌云中冒出来时看上去黄澄澄的，就像一个生病的女人从床上溜了下来。威洛和伊丽莎白一直跳啊跳啊，一点也不觉得累，黑暗中舞动着苍白撩人的身影。两人的舞步十分合拍，几乎已经合二为一。麦克格雷格先生、埃里斯、威斯特菲尔德和拉克斯汀先生看着他们，手插在口袋里，不知道说什么好。蚊子出来了，叮咬着他们的脚踝。有人要了酒，但威士忌入口有一股子尘土味。这四个老男人的心里都在吃醋。

威洛没有请拉克斯汀太太跳舞，当他和伊丽莎白坐下来的时候也没有向其他欧洲人打招呼，只是单独和伊丽莎白说话，说了半个多小时，然后向拉克斯汀一家道了晚安，没有和其他人说一句话就离开了俱乐部。和威洛的这支长舞让伊丽莎白恍如身在梦中。他邀请她出去和他一起骑马！他准备借一匹马让她骑！她甚至没有注意到被她的行为激怒的埃里斯正准备公然发作。拉克斯汀一家回到家里时已经很晚了，但伊丽莎白和婶婶都还不想睡。两人一直热切地工作到午夜，修裁拉克斯汀太太的马裤裤腿，准备给伊丽莎白穿。

"亲爱的，我想你会骑马吧？"拉克斯汀太太问道。

"噢，当然会！我骑过很多次马，在家里的时候。"

她十六岁的时候总共骑过十来次马。不要紧，她一定会骑得好的！要是有威洛陪着她，她连老虎都敢骑。

最后马裤改好了，伊丽莎白试穿上去，拉克斯汀太太一边叹气一边看着她。穿着那条马裤她看上去十分迷人，太迷人了！想到再过一两天他们就得回到营地里，呆上几个星期或几个月，离开乔卡塔和这个最可爱的如意郎君！真是太遗憾了！两人上楼去的时候，拉克斯汀太太在门口停下脚步。她决定作出重大而痛苦的牺牲。她拉着伊丽莎白的肩膀，以从未表现出来的热情亲吻她。

"我亲爱的，现在要是你离开了乔卡塔那可真是太遗憾了！"

"确实如此。"

"亲爱的，告诉你吧，我们不回那个可恶的丛林了。你叔叔一个人回去。我和你留在乔卡塔。"

第十九章

天气越来越热。四月快过去了，但起码得再过三五个星期才会下雨。接下来会有令人目眩的冗长的一天，热得让人头疼欲裂，阳光会穿透每一处凉篷，让眼皮粘在一起，陷入焦躁不安的假寐，想到这些，就连美妙而短暂的清晨也被毁了。无论是东方人还是欧洲人，在热浪的侵袭下，白天都昏昏欲睡，只能勉力支撑，让自己不至于睡着。而到了晚上，那些狗一直叫个不停，每个人汗流浃背，为痱子所苦，根本睡不着觉。俱乐部里蚊子肆虐，每个角落里都得放置蚊香，女人们坐下来的时候脚上得罩着枕套。只有威洛和伊丽莎白不觉得天气热得难受。两人都还年轻，威洛习惯了苦行生活，而伊丽莎白则太高兴了，顾不上理会天气。

这些天来俱乐部里一直在吵架，流言满天飞。威洛把每个人的鼻子都气歪了。现在每天晚上他会到俱乐部呆上一两个小时，但根本不理会其他会员，他们为他买酒他也毫不领情，别人找他说话他乖戾地说上一两句话就把他们打发走了。他会坐在原本专属于拉克斯汀太太的葵蒲扇下方的位置，读自己感兴趣的报纸，直到伊丽莎白来到俱乐部。他会邀请她跳舞，和她聊天，然后径直离开，甚至不屑于对其他人说声"晚安"。与此同时，拉克斯汀先生独自在营地里生活，根据传回乔卡塔的谣言讲述，他与一个缅甸女人打得火热，以此打发寂寞。

现在几乎每天傍晚伊丽莎白和威洛都会一起去骑马。每天早上列队行军之后，威洛只会把时间花在马球上，但他决定晚上陪伊丽莎白骑马。她骑马很有天分，就像她射击也很有天分一样，她甚至心安理得地告诉威洛她在家乡"经常打猎"。他一眼就看穿她在撒谎，但至少她骑得还不赖，不至于让他觉得烦心劳神。

他们经常顺着红土路骑马到丛林里，涉过小溪，来到那棵长满了兰花的大彬加都树，然后顺着狭窄的牛车小道回去，那里的泥土比较松软，马匹可以放心飞驰。泥泞的丛林里闷热难耐，远方总是传来隆隆的雷声，但没有下雨。小燕鸟围着两匹马飞舞着，和它们保持同速前进，捕捉被它们的马蹄激飞的蚊虫。伊丽莎白骑的是那匹枣马，威洛骑的是那匹白马。回家的路上两人会一边并肩遛着大汗淋漓的马一边聊天，有时候距离近得他的膝盖可以碰到她的膝盖。威洛心情好的时候可以一改他那倨傲的态度，亲切地与人交谈，而和伊丽莎白在一起的时候他就会这样做。

噢，两人一起骑马是多么愉快的事情！骑在马背上，沉浸于马匹的世界——打猎、赛马、马球和打野猪的世界！就算威洛一无是处，至少他为她的生活带来了马的乐趣，这一点就值得让她爱上他。她总是催促威洛谈论马匹，就像以前她总是催促弗罗利谈论打猎一样。威洛不善言谈，他会生硬呆板地说上几句关于马球和打野猪的事情，然后介绍一下印度的火车站和各个军团的名字，这就是他所能做的。但是，单凭只言片语也就足以让伊丽莎白激动万分，而弗罗利费尽口舌却无法打动她的芳心。而且，只是看到他骑在马背上的英姿就比千言万语更让她激动。他的头上闪烁着马术师和钦命军官的光环。从他那张晒得黝黑的脸庞和结实挺拔的身躯上伊丽莎白看到了一个骑兵生活中所有的浪漫和灿烂的派头。她看到了西北前线骑兵俱乐部——她看到了马球场和干燥的兵营空地，一队队肤色黝黑的骑兵端着长矛策马驰骋，头巾的带子在风中飘扬。她听到了军号声和马刺的叮当声，军乐团在食堂外面演奏着音乐，军官们穿着笔挺华丽的制服正在用餐。那是多么美好的骑士的世界，多么美好！那是她的世界，她生于那里，属于那里。这些天来她几乎就像威洛一样，与马匹一起生活，一心想的只有马匹，做梦也梦见马匹。她不仅撒谎说自己"经常打猎"，而且连自己也相信了这么一番话。

两人相处甚欢，情投意合。他不像弗罗利那样总是令她觉得郁闷或气恼。（事实上，她几乎忘记了有弗罗利这么一个人。而就算想起他，她也只记得那块胎记。）威洛甚至比她更讨厌"自命清高"，这一点把两人紧密地联系在了一起。有一次他告诉她，自从他十八岁后就再也没读过一本书。事实上，他憎恨读书，当然，关于"佐洛克①和其它马"的书除外。一起骑马的第三个或第四个晚上，两人在拉克斯汀先生的家门口道别。威洛一直没有接受和拉克斯汀一家进餐的邀请，也从未踏进拉克斯汀的家门半步，而且他根本无意这么做。马夫把伊丽莎白的马牵走时，威洛说道：

"跟你说吧，下次我们出去的时候你可以骑比琳达。我会骑那匹栗马。我想你会骑得很好的，不会乱跑，勒伤比琳达的嘴。"

比琳达是那匹阿拉伯母马的名字，威洛买了她两年，直到目前他还没有让别人骑上她的马背，连马夫也不让。这是他心

---

① 佐洛克（Jorrocks），十九世纪三十年代澳大利亚的名驹，曾获得8次"南威尔士赛马锦标赛"冠军。

目中最大的恩惠，而伊丽莎白也非常明白威洛的心意，知道这个恩惠的分量，心里充满了感激。

第二天晚上，两人并排骑马回家。威洛双臂搂着伊丽莎白的肩膀，把她从马鞍上抱起来，将她揽入怀中。他很强壮。他放下缰绳，没有执东西的那只手托起她的脸与他的脸相对，两人四唇交接。他就这么扶着她坐了一会儿，然后把她抱到地上，自己也下了马。两人相拥而站，湿漉漉的单薄衬衣紧紧贴在一起，他的臂弯里夹着两条缰绳。

就在同一时候，二十英里外的弗罗利决定返回乔卡塔。他站在丛林边上一条干涸的小溪边，他一直溯溪而行，想让自己累趴下，看着一些不知名的小鸟啄食着高高的茅草的草籽。雄鸟的羽毛是铬黄色的，而雌鸟长得像麻雀一样。它们的体格太小了，没办法把草茎弄弯，于是飞落在草茎上，借势把它们压到地上。弗罗利了无兴趣地看着这些鸟，心里面几乎在痛恨它们，因为它们不能让他感到一丝趣味。他慵懒地朝它们挥舞着长刀，把它们吓跑。要是她在这里，要是她在这里就好了！一切事物——飞鸟、树木、鲜花、一切的一切——都了无生机，空虚乏味，因为她不在这里。随着日子一天天过去，他已经失去了她的想法变得越来越确切，到最后无时无刻不在折磨着他。

他晃晃悠悠地走进丛林，拿着长刀砍伐爬山虎。他觉得四肢松软沉重。他发现在一丛灌木那里长着一株野香草，蹲下来闻着它那纤细芳香的花蕾。他觉得有股陈腐而令人生厌的味道。孤独，孤独地生活在海洋的荒岛里①！他觉得万分悲痛，

---

① "生活在海洋的荒岛里"，英国诗人马修·阿诺德(Matthew Arnold，1822—1888)的诗作《致玛格丽特》中的开篇句。

狠狠地朝树干挥了一拳，胳膊撞得生疼，两个指关节也擦伤了。他必须回乔卡塔。这个举动很傻，因为自从上一次两人吵架刚过了不到半个月，他唯一的机会就是给她时间让她淡忘那件事。但是，他必须回去。他无法再呆在这个死寂的地方，孤独地带着他的想法生活在无尽的、没有意志的叶海里。

他萌发了一个开心的念头。他可以把那张放在监狱里硝制的豹皮带给伊丽莎白。这是去见她的借口，礼多人不怪嘛。这一次他不会让她抢白得一个字也说不出来。他会进行解释，求得她的谅解——让她意识到她对他不公平，不该因为玛赫拉梅的事情而责怪他。为了伊丽莎白，他已经将玛赫拉梅赶出家门。当她了解事情的真相后，她应该会原谅他吧？这一次她应该会听的。他会强迫她听，即使在解释时他不得不抓住她的胳膊。

当晚他就回去了。这段路程有二十英里远，走的是车辙纵横交错的牛车小径。但弗罗利决定连夜赶路，理由是比较凉快。想到得连夜赶路，那些仆人几乎造反了，到了出发的前一刻老萨米全身痉挛，也不知道是不是在装，只能给他灌了些杜松子酒，然后他才能动身出发。那天晚上没有月亮，他们打着灯笼照路，弗洛的眼睛就像绿翡翠一样闪着光，而那头小公牛的眼睛就像月长石一样明亮。黎明时分仆人们停下来收集柴火做早饭吃，但弗罗利一心只想回乔卡塔，继续匆忙赶路。他完全不知疲倦，想到那张豹皮他的心中就充满了希望。他搭着舢板渡过波光粼粼的河流，十点钟的时候来到维拉斯瓦密医生住的平房。

维拉斯瓦密医生邀请他共进早餐——先把他家的婆娘赶进屋里躲起来——还让弗罗利到他家的浴室沐浴剃须。吃早饭的时候维拉斯瓦密医生非常激动，不停地谴责痛骂"那条鳄鱼"。那场假冒的造反似乎随时都会爆发。直到吃完早饭弗罗利才有机会提起那张豹皮。

"噢，顺便问一下，医生，我送到监狱硝制的那张豹皮呢？做好了吗？"

"啊——"维拉斯瓦密医生的神情为之一变，摸了摸自己的鼻子，走进屋里——他们在凉台上吃早餐，因为维拉斯瓦密医生的太太激烈反对让弗罗利进屋——过了一会儿把那张卷成一团的豹皮抱了出来。

"事实上——"他开始把豹皮展开。

"噢，医生！"

这张豹皮彻底被毁了，硬得像一张纸板，皮质全开裂了，而毛发失去了色泽，有几处地方甚至光秃秃的，而且散发出难闻的气味。这张豹皮不但没有硝制好，而且变成了一张废皮。

"噢，医生！他们怎么搞的！到底出什么事了？"

"我真的很抱歉，我的朋友！我刚才正要向你道歉，我们已经尽力而为了。现在监狱里没人知道如何硝制毛皮。"

"但是，该死的，以前那个犯人不是能把毛皮硝制得很漂亮吗？"

"啊，是的，但他已经不在监狱里有三个星期了，哎。"

"不在监狱里？我想他应该得坐牢七年啊？"

"什么？你没听说吗，我的朋友？我以为你知道的，那个会硝制毛皮的犯人就是纳苏欧。"

"纳苏欧？"

"就是那个吴柏金协助越狱的土匪。"

"噢，该死！"

这桩不幸对他的打击很大。不过，下午四点钟的时候，他洗完澡换上一套干净的外套，来到拉克斯汀家门口。现在登门拜访还太早，但他希望在伊丽莎白去俱乐部之前见她。拉克斯汀太太刚才在睡午觉，没有心情见客，一脸不悦地接待了他，甚至没有请他坐下。

"我想伊丽莎白还没有下楼。她正换衣服准备去骑马。你留个口信好吗？"

"如果您不介意的话，我想见她。我给她带来了上次一起猎到的豹皮。"

拉克斯汀太太就让他在客厅站着，就像很多人在这种情况下一样，他觉得自己十足像个大傻瓜。不过她叫来了伊丽莎白，在门外凑到她的耳边说道："尽早把那个讨厌鬼赶走。这个时候我可不想在家里见到他。"

伊丽莎白走进客厅时，弗罗利的心扑通扑通跳得如此猛烈，眼前飘起了一片红色的迷雾。她穿着一件丝绸衬衣和印度土裙，有点晒黑了，但比他记忆中的形象更加漂亮。他畏缩了，一下子不知所措——他强行鼓起的勇气已经烟消云散。他没有迎上前去，而是往后退了一步，碰倒了一张摆东西的桌子，把一盆百日菊打翻在地。

"真是对不起！"他惊慌失措地叫道。

"噢，**没**关系，请**不要**介意。"

她帮他抬起桌子，以轻松欢乐的语气和他交谈，似乎什么事情也没有发生过。"你离开**有**一段时间了，弗罗利先生，都快成**陌生人**了！我们在**俱乐部**都**很**想你！"诸如此类的话。她每说两个字就要吐一个重音——当一个女人在回避道义上的责任时，她就会装出这般开朗活泼的语调来。他很怕她，甚至不敢正面看她。她拿起一个烟盒，向他敬了一支烟，但他谢绝了。他的手颤得很厉害，没办法拿好东西。

"我把豹皮给你带来了。"他笨嘴笨舌地说道。

他把豹皮展开摊在两人刚刚抬起的桌子上。那张豹皮看上去那么糟糕恶劣，他知道自己不该将它带来。她走到他身边，检视着那张豹皮，她那张鲜花般娇艳的脸离他的脸不到一英尺，他能感受到她身体的温度。他实在是太害怕她了，连忙站了开去。与此同时，她也退开了，一脸厌恶的神情，因为她闻到了豹皮的臭味。他觉得非常丢脸，觉得似乎是自己在发出恶臭，而不是那张豹皮。

"**真是**谢谢你，弗罗利先生！"她又往后退了一码，"这张豹皮**真**漂亮，不是吗？"

"曾经是，但他们把豹皮给糟蹋了。"

"噢，不！我很高兴能拥有它！——你会在乔卡塔呆很久吗？营地里一定热得要命！"

"是的，天气非常热。"

他们谈论起天气，谈了有三分钟。他陷入了无助。之前他答应过自己要说出所有的辩解和哀求，此刻却哑口无言。"你这个傻瓜，你这个傻瓜，"他在心里说道，"你在干什么？你走了二十英里路，为的就是说这些吗？说啊，说出你的来意！把她抱进怀里，向她倾吐心声，踢她，打她——做什么都行，就是不能让她以这些废话将你的嘴堵住！"但是，根本没有用，根本没有用。他的舌头除了那些无聊的废话之外一个字也说不出来。她那么开心和气，每一句话都离不开俱乐部的那些无聊话题，在他开口之前把他的嘴巴堵住，在这种情况下他怎么能开口争辩或哀求呢？她们是从哪里学到这些可怕的嘻嘻哈哈、逢场作戏呢？一定是在那些轻佻的现代女子学校学会的。桌子上那张发霉的豹皮无时无刻不让他感到更加羞愧。他站在那儿，几乎哑口无言，他那张焦黄的脸因为一晚没睡而皱巴巴地丑陋不堪，那块胎记就像一摊污垢。

几分钟后她就摆脱了他，"好了，弗罗利先生，如果您**不**介意的话，我得——"

他嗫嚅着说道："你不和我找个时间出去吗？散步、打猎什么的？"

"这几天我**没**时间！晚上**都**安排得满满的。今晚我要出去骑马，和威洛先生一起。"她补充了一句。

她这么说可能是为了让他死心。这是他第一次听说原来她和威洛交了朋友。他忍不住内心的嫉妒，以惊恐而呆板的腔调问道：

"你经常和威洛一起去骑马吗？"

"几乎每天晚上都去。他骑马骑得可好了！而且有**好几匹**打马球的马呢！"

"啊。当然，我可没有打马球的马。"

这是他第一次以比较严肃的口吻说话，这句话冒犯了她，但她还是像刚才那样轻松和气地说话，然后送客出门。拉克斯汀太太回到会客厅，闻了闻味道，立刻叫仆人把那张豹皮拿到外面去烧掉。

弗罗利斜靠在花园的大门上，假装在喂鸽子。他没法迫使自己不去偷看伊丽莎白和威洛一道策马上路，尽管那一幕会让他心碎。她是那么粗鲁庸俗、残忍狠毒地对他！当一个人甚至懒得和你吵一架时，真是太可怕了。这时威洛骑着白马来到拉克斯汀的家门口，带着马夫骑着的那匹栗色的马，然后停了一下，接着两人一起出来了，威洛骑着那匹栗色的马，伊丽莎白骑着白马，疾驰上山。两人有说有笑。她穿着丝绸衬衣，肩膀挨着他的肩膀。两人都没有朝弗罗利这边望一眼。

当他们消失在丛林中时，弗罗利仍然在花园流连。日头开始减弱，变成了黄色。那个马里人正在给英国的花卉松土——大部分花都被日头晒死了——种上凤仙花、鸡冠花和百日菊。一个小时过去了，小路那头走来一个忧伤的、皮肤蜡黄的印度人，穿着围裆布，戴着三文鱼肉般粉红色的头巾，顶着一个洗衣篮。他放下篮子，向弗罗利行额手礼。

"你是谁？"

"我是书商，老爷。"

这个书商在上缅甸从一个小官署驻地到另一个小官署驻地穿街走巷地买书卖书。他开了价，四亚那就可以买到他的行囊里任何一本书，也可以以四亚那的价格卖书给他。不过他不是什么书都买，因为这个书商虽然是个文盲，却知道不能收《圣经》。

"不要，老爷。"他会哀怨地说道，"不要。这本书（他会摊开扁平的棕色双手）——这本黑色封面印着金字的书——这本书我不收。我不知道里面讲的是什么，但所有的老爷都要卖这本书给我，根本没有人要买这本书。这本黑书里面讲什么呢？一定是些邪恶的事情。"

"把你的这堆垃圾倒出来看看。"弗罗利说道。

他想在里面找一本惊悚小说——埃德加·华莱士或阿加莎·克里斯蒂①什么的，平复内心那要命的纠结。正当他弯着

---

① 阿加莎·克里斯蒂（Agatha Christie, 1890—1976），英国著名侦探推理小说女作家，代表作有《尼罗河上的惨案》、《东方快车谋杀案》等。

腰翻看那些书的时候，他看到两个印度人正指着丛林那边，高声叫嚷着。

"看哪！"那个马里人用他那嘴里像含着梅子一样含糊不清的口音喊道。

那两匹马从丛林中走了出来，但马鞍上没有人。它们踱下小山，带着一匹马从主人身边溜开时那种傻气而内疚的神情，马镫在肚皮下面晃荡碰撞着。

弗罗利将一本书捧在胸口，脑海里一片空白。威洛和伊丽莎白下马了。这不是巧合，没有人能想象得出威洛从马上摔下来。他们下了马，马跑掉了。

他们下了马——干吗呢？啊，他知道怎么回事！根本不用去猜。他就知道。他可以看见发生的那一幕，这个幻觉的细节是那么丰富完美，那么诲淫诲盗，叫他无法忍受。他把书狠狠地丢在地上，朝屋里走去，撇下那个失望的书商。仆人们听见他进屋了。他要了一瓶威士忌，喝了一口，觉得不好喝。于是他斟满了三分之二的平底杯，掺了些水让酒顺口一些，然后一口喝了下去。这令人作呕的药剂刚下喉咙，他就又喝了一杯。几年前他在营地里就这么干过，那时他受牙疼所苦，而牙医远在三百里之外。七点钟的时候哥斯拉和往常一样过来说洗澡水已经烧热了。弗罗利躺在一张长凳上，脱掉了上衣，衬衣的领口敞开着。

"您的洗澡水好了，德钦。"哥斯拉说道。

弗罗利没有回答。哥斯拉碰了碰他的胳膊，以为他睡着了。弗罗利醉得没办法动，空酒瓶在地板上滚动着，留下一行威士忌的痕迹。哥斯拉把巴沛叫来，拾起那个酒瓶，咋了咋舌头说道：

"看看这个瓶子！他喝了有大半瓶酒！"

"什么？又喝酒了？我还以为他戒酒了呢。"

"我想都是那个该死的女人惹的祸。我们抬他的时候可得小心，你抬他的脚，我抬他的头。对，就这样，抬起来！"

他们把弗罗利抬到另外一个房间，轻轻地将他放在床上。

"他真的想娶那个'英格雷玛'？"巴沛问道。

"天知道会怎样。有人告诉我她现在是那个警官的情人了。他们和我们可不一样。我想我知道今晚他需要什么。"他一边说一边解开弗罗利的肩带——作为单身汉的仆人，哥斯拉知道怎么为主人宽衣而不把他吵醒。

看到弗罗利重拾单身汉的习惯，仆人们都觉得很高兴。半夜的时候弗罗利醒了，光着身子躺在一摊汗水中。他感觉脑袋里似乎有什么尖锐而沉重的东西在撞击着。蚊帐挂了起来，一个年轻的女子正坐在床边，拿着一把柳条扇为他扇风。她长着一张黑黝黝的、还算漂亮的脸，在烛光里看上去呈现金灿灿的青铜色。她解释说自己是个妓女，是哥斯拉叫她来的，付了她十卢比。

弗罗利头疼欲裂，声音微弱地对那个女人说道："看在上帝分上，给我拿喝的来。"她给他拿来了哥斯拉已经冰镇好的苏打水，浸湿了一条毛巾敷在他的额头上。她身材丰满，脾气温和。她说她名叫玛塞加莱，除了操皮肉生涯外，还在巴扎集市里李晔的杂货店旁边卖米筐。弗罗利的头疼减轻了，要了根香烟。玛塞加莱给他递过香烟后天真地问道："我可以脱衣服了吗，德钦？"

脱吧，他心里说道，给她挪出了位置。但当他闻到那股熟悉的大蒜和椰子油的味道，不禁悲从中来，把头靠在玛塞加莱胖嘟嘟的肩膀上，放声痛哭，自从他十五岁后，还从来没有哭过。

第二十章

第二天早上，乔卡塔炸开了锅，因为喧嚣尘上的造反终于爆发了。弗罗利只听到语焉不详的报道。那晚酗酒之后，一等身体恢复到可以走路，他就马上回到营地里。直到几天之后，他才了解到造反的内情，是维拉斯瓦密医生写了一封长信告诉他的，内容非常愤慨激昂。

医生写信的文风很奇怪。他的句法支离破碎，而且就像一个十七世纪的神学家那样滥用大写字母，而在使用斜体字上堪与维多利亚女皇媲美。他的字体很小，字迹蜿蜒曲折，足足写了八页信纸。

"我亲爱的朋友，"（信件内容如下）

"——有桩不幸的消息想告诉您，那条鳄鱼的阴谋得逞了。造反——那所谓的造反——已经结束了。哎呀，那系一场比我想象的更为血腥的屠杀。

"事情就像我曾经告诉过您的那样。您回到乔卡塔的当天，吴柏金的密探就通知他那些受他蒙骗的可怜穷苦人在松洼村附近的丛林里集结。当天晚上他就和警察局的副督察吴陆加带着十二名警察悄悄出发，那个人和吴柏金一样坏到家了。他们突击扫荡了松洼村，令造反的群众措手不及，而他们其实只有七个人！！就聚集在丛林里一间荒弃的小屋里。还有麦克斯韦先生，他听说了造反的传闻，带着步枪从营地里赶了过去，刚好赶上了吴柏金和那个警察对小屋发起进攻。翌日早上，那个文员巴森，吴柏金的走狗和帮凶，奉命将造反的消息搞得满城皆知，麦克格雷格先生、威斯特菲尔德先生和威洛中尉都赶到了松洼村，带着五十名荷枪实弹的印度土兵和民警。但他们到了那里，发现一切都结束了，吴柏金正坐在村子中央的一棵大柚树下，装腔作势地向那些村民训话。他们诚惶诚恐地跪在那儿，拼命地磕头认错，发誓会永远忠于政府。造反被镇压下去了。那个所谓的巫师其实系吴柏金的帮凶，一个马戏团的小丑，已经逃之夭夭。但另外六个人被抓了。事情就这么结束了。

"很遗憾地告诉您，事件中有人遇害。我一直以为麦克斯韦先生不敢开枪，但当一个造反者想逃跑时，他开枪射中了他的腹部，那人当场毙命。恐怕出了这件事，那些村民会对麦克斯韦先生怀恨在心。但站在法律的立场上，麦克斯韦先生开枪杀人系无可厚非的，因为那群造反者的确阴谋反叛政府。

"哎，但系，我的朋友，我相信您会明白这件事将会对我产生毁灭性的影响！您可以想象得到吴柏金和我之间的争斗到了何等激烈的程度，而上层一定会为他撑腰。那条鳄鱼的阴谋得逞了。现在，吴柏金成了这里的英雄和欧洲人的亲信。我听说连埃里斯先生也盛赞他的作为。如果您可以目睹他那副讨厌的洋洋自得的样子就好了，而且他还大吹大擂，说不只有七个造反者，而系两百个！还吹嘘说他手持左轮手枪，将他们镇压了下去！——其实他只系躲在安全的地方进行指挥而已，而那些警察和麦克斯韦先生悄悄包围了那间小屋——真系令人作呕，我可以向您保证。他甚至厚颜无耻到写了一份正式报告，开头系这么写的：'本人赤胆忠心，果敢无畏。'我听说早在这件事发生之前他就已经写好了种种谎言。真系太恶心了。想想看，他现在成了大红人，他又会以种种恶毒的手段诽谤中伤我了。"等等等等。

那些造反者全部的武器都被缴获了。他们想着等追随者集结完毕，就拿着这些武器攻上乔卡塔：一支左枪管损坏的猎枪，是三年前从一位护林官那里偷来的；六支土枪，锌枪管是扒铁路偷来的，这几把枪勉强能开火，得用钉子通一通投火孔，然后用石头打火；三十九颗十二口径子弹；十一支用柚木做成的假枪；一些中国大炮仗，用来点火吓人的。

后来，两个造反者被判处十五年流放徒刑，三人被判处三年有期徒刑外加二十五记鞭笞，一人被判处两年有期徒刑。

这场造反就这么结束了，显然，欧洲人不会有人身危险，麦克斯韦在没有雇用保镖的情况下就回到营地里。弗罗利打算继续住在营地里，等到雨季来临，或至少等到俱乐部召开全体大会的时候再回去。他答应过参加全体大会，提名维拉斯瓦密医生参选。不过现在，面对他自己的烦心事，吴柏金和医生之间的这场明争暗斗让他觉得烦透了。

又几个星期过去了。现在天气热得不行。由于雨迟迟不下，空气极其闷热。弗罗利快累垮了。他不知疲惫地工作，连原本交给监工的小事情也要过问，那帮苦力，甚至连他的仆人，都很讨厌他。他酗酒无度，但现在连酒精也无法麻醉他。伊丽莎白被威洛搂在怀里的那一幕情景就像神经痛或耳痛一样困扰着他，随时都会涌上心头，那么生动而令人厌恶，将他的思绪捣成碎片，让他夜不成寐，寝食难安。他总是大发雷霆，有一次甚至殴打了哥斯拉。最糟糕的是那些想象中的场景细节——总是那些淫秽的细节。那些细节是那么真实，仿佛证明那件事的确真的发生了。

世界上还有比渴望一个你不可能拥有的女人更加不光彩、更加卑劣的事情吗？这几个星期来，弗罗利的脑海里浮现的尽是杀戮和淫秽的念头。这就是心生嫉妒的结果。他曾经在精神上爱着伊丽莎白，事实上，他渴望她的同情甚于渴望她的爱抚。而如今，当他失去了她时，他却被最低俗的肉欲折磨。在他心中她不再是那个被理想化的淑女。现在他几乎看清她是个怎么样的人——愚昧自负，薄情寡义——但他还是那么爱她。这又有什么要紧呢？他每晚都睡不着觉，把床拖到帐篷外面纳凉，看着像天鹅绒一样黑漆漆的夜色，时不时听到一条土狗的吠声。他痛恨自己老是幻想着脑海里的那一幕幕情景。嫉妒一个战胜了自己的更优秀的男人是很卑劣的事情。这是赤裸裸的嫉妒——甚至不配用吃醋这个词形容。他有什么资格嫉妒呢？他向一个女孩敞露心扉，但那个女孩太年轻貌美，他根本配不上她。她拒绝了他——这是天经地义的事情。他是在自讨没趣。他也无法对她这个决定提出哀求。无论他怎么挣扎，他都无法恢复青春，或让脸上那块胎记消失，或弥补多年来孤独放纵的罪孽。他只能站在一旁，眼睁睁地看着另一个好男人占有她，并嫉妒他，就像——但这个比喻实在是难以启齿。嫉妒是可怕的。它不像其它的折磨——它无法伪装，也无法升华为悲剧。嫉妒不仅仅带来痛苦，而且让人恶心。

但与此同时，他所猜疑的事情是真的吗？威洛真的成为伊丽莎白的恋人了吗？这种事无从得知，但大体上是不大可能的，因为如果真是这样的话，在乔卡塔这种地方是瞒不住的。就算别人猜不到，这件事也瞒不了拉克斯汀太太。不过，可以肯定的是，威洛还没有提出求婚。一个星期过去了，两个星期过去了，三个星期过去了，在一个印度小官署驻地，三个星期是非常漫长的时间。威洛和伊丽莎白每天傍晚都会骑马，每天晚上都会共舞。但威洛从未踏入拉克斯汀一家的府第。当然，关于伊丽莎白的谣言不断传出。小镇里所有的东方人都认为她是威洛的情人。按照吴柏金的说法（他的猜测八九不离十，虽然在细节上弄错了），伊丽莎白曾经是弗罗利的小妾，后来抛弃了他投身威洛的怀抱，因为威洛付的钱更多。埃里斯也对伊丽莎白说长道短，搞得麦克格雷格先生很不自在。拉克斯汀太太是伊丽莎白的亲戚，没听到这些传闻，但她越来越担心。每天傍晚当伊丽莎白骑完马回到家里时，拉克斯汀太太会满怀希望去接她，希望她会说："噢，婶婶！你知道吗！"——然后她就会告诉她那个天大的好消息。但好消息一直没有来，无论她怎么细心打量伊丽莎白的脸，她什么都猜不到。

三个星期过去了，拉克斯汀太太变得焦躁不安，到最后有点生气了。想到自己的丈夫独自一人——更糟糕的是，不是独自一人——住在营地里，就令她心烦意乱。说到底，她让他独自回到营地，就是为了给伊丽莎白和威洛创造机会（当然，拉克斯汀太太可不会说出这么粗俗的话）。一天晚上，她开始以自己那种旁敲侧击的方式对伊丽莎白进行说教和威胁。说是谈话，其实只是一段唉声叹气的独白伴随着长久的沉默——因为伊丽莎白一直没有答话。

拉克斯汀太太以《尚流》杂志上面那些穿着沙滩服、与男人厮混在一起、看上去格外"贱"的女孩子的相片为由头，先是进行了一番空泛的评论。她说一个女孩不该让男人觉得她贱，她应该让自己显得——但"贱"的反义词似乎是"贵"，那话听起来也不太对劲，于是拉克斯汀太太换了个话题。接着，她告诉伊丽莎白她从英国收到了一封信，是关于那个曾经来过缅甸一段时间，却傻兮兮地没有结婚的可怜姑娘的近况。她的遭遇实在令人心碎，这件事表明，一个女孩子无论嫁给谁都应该感到开心，嫁给任何人都无所谓。信里说那个可怜的女孩子失业了，长久以来连饭都吃不饱，现在不得不给一个粗俗可怕的厨子当厨娘，被他以最骇人听闻的方式折磨。而且厨房里尽是黑甲虫，简直令人难以置信！难道伊丽莎白不觉得这实在是太可怕了吗？黑甲虫！

拉克斯汀太太沉默了一会儿，让黑甲虫的恐惧深入内心，然后补充道：

"真是遗憾，雨季一到威洛先生就得离开我们了。他不在的时候乔卡塔一定会显得空荡荡的！"

"雨季什么时候开始呢，通常来说？"伊丽莎白尽量让自己显得漫不经心。

"大概六月初吧，在这里。只有一两周的时间了……我亲爱的，再提及那件事情似乎很荒唐，但我没办法不去想那个可怜的女孩子，她就呆在厨房里，与那些黑甲虫为伍！"

在当晚的谈话中，拉克斯汀太太不止一次提到那些"黑甲虫"。直到第二天她才以漫不经心的口吻说起了一件无足轻重的小道消息："顺便说一下，我想六月初弗罗利就会回乔卡塔。他说他准备参加俱乐部的全体大会。或许我们可以邀请他过来吃饭。"

这是弗罗利给伊丽莎白带来那张豹皮之后两人第一次提起他的名字。在被遗忘了几个星期后，他又回到了两个女人的脑海中，一个令人沮丧的候补人选。

三天后，拉克斯汀太太让人给丈夫捎话，叫他回乔卡塔。他已经在营地里呆得够久的了，得回总公司一段时间。他回来了，脸色比以前更加红润——他的解释是被太阳晒的——而且双手一直颤个不停，连点烟都做不到。那天晚上他决定自己回来，把拉克斯汀太太骗出了家里，自己溜进伊丽莎白的房间，居然性致勃勃地想强奸她。

这段时间，进一步的暴动正在酝酿，但那些高官没有一个人知道。那个"巫师"（他躲得远远的，正在马塔班向乡野村夫兜售他那些灵丹妙药）煽动民愤的效果要比他设想的更加成功。新的动乱很有可能爆发——或许会引发孤立而徒劳的暴动。就连吴柏金也对此一无所知。但是，和往常一样，神明们在庇佑着他，因为进一步的暴动将让上一次暴动显得更加像那么一回事，因此将更加彰显他的功绩。

第二十一章

噢，西风，你何时吹起，带来淅淅沥沥的小雨？①现在是六月一日，召开全体大会的日子，至今滴雨未下。弗罗利走在俱乐部的小径上，下午的太阳从他的帽子边缘下面斜照到他的脖子上，感觉仍热辣辣的，很不舒服。那个园丁用一根扁担挑着两汽油桶的水，蹒跚着走在小径上，胸肌上滑溜溜的满是汗水。他把两个桶放了下来朝弗罗利行礼，略微有点水溢了出来，溅在他黝黑枯瘦的脚上。

"喂，园丁，快下雨了吗？"

那个园丁朝西边不知比划着什么，"山丘把雨给锁住了，老爷。"

乔卡塔几乎四面环山，山势将早些时候的阵雨给挡住了，因此有时候得直到六月底才会下雨。花床的泥土被锄成一大片凌乱的土块，看上去灰不溜秋的，像是一摊混凝土。弗罗利走进休息室，看到威斯特菲尔德正在凉台溜达，眺望着河流，那群鸡已经被圈了起来。在凉台的脚下，一个仆人背对着太阳躺在地上，把拉葵蒲扇的绳子套在脚跟上，用一块宽阔的芭蕉叶盖住自己的脸。

"你好，弗罗利！你瘦得跟竹竿似的。"

"你也是。"

"嗯，是啊。该死的天气。除了喝酒之外，根本没有胃口。上帝啊，当我听到青蛙开始呱呱呱地叫时，会有多开心啊。趁别人还没来我们俩喝一杯。领班！"

"你知道谁会来参加会议吗？"弗罗利问道。领班端来了威士忌和微热的苏打水。

"我想大伙儿都会来。三天前拉克斯汀从营地那边回来了。老天爷啊，那个男人趁老婆不在逍遥快活得很。我的手下告诉我在他的营地都发生了什么事情。得有十几个妓女，一定是专门从乔卡塔叫过去的。等那个老虔婆看到他的俱乐部账单就有他好看的。这半个月他叫人送去了十一瓶威士忌。"

"威洛那小子会来吗？"

"不来。他只是一个临时会员。他嫌麻烦，才不会来呢，这个小兔崽子。麦克斯韦也不会来。他说他还不能离开营地。他交代说如果有投票，就由埃里斯替他投。不过，我想投票是不会进行的，是吧？"他补充了一句，意味深长地看着弗罗利，两人都还记得上一次因为这件事而起的争吵。

"我想这取决于麦克格雷格。"

"我想说的是，麦克格雷格不会提那选举一位本地会员这种操蛋事，是吧？现在这个时候是不会提的。出了造反这种事情。"

"顺便问一下，造反怎么样了？"弗罗利问道。他还不想为了选举医生入会这件事而开始争吵。一定会惹来麻烦的，再拖上几分钟吧。"有什么消息吗？——你觉得他们会发起另一场暴动吗？"

"不会。我想一切都结束了。这群懦夫都躲起来了，整个

---

① 本句出自十六世纪英国无名氏的诗作《冬日的平原上等候春天的爱人》。

地区就像一间该死的女子学校一样平静。真是令人失望。"

弗罗利的心一颤，他听到了隔壁房间伊丽莎白的说话声。这时麦克格雷格先生进来了，埃里斯和拉克斯汀先生跟在后面。人都到齐了，因为俱乐部的女性会员没有投票权。麦克格雷格先生穿着一件绸缎西装，腋下夹着俱乐部的账簿。就算只是召开俱乐部会议这么一桩小事他也摆出了一副官腔。

寒暄完毕之后，他说道："似乎大家都到齐了，那我们就——呃——开始我们的公务吧？"

"请吧，麦道夫。"威斯特菲尔德说道，坐了下来。

"看在上帝的分上，把领班叫来。"拉克斯汀先生说道，"我可不敢让老婆听到是我叫他来。"

"在我们进入议事程序之前，"麦克格雷格先生说道——他没有点酒，但其他人都要了一杯，"我想你们都希望我通报一下这半年来的账目吧？"

他们其实都不想听，但麦克格雷格先生喜欢干这事儿，非常详尽地通报了账目。弗罗利一直在走神。再过一会儿就要吵架了——噢，吵架是多么可怕！当他们发现到最后他还是要保举医生入会，一定会气急败坏的。而且伊丽莎白就在隔壁。上天保佑待会儿吵架的时候不要被她听见。看到他被别人责难会让她看不起他。今晚他能见到她吗？她会和他说话吗？他眺望着那条宽达四分之一英里的波光粼粼的河流。河对面有一群人，其中一个戴着一条绿色的缅甸式头巾，正在一艘舢板旁边等候着。在靠近岸边的河道里，一艘庞大而笨拙的印度驳船正缓缓地溯河而上。船上有十个面黄肌瘦的达罗毗荼人桨手，前倾着身子，将长而原始的刻着心形桨片的船桨沉入水中，绷紧瘦削的身躯，然后用力地将船桨往回拉，就像黑橡胶做成的极度痛苦的牲畜，笨重的船身缓缓地前进了一两码，然后这些桨手弓身向前，喘着粗气，在河流将船身止住之前再把桨沉入水中。

麦克格雷格先生更加严肃地说道："现在我们进入程序的主题。当然，这是——呃——是一个不大受欢迎的问题，但我想总是得面对：我们将选举一个本地人成为这间俱乐部的会员。以前我们讨论过这个问题——"

"该死的！"

埃里斯激动得站起身打断了他。

"该死的！我们不会又要讨论这个问题吧？出了这些个事情，还要讨论选择一个该死的黑鬼入会！上帝啊，我以为到了这个时候就算是弗罗利也放弃这个念头了！"

"我们的朋友埃里斯似乎很惊讶。我想这个问题之前已经讨论过了。"

"我想这个该死的问题之前确实讨论过了！我们都说出了自己的想法。上帝啊——"

"要是我们的朋友埃里斯能坐下来一会儿——"麦克格雷格先生宽容地说道。

埃里斯坐回自己的椅子上，大声嚷嚷着："该死的废话！"弗罗利看到河对岸的那群缅甸人正在上岸，把一个长长的、形状不规则的包裹抬上舢板。麦克格雷格先生从文件夹里取出一封信。

"或许我最好先解释一下这个问题的起因。行政长官告诉我政府下了通知，要求那些还没有接收本地人会员的俱乐部至少接纳一人入会，也就是说，自动接纳入会。通知上说——啊，有了！上面说：'侮慢本地高官实为不智之策。'我得说，我本人很不赞同这一政策。毫无疑问，我们大家都持反对意见。我们这些为政府干实事的人和那些——啊——高高在上的国会议员所看到的事情很不一样。行政长官也很同意我的看法。然而——"

"但这些都是他妈的废话！"埃里斯插话了，"这和行政长官或其他人有什么关系？我们自己的俱乐部难道不应该由我们自己做主吗？我们下班的时候他们无权干涉我们。"

"确实如此。"威斯特菲尔德说道。

"你我想到一块去了。我告诉行政长官我得和其他会员讨论这件事。他给我的建议是，如果这件事在俱乐部得到支持的话，他认为我们最好就得选出一名本地人会员。另一方面，如果整个俱乐部都反对，这件事就这么算了。是的，如果大家一致反对的话。"

"那好，我们大家都一致反对。"埃里斯说道。

"你是说，"威斯特菲尔德说道，"这件事取决于我们自己答不答应让他们进来？"

"我想就是这个意思。"

"那好嘛，就说我们一致反对。"

"而且态度得他妈的坚决一些，看在上帝的分上。我们得一劳永逸地解决这个问题。"

"就是，就是！"拉克斯汀先生粗声粗气地说道，"别让那帮黑鬼进来。大家要团结一致。"

遇到这种情况，拉克斯汀先生总是能说出正确的意见。在他心里他并不在乎也从来没有在乎过大英帝国的统治，和本地人或白人喝酒对他来说都一样开心，但是，当有人建议那些胆敢大不敬的仆人应该被打板子或让那些民族主义者上刀山下油锅的时候，他总是会高声附和："就是，就是！"他为自己感到自豪，虽然他可能是个酒鬼什么的，但该死的，他可是个赤胆忠肝的人。这就是他的体面之处。麦克格雷格先生打心眼里为大家意见一致而松了口气。要是真的接受本地会员的话，唯一的人选就是维拉斯瓦密医生，而自从纳苏欧越狱事件之后他极度不信任医生。

"我可以认为你们都同意了吗？"他问道，"如果是这样的话，我就通知行政长官。否则，我们就得开始探讨选谁作为入会候选人的问题。"

弗罗利站了起来。他必须说出自己的看法。他的心似乎提到了嗓子眼里，让他哽咽着。按照麦克格雷格先生所说的，只要他开口，医生入选为会员这件事基本上就可以确定了。但是，噢，多么烦人的一件事啊！待会儿将吵得热火朝天！他多么希望自己从未向医生许下过承诺！不管怎样，他已经许下过承诺，他就不能违背诺言。换作是不久前，他会违背这个诺言，当个体面的白人老爷，多么轻松！但现在他不会违背诺言。他必须给这件事一个交代。他侧着身，这样一来他的胎记就不会被别人看见。他已经可以感觉到自己的声音单调而带着内疚。

"我们的朋友弗罗利有什么要说的吗？"

"是的。我提名维拉斯瓦密医生成为这间俱乐部的会员。"

另外三个人愤怒地叫嚷着，麦克格雷格先生不得不用力敲着桌子，提醒他们女士们就在隔壁房间。埃里斯根本没有理他。他站了起来，鼻子周围的皮肤变成了明显的灰色。他和弗罗利面面相觑，似乎随时都可能吵起来。

"好了，你这个该死的无赖，你会改口吗？"

"不，我不会改口的。"

"你这头油腻腻的猪！黑鬼的面首！你就是卑鄙下流的人渣！"

"安静！"麦克格雷格先生高声嚷道。

"但是，看看他，看看他！"埃里斯几乎声泪俱下，"为了那个腆着肚子的黑鬼，让我们大失所望！我们对他说了那么多，到头来还是这样！我们只要团结一致，就能让那股大蒜味永远杜绝于俱乐部之外！老天爷啊，难道你不会翻江倒海地作呕，当你看到有人的行为举止是那么——"

"收回你的话，弗罗利，老伙计！"威斯特菲尔德说道，"别那么傻气！"

"打倒布尔什维克主义，该死的！"拉克斯汀先生说道。

"你以为我会在乎你说的话吗？这件事轮不到你做主，得由麦克格雷格决定。"

"也就是说，你——呃——你坚持自己的决定？"麦克格雷格先生阴沉沉地问道。

"是的。"

麦克格雷格先生叹了口气，"真是遗憾！好吧，这么一来的话我想我别无选择——"

"不行，不行，不行！"埃里斯暴跳如雷，"不能向他屈服！大家投票决定。如果那个狗娘养的不和我们一样投黑球反对票，我们就先把他赶出俱乐部——很好！领班！"

"老爷！"领班出现了。

"把投票箱和投票球拿来。出去！"领班听命的时候他恶狠狠地补充了一句。

空气变得非常凝滞，不知道为什么，葵蒲扇不动了。麦克格雷格站起身，摆出一副不以为然但公正严明的姿态，从投票箱里拿出两盒黑球和白球。

"我们必须按照章程行事。弗罗利先生提名民政医务官维拉斯瓦密医生成为这间俱乐部的会员。我本人觉得这是错的，大错而特错，但是——！在投票决定这个问题之前——"

"噢，为什么这么婆妈？"埃里斯说道，"这就是我的意见！还有麦克斯韦的。"他把两个黑球丢进了箱子里。然后，他突然间气不打一处来，拿起那盒白球，将它们倒在地上，白球掉得到处都是。"喏！如果要投白球的话自己去捡！"

"你这个该死的笨蛋！你这么做有意思吗？"

"老爷！"

大家都吓了一跳，看了看周围。那个仆人从下面爬了上来，靠在凉台的栏杆上朝他们瞪着眼睛，一只干瘦的胳膊抓着栏杆，另一只胳膊朝河那边比划着。

"老爷！老爷！"

"怎么了？"威斯特菲尔德问道。

大家都走到窗边。弗罗利刚才看到的那艘舢板停泊在草坪尽头的河堤下，一个缅甸人抓住一丛灌木把舢板停稳。那个戴着绿色头巾的缅甸人正从舢板上出来。

"那是麦克斯韦手下一个护林员！"埃里斯的语气一变，"老天爷啊！一定是出事了！"

那个护林员看见麦克格雷格先生，匆匆行了合十礼，心事重重地回到舢板上。另外四个人是农民，跟着他爬出舢板，艰难地把刚才弗罗利远远见到的那口麻袋搬到岸上。那个麻袋有六尺高，包裹着麻布，活像一具木乃伊。每个人的心里都知道出事了。那个护林员瞥了一眼凉台，看到没有路上去，于是领着那几个农民绕道来到俱乐部的前门。他们把那个包裹扛在肩上，就像葬礼的抬夫扛着一口棺材。领班又冲进了休息室，连他也变得脸色苍白——确切地说，脸色死灰。

"领班！"麦克格雷格先生喊道。

"是，老爷！"

"赶快把棋牌室的门给关上。关紧了，不能让女士们看见。"

"是的，老爷！"

那几个缅甸人扛着包裹沉重地顺着小径走了过来。他们进来时，领头的人踩到了散落在地板上的一个白球，踉跄了一下，几乎摔倒。那几个缅甸人跪了下来，把包裹放在地板上，怀着奇怪的敬畏之情站在旁边，微微弯着腰，双手合十。威斯特菲尔德跪了下来，将布料掀开。

"天哪！看看他！"他说道，但语气并不是很惊讶，"看看这个可怜的小——"

拉克斯汀先生已经惊叫着跑到了房间的另一头。那个包裹一搬到岸上他们就已经知道里面装着什么。那是麦克斯韦的尸体，几乎被砍刀剁成了碎片，凶手是他开枪打死的那个人的两个亲戚。

第二十二章

麦克斯韦的死在乔卡塔激起了轩然大波，而且整个缅甸都为之震撼，这桩事情——"你还记得乔卡塔的那桩事情吗？"——在那个可怜的年轻人的名字被遗忘多年之后仍将被提起。但从个人角度说，没有人为此感到难过。麦克斯韦几乎是个无足轻重的人——只是一个"好人"，和缅甸上万个白种好人没什么两样——没有亲密的朋友。那些欧洲人并不真心为他的死感到难过。但这并不是说他们并不生气。相反，在当时他们几乎快气疯了。因为不可原谅的事情发生了——一个白人被杀了。这件事情让派驻东方的英国人吓得瑟瑟发抖。每年在缅甸或许有八百人被谋害，这些都不算什么，但谋杀白人是一桩大逆不道的罪行。一定要为可怜的麦克斯韦讨回公道，这是必须的。但只有一两个仆人和那个对麦克斯韦怀有好感，把他的遗体运回来的护林员为他的死流下眼泪。

另一方面，没有人为此感到高兴，只有吴柏金例外。

"真是天助我也！"他对玛津说道，"真是人算不如天算。要让他们重视我煽动起来的暴动就得有点流血事件，而这刚好就发生了！告诉你吧，玛津，我越来越觉得神明在庇佑我。"

"哥柏金，你真是不知羞耻！我不知道你怎么敢说出这样的话来。你犯下了命案，难道不觉得害怕吗？"

"什么？犯下了命案？你在说什么？这辈子我可连一只鸡都没宰过。"

"但这个可怜的孩子的死被你利用了。"

"被我利用了！我当然要利用他的死！为什么不呢？别人杀了人，难道要怪在我头上吗？渔夫钓到了鱼，他会因此遭到报应。但我们吃鱼的人会遭到报应吗？当然不会。鱼都已经死了，干吗不吃？你应该更认真地研究佛经，我亲爱的津津。"

葬礼于第二天早餐前举行。所有的欧洲人都出席了，只有威洛缺席——和平时一样，他就在公墓对面的练兵场上训练。麦克格雷格先生发表了悼词。这一小群英国人围在墓地边，手里拿着帽子，穿着从箱底找出来的深色西装，全身大汗淋漓。早上炽热的阳光毫无怜悯之情地照在他们的脸上，在一身丑陋蹩脚的布料衬托下，这些面孔比以往都更显得发黄。除了伊丽莎白之外，每个人的脸都满是皱纹，显得很苍老。维拉斯瓦密医生和六七个东方人也在场，但他们都规矩地躲在一边。这块小小的墓地有十六座墓穴，葬着林业公司的员工、政府官员和在已被遗忘的小规模战斗中殉难的士兵。

"缅怀前印度皇家警察部队约翰·亨利·斯巴诺尔，他在不懈的军训中死于霍乱。"等等等等。

弗罗利隐约记得斯巴诺尔。他是在第二次震颤性谵妄发作后暴毙在营地里的。角落里有几个欧亚混血儿的坟墓，插着木十字架。那丛到处疯长的茉莉结着橙色心形的花朵，在花丛中有几个大老鼠洞，一直通往坟墓里。

麦克格雷格先生以成熟而庄严的声音总结悼词，领着大家离开了墓地，手里拿着他那顶灰色的遮阳帽——在东方国度这相当于一顶高礼帽——端在腹部的位置。弗罗利在门口逗留，希望能和伊丽莎白说个话，但她经过他身边，看都不看他一眼。今天早上每个人都躲着他。现在他蒙受着耻辱，这桩命案让昨晚他的不忠显得格外卑劣。埃里斯挽着威斯特菲尔德的胳膊，两人在墓地旁边停了下来，拿出烟盒。弗罗利可以听到他们骂骂咧咧的声音从墓地那边飘过来。

"我的天哪，威斯特菲尔德，我的天哪，当我想到那个可怜的家伙——躺在那儿——噢，我的天哪，我气得肺都快炸了！我整宿都睡不着觉。"

"确实很该死。不要介意，我答应你会抓几个家伙吊死。两命填一命——这就是我们能做的。"

"才两个！应该是五十个！我们上天入地也要把那些家伙送上绞刑台。你查到他们的名字了吗？"

"是的，查到了！整个地方的人都知道是谁干的。这种案件我们总是知道谁是凶手。逼那些该死的村民招供——就只有这点麻烦。"

"看在上帝的分上，这一次非得让他们招供不可。不要理会那些该死的法律。打得他们招供为止。严刑逼供——做什么都行。如果你需要贿赂证人，我愿意出几百卢比。"

威斯特菲尔德长叹一口气，"恐怕如今不能作出这种事情了。要是可以就好了。我的手下只要吩咐一句就知道如何向证人施压：把他们绑在蚁穴上，灌辣椒水。但这一套现在行不通了。我们得遵守自己那套该死的法律。但没关系，那些家伙会被吊死的。我们找到了想要的证据。"

"好极了！等你把他们抓起来的时候，如果你不能肯定能将他们定罪，就开枪打死他们，一定要打死他们！诬陷他们试图逃脱什么的。做什么都行，千万不要让那帮王八蛋给跑了。"

"他们跑不了的，你不用担心。我们会搞死他们的。总得有人填命。宁可错杀一千，不可放过一个。①"他无意中引用了这么一句话。

"就是这样！我得看到他们吊死在那儿才能安心睡觉。"埃里斯和他一边离开墓地，嘴里一边说道："老天爷啊！我们离开这个日头吧！我快渴死了。"

每个人都快渴死了，但刚刚参加完葬礼就去俱乐部喝酒似乎不是太得体的事情。这些欧洲人各自回家，而四个拿着铲子的清洁工人把灰色的、水泥般的泥土铲回墓穴里，堆成一座粗糙的土丘。

吃完早饭后，埃里斯去上班，手里拄着手杖。天气热得要命。他洗了个澡，换上了衬衣和短裤，但穿着一套厚厚的西装即使只是一个小时也让他的痱子痒得难受。威斯特菲尔德已经走了，开着他的汽艇，带着一个副督察和六个警员去逮捕凶手。他命令威洛和他一同前去——其实威洛用不着去，但威斯特菲尔德说年轻人多锻炼是好事。

埃里斯扭动着肩膀——他的痱子痒得受不了了。愤怒就像毒液在他的身体内涌动。他整晚都在想着那件事。他们杀了一个白人，杀了一个白人，那群该死的贱种，鬼鬼祟祟的懦弱的狗杂碎！噢，那群猪猡，猪猡，他们将为此付出惨痛的代价！为什么我们要制定出这些该死的怀柔法律？为什么我们每件事情都要做出让步？想象一下这种事情发生在战前的德属殖民地！那些德国老好人！他们知道该怎么对付这帮黑鬼。大肆报复！用犀牛皮的鞭子抽他们！袭击他们的村子，杀光他们的牲

---

① 本句出自英国作家萧伯纳的作品《安德罗克里斯与狮子》。

畜，焚毁他们的庄稼，大批大批地杀死他们，用大炮将他们轰碎。

埃里斯盯着树冠的缝隙间洒落的明亮光线。绿色的眼眸睁得大大的，充满了哀伤。一个和蔼的缅甸中年男人走了过来，扛着一根大竹竿，从一边肩膀换到另一边肩膀，经过埃里斯身边的时候嘴里嘟囔着。埃里斯抓紧了手中的拐杖。要是这头猪猡现在攻击你该多好！就算顶撞你也成——怎么都行，这样你就有借口狠狠地揍他一顿！要是这些无胆匪类能表现得好斗一点就好了！但是，他们只是蹑手蹑脚地从你身边溜过，遵纪守法，让你根本找不到机会报复他们。啊，要是真的造反就好了——颁布戒严令，不放过每一寸地方！美妙的流血场面在他的脑海里掠过：一群群失声尖叫的本地人，士兵在屠杀百姓，朝他们开枪，策马撞死他们，马蹄将他们的内脏踩了出来，用鞭子将他们的脸抽得稀烂！

五个高中男生并肩从路那边走过来。埃里斯看着他们走来，一排狰狞的黄皮肤面孔——阴阳怪气的面孔出奇地年轻光滑，故意倨傲无礼地朝他咧嘴大笑。他们想挑衅他，因为他是个白人。或许他们听说了这桩谋杀案。所有的学生都是民族主义者，会认为这是一次胜利。走过埃里斯身边时，他们朝着埃里斯咧嘴一笑。他们尝试着公开惹怒他，而且他们知道法律在罩着他们。埃里斯觉得自己的胸膛快气胀了。他们的表情像是在嘲弄他，就像一排黄色的肖像画，让他快气疯了。他停下脚步。

"喂！你们在笑什么，小子？"

那几个男生转过身。

"我问你们到底在笑什么？"

一个男生答话了，态度很倨傲无礼——或许他那蹩脚的英语让他的话比设想的更加倨傲无礼。

"不关你的事。"

有大约一秒钟，埃里斯不知道自己做了些什么。在那一秒钟里他使出了全身的力气打了出去，手杖咔嗒一声划过那个男生的眼睛。他惨叫一声蜷起身子，同一时间另外四个男生朝埃里斯扑去。但对他们来说他太强壮了。他一把将他们推开，往后一退，盛怒地挥舞着手杖，没有人敢接近他。

"不要过来，你们这帮狗娘养的！别过来，不然我会再干掉你们当中的一个！"虽然以一敌四，但他仍然太强壮了，那几个男生被吓退了。那个被打伤的男生跪在地上，双手捂脸，嘴里尖叫着："我瞎了！我瞎了！"突然间，那四个男生转身朝二十码开外一堆用来修路的红土跑去。埃里斯的一个职员出现在办公室的凉台上，正激动地上蹿下跳。

"上来，老爷，快上来，他们会打死你的！"

埃里斯不屑于逃跑，但他走向凉台的台阶。一团红土从空中呼啸而过，砸中一根柱子碎裂开来，那个职员赶紧躲进了屋里。但埃里斯在凉台上转身对着那群男生，他们每个人都拿着满满一抱红土。他高兴地咯咯笑了起来：

"你们这群该死的脏兮兮的小黑鬼！"他居高临下地对着他们咆哮着，"这一次可把你们吓一跳了，是吧？上来这座凉台打我啊，你们四个都上来！你们不敢。四个打一个，你们还不敢和我对着干！你们还算是男人吗？你们这些鬼鬼祟祟的肮脏的鼠辈！"

他用缅甸语骂他们是乱伦的猪生出来的孩子。他们一直朝他投掷土块，但他们的胳膊没有多大力气，没能扔准。他躲开土块，每躲开一个就趾高气扬地咯咯咯大笑。不一会儿，马路那边有人在喊叫着，因为警察局听到了这边的骚乱，几个警员出来看看发生了什么情况。那几个男生赶忙逃跑了，只剩下大获全胜的埃里斯。

埃里斯对这场风波觉得很开心，但事情一结束他就怒不可遏地向麦克格雷格先生写了一封言辞激烈的信函，说他遭受了放肆的骚扰，要求实施报复。有两个职员和一个信差被叫到麦克格雷格先生办公室提供现场目击的证词，这几个人都串通起来作供："那几个男生毫无理由地攻击埃里斯先生，他是在自卫。"等等等等，埃里斯打他纯属他活该，或许他们真的相信事情就是这样。麦克格雷格先生很生气，命令警察找到那四个高中生，并向他们问话。但是，那几个男生预料到会有这种事情发生，不知道躲哪儿去了。警察搜了巴扎集市一整天也没找到他们。到了晚上，那个受伤的男生被带去一位缅甸医生那里看诊，医生往他的左眼上敷了一些捣烂的毒叶子，把他给弄瞎了。

当天晚上，几个欧洲人和往常一样到俱乐部碰头，但威斯特菲尔德和威洛还没有回来。每个人都心情不好。那桩谋杀案和对埃里斯的无理挑衅（这是公认的说法）让他们惊魂未定，而且气愤不已。拉克斯汀太太喃喃地说着"我们会在床上被杀掉的"。麦克格雷格先生为了安抚她，告诉她暴动发生的时候欧洲女士总是被锁在牢房里，直到事情过去为止，但她似乎并不觉得宽慰。埃里斯对弗罗利很不客气，而伊丽莎白根本不理睬他。他怀着言归于好的痴念来到俱乐部，但她的行为让他伤透了心，当晚的大部分时间他躲在图书室里。直到八点钟，每个人都喝了几杯酒之后，气氛才变得友好了一些。埃里斯说道：

"不如派几个仆人去我们家里把晚饭带过来吧？我们可以打几圈桥牌，比在家里发呆好。"

拉克斯汀太太害怕回家，立刻附和这个提议。这些欧洲人想待晚一些的时候偶尔会在俱乐部吃饭。两个仆人被派去拿饭，当他们知道被派去做什么时，他们立刻哭了起来，似乎担心上山会遇到麦克斯韦的鬼魂。于是那个马里人被派去了，他出发时，弗罗利注意到今晚又是月圆之夜——上次他在赤素馨花树下亲吻伊丽莎白已经是四个星期前的事情了，感觉是那么遥远。

他们坐在桥牌桌边，拉克斯汀太太刚刚摆脱了紧张不安的情绪。这时屋顶被重重地砸了一下。每个人都吓了一跳，抬头望去。

"是一个椰子砸下来了！"麦克格雷格先生说道。

"这里哪有什么椰子树。"埃里斯说道。

接着几件事情一起发生。又是一声更响亮的响声，一盏汽油灯从钩子上脱落下来，砸到地上，差点砸到了拉克斯汀先生，他惊叫着跳到一边。拉克斯汀太太开始失声尖叫。领班光着头冲进了房间，脸色糟得就像劣质咖啡一样。

"老爷，老爷！坏人们来了！他们要把我们统统杀掉，老爷！"

"什么？坏人？你在说什么？"

"老爷，村民们都在外面，手里拿着长矛和大刀，还手舞足蹈的！准备割断主人的喉咙，老爷！"

拉克斯汀太太整个人瘫在椅子上，没命地尖叫着，声音盖过了领班的声音。

"噢，安静点！"埃里斯转身厉声说道，"大家听一下！听听！"

外面传来了低沉而危险的喃喃低语声，像是一位生气的巨人在哼哼唧唧。一直站着的麦克格雷格先生听到这个声音整个人都僵住了，挑衅地扶稳了鼻梁上的眼镜。

"这只是一场骚动而已！领班，拿着那盏灯。拉克斯汀小姐，看着你的婶婶。看她有没有受伤。其他人跟我来！"

他们都走到前门，前门关闭着，可能是领班干的。一阵猛烈的石头像冰雹一样叮叮咚咚地砸在门上。听到这个声音拉克斯汀先生畏缩着躲在别人身后。

"我说，该死的，把那扇该死的门给闩上！来人啊！"他说道。

"不行，不行！"麦克格雷格先生说道，"我们到外面去。不和他们对质可不行！"

他打开门，勇敢地站在台阶的顶部。小路上大约有二十个缅甸人，手里或持长矛或持长刀。在围墙外面的路上，一直延伸到练兵场，两边都站满了人，简直称得上是人山人海，起码得有两千人，在月光下看上去只有黑白两色，到处都可以看见弧形的长刀闪烁着寒光。埃里斯平静地站在麦克格雷格先生身边，双手插在口袋里。拉克斯汀先生已经不见了。

麦克格雷格先生举手示意安静。"这是怎么一回事？"他严词疾色地喝问道。

小路上传来了叫嚷声，几块板球般大小的红土块飞了过来，但幸运的是没有砸中人。小路上有一个人转过身，朝其他人挥了挥手，叫嚷着要他们先别扔东西。然后他走上前和那帮欧洲人交涉。他年约三旬，强壮而斯文，蓄着下垂的八字胡，身穿一件单衣，笼基在膝盖处打了个结。

"这是怎么一回事？"麦克格雷格先生重复了一遍。

那个男的说话时面带微笑，态度不是很倨傲无礼。

"我们不是来和你吵架的，阁下。我们来是要找那个木材商人埃利兹。（他把埃里斯说成了埃利兹。）今天他殴打的那个孩子瞎了。你们必须把埃利兹交出来，给我们一个交代。我们不会伤害其他人。"

"记住这个家伙的脸，"埃里斯扭头对弗罗利说道，"过后我们逮到他判他坐七年牢。"

麦克格雷格先生脸都气紫了，几乎气梗过去，好一会儿说不出话来，等到他能开口时，他说的是英语。

"你知道你在和谁说话吗？这二十年来从来没有人敢这般无礼跟我说话！立刻给我滚，不然我就叫武警过来！"

"你最好快点，阁下。我们知道你们的法庭对我们来说根本没有公义可言，所以我们自己惩治埃利兹。把他交出来。不然你们全部都会为此付出代价。"

麦克格雷格先生握起拳头，就像锤钉子一样用力一砸，"滚开，狗杂种！"这是多年来他第一次骂人。

路上传来雷鸣般的怒吼声，一波石头砸了过来，每个人都被砸中了，连小路上那几个缅甸人也未能幸免。一颗石头正好砸中了麦克格雷格先生的脸，几乎把他砸晕过去。那几个欧洲人飞也似的躲到屋里，关上了门。麦克格雷格先生的眼镜被砸碎了，鼻子流血不止。他们回到休息室，发现拉克斯汀太太像一条歇斯底里的蛇那样蜷在一张长椅上；拉克斯汀先生惊慌失措地站在房间中间，手里拿着一个空酒瓶；领班跪在角落里，划着十字架（他是罗马天主教信徒）；那群仆人哭哭啼啼的。只有伊丽莎白虽然脸色苍白，但仍很镇定。

"出什么事了？"她大声问道。

"我们被包围了，就是这样！"埃里斯怒气冲冲地回答，摸着脖子后面被石头砸中的部位，"那些缅甸人包围了这里，还扔石头。但用不着慌张！他们不敢破门而入的。"

"赶快通知警察！"麦克格雷格先生含糊地说道，因为他正拿手帕捂着鼻子。

"不行！"埃里斯说道，"刚才你和他们说话的时候我已经看过周围了。他们把我们封死了，那帮该死的畜生！没有人能通知到警察。维拉斯瓦密的大院那里到处都是人。"

"那我们只能等了。我们得相信他们会自己出警。冷静下来，我亲爱的拉克斯汀太太，好吗，请冷静下来！小事一桩而已。"

听起来可不是什么小事。现在外面的吵闹声几乎没有间歇，似乎有好几百个缅甸人涌进了俱乐部的领地。突然间外面声音震天，只能高声吼叫才能让人听见。休息室里所有的窗户都关上了，几扇有时候用来阻挡蚊虫的破了洞的镀锌百叶窗被拉下来拴紧。有的窗户被砸破了。接着，四面八方不停地砸石头过来，砸得薄薄的木板墙在晃动着，似乎随时会被砸开。埃里斯打开一扇百叶窗，朝人群恶狠狠地扔出一个酒瓶，但十几块石头扔了过来，他不得不匆忙关上百叶窗。那些缅甸人除了扔石头、叫骂和砸墙之外似乎没有任何计划，但光是声势就足以让人心寒。一开始的时候那些欧洲人都被吓蒙了，没有人想到过责备这起风波的罪魁祸首埃里斯。事实上，大难临头似乎让他们暂时团结在了一起。麦克格雷格先生没有了眼镜，成了半个瞎子，心烦意乱地站在房间中间，把右手递给拉克斯汀太太，她紧紧地抓住不放，而一个哭哭啼啼的仆人则紧紧地抱着他的左腿。拉克斯汀先生又不见了。埃里斯暴跳如雷，朝警察局的方向挥舞着拳头。

"那些警察哪儿去了——那些懦夫混球呢？"他没有理会那两个女人，高声叫嚷着，"为什么他们还不来？我的天啊，这可是千载难逢的好机会！要是我们这里有几把步枪，我们就可以要这帮狗娘养的好看！"

"他们很快就到！"麦克格雷格先生冲他吼叫着，"他们要穿过人群需要点时间。"

"但为什么他们不开枪打死这些狗娘养的畜生呢？要是他们开火的话，就可以像撂倒干草堆那样将他们屠杀殆尽。噢，天哪，错过这么一个大好机会可不行！"

一块石头砸穿了一扇镀锌百叶窗，另一块石头跟着通过破洞，砸在一幅"小狗邦佐"的图画上，反弹擦伤了伊丽莎白的手肘，最后掉在桌子上。外面传来胜利的欢呼。接着是一堆石头砸在屋顶上。有几个小孩爬树上了屋顶，光着屁股从屋顶滑落下来，玩得不亦乐乎。拉克斯汀太太发出前所未有的尖叫，盖过了外面的吵闹声。

"来人啊，让那个该死的老虔婆闭嘴！"埃里斯嚷道，"别人还以为在杀猪呢。我们得采取行动。弗罗利，麦克格雷格，过来！想想办法怎么摆脱这个困境！"

伊丽莎白突然间失去了勇气，开始哭起来。那块石头把她弄得很疼。弗罗利惊讶地发现她正紧紧地抓住他的胳膊。即使在这个时候，这个动作也让他心神荡漾。他一直是以无动于衷的心情看着这一幕——事实上，虽然他被吵闹声搅得有点头晕，但并不是很害怕。他总是觉得很难相信东方人会真的具有攻击性。直到这个时候，当伊丽莎白的手搭在他的胳膊上时，他才意识到形势的严峻。

"噢，弗罗利先生，求求你，请你想想办法！你有办法的，你有办法的！趁那群可怕的人还没冲进来，怎么都行。"

"要是我们当中有一个能去通知警察就好了！"麦克格雷格先生叫苦连天，"他们得由一个英国官员带领才行！我想我得亲自出马了。"

"别傻了！你只会被割断喉咙的！"埃里斯叫嚷着，"要是他们真的要硬闯进来的话，就让我去吧。但是，噢，死在那群猪猡手里！我可真是气坏了！要是警察在这儿的话，死的就是这帮该死的家伙！"

"难道我们不能顺着河岸边撤走吗？"弗罗利绝望地叫嚷着。

"没用的！有好几百个人守在那儿。我们被包围了——三面是缅甸人，一面被河堵死了！"

"跳河啊！"

一个因为太明显而被忽略的大胆想法掠过弗罗利的脑海。

"河！就是这样！到达警察局对我们来说是易如反掌的事情。难道你们还没明白过来？"

"怎么办？"

"怎么办，顺流而下——跳到河里去！游泳啊！"

"噢，好汉子！"埃里斯拍了拍弗罗利的肩膀。伊丽莎白抓住他的肩膀，高兴得真的跳起了舞步。"那我去吧！"埃里斯叫嚷着，但弗罗利摇了摇头。他已经开始脱鞋了。显然，他们不能浪费时间。迄今为止，这些缅甸人的行动很傻帽，但假如他们真的闯进来的话指不定会发生什么事情。领班已经克服了刚才的恐慌，准备打开通往草坪的窗户，探着头往外面张望。草坪上只有十几个缅甸人。他们没有封堵俱乐部的后方，以为河流已经封死了出路。

"顺着草坪拼命冲下去！"埃里斯冲着弗罗利的耳朵吼道，"他们看见你的时候会躲开的。"

"命令警察立刻开火！"麦克格雷格先生在另一边吼道，"我授权你这么做。"

"叫他们瞄准了人开火！不要朝他们头顶上开枪，打死他们，朝死里打！"

弗罗利从凉台上冲下去，坚硬的泥土划伤了他的双脚，六步就冲到了河堤。正如埃里斯所说的，看到他冲下来时缅甸人退缩了一会儿。他们朝他扔了几块石头，但没有人去追他——显然，他们以为他只是试图逃跑，在皎洁的月色下他们看到他并不是埃里斯。接着他穿过灌木丛，跳进了河里。

他深深地沉进水里，汹涌的河流将他吞没，河泥淹没了他的膝盖，过了好几秒钟他才挣脱出来。等他浮到河水的表面时，一团微热的啤酒花似的泡沫在他的唇边磨蹭着，有什么海绵状的东西漂进他的喉咙里，让他呛着了。那是一团水葫芦。他好不容易将其吐出来，发现湍急的河流已经将他卷出了二十码开外。那些缅甸人漫无目的地沿着河堤上下奔走着，叫嚷着。弗罗利的眼睛与河水处于同一高度，看不到包围俱乐部的那群暴民，但他可以听见他们凶狠低沉的吼叫，在河里听起来甚至比在岸上更大声。等到他漂到武警驻地时，岸边似乎空无一人。他从河里挣扎了出来，踉跄着走过泥滩，左边的袜子被吸进了泥里。河堤下方不远处有两个老人正坐在一道篱笆旁边削尖篱笆的杆子，似乎方圆一百英里之内根本没有暴动发生。

弗罗利爬到岸上，爬过篱笆，脚步沉重地跑过月白色的练兵场，湿漉漉的裤子松松垮垮的。在一片吵闹声中，他发现驻地空荡荡的。右边的马槽里，威洛那几匹马正惊慌失措地踱着步子。弗罗利跑到路上，看到发生了什么事情。

整支警察部队，民警和武警，总共有一百五十人，拿着警棍从后面包抄那群民众。他们被完全吞没了。那群缅甸人实在是太密了，就像一大群蜜蜂不停地动来动去。到处都可以看到警察无助地想插入人群中，愤怒地挣扎着，但根本没办法通过，甚至拥挤得没办法使用警棍。人群纠结在一起，就像戴着帕里头巾、被海蛇缠身的拉奥孔①。有三四种语言在大吼大叫地谩骂着，灰尘扬天，汗臭味和万寿菊的香味几乎让人窒息——但似乎没有人受了重伤。那些缅甸人没有使用长刀，或许因为担心会招致警察开枪。弗罗利挤进人群，立刻就像其他人一样被吞没了。无数具身躯像海洋一样合拢吞没了他，将他推来搡去，撞击着他的肋骨，牲畜一样的热力几乎令他窒息。他就像做梦一样挣扎着往前走，觉得眼前的情景是那么荒谬而不真实。从一开始这场暴动就显得很滑稽，而最滑稽的是，这些缅甸人原本可以杀了他，现在他就在他们中间，他们反而不知所措。有的人冲着他的脸骂骂咧咧，有人推搡他，有人踩他的脚，有人甚至为他让路，因为他是一个白人。他不知道自己是在为了保命而殊死一搏，还是仅仅在挤过人群。他被堵了很久，完全无能为力，两只胳膊被夹在身边，然后他发现自己在和一个比他强壮得多的矮矮胖胖的缅甸人角力，然后十几个缅

---

① 拉奥孔（Laocoon），《荷马史诗》中特洛伊城的祭司长老，曾告诫特洛伊人警惕"希腊人的礼物"，雅典娜女神派遣海蛇将他与两个儿子缠死。

甸人朝他涌来，将他挤进人群的最中央。突然间，他觉得右脚的大拇指一阵剧痛——有人穿着靴子踩到了它。那是一名印度武警，一个拉吉普特人，胖嘟嘟的，蓄着八字胡，头巾掉了。他正抓着一个缅甸人的喉咙，准备揍他的脸，光秃秃的脑门上汗水正滴落下来。弗罗利揪住那个印度武警的脖子，将他从那个缅甸人身边拉开，冲着他的耳朵吼叫着。他忘了怎么说乌尔都语，用缅甸语吼道："为什么你们不开枪？"

他等了好久都没听到那个人的回答。然后他听到了："胡库那啊亚！！"——"我没有接到命令！"

"笨蛋！"

这时另一群人朝他们涌来，他们被困住了，动弹不得。弗罗利意识到那个印度武警的口袋里有一个哨子，试着把它掏出来。最后，他把哨子拿了出来，吹响了尖利的哨声，但除非他们能到达一块开阔地，否则根本没有希望集结起队伍。要穿过这群人是极其困难的一件事情——就像在一片黏糊糊的、没颈深的海水中涉水前进。有好几次，弗罗利的四肢完全绵软无力，呆呆地站在那儿，任由人群包围着他，甚至逼着他往后退。最后，由于人群自发散去，而不是出于自己的挣扎，他发现自己闯到了一块开阔地。那个印度武警也出现了，还有十到十五个印度土兵和一个缅甸副督察。大部分印度土兵都累得双手叉腰，差点没累倒过去，拖着步子，他们的脚都被踩过了。

"起来！起来！拼命跑回警察局去！拿步枪和子弹过来。"

他激动得甚至说不出缅甸语，但那些土兵都明白他的话，迈着沉重的步子朝警察局走去。弗罗利跟在他们身后，在人群再度朝他涌来之前躲开他们。走到大门口的时候那些印度土兵正端着步枪折返回来，已经准备好开火了。

"请老爷下达命令！"那个印度武警喘着粗气。

"你过来！"弗罗利朝那个副督察喊道，"你会说乌尔都语吗？"

"会，长官。"

"告诉他们朝天开枪，高过人们的头顶。最重要的是要一起开枪。要让他们明白。"

那个胖乎乎的副督察乌尔都语甚至说得没有弗罗利好，他上蹿下跳比手划脚地解释了命令。印度土兵们举起步枪，山坡上响起了一阵怒吼和飘荡的回音。有那么一会儿，弗罗利以为他的命令被漠视了，因为最靠近他们的那群缅甸人像干草捆一样倒了下去。其实他们只是吓得倒在地上而已。印度土兵们第二次开火，但这已经不需要了。那群缅甸人立刻从俱乐部里涌出来，就像一条河流改道一样。他们从路那边汹涌而来，看到荷枪实弹的土兵挡住了他们的去路，试着逃回去，但前面的人和后面的人撞到了一起。最后，整群人朝外面散去，开始缓缓地走到练兵场上。弗罗利和印度土兵们缓缓地朝俱乐部走去，紧跟着那群散去的人。原先被包围的警察三三两两地回来了。他们的头巾都掉了，绑腿拖在身后，但只是被打得鼻青脸肿，伤势并不严重。民警们拖着几个囚犯。当他们来到俱乐部大院时那些缅甸人还在蜂拥而出，一群无穷无尽的年轻人像羚羊一样轻巧地越过树篱上的一个缺口。弗罗利看到天色已经很暗了。一个穿着白袍的小个子从最后一群人中走了出来，踉跄着跌倒在弗罗利的怀里。他是维拉斯瓦密医生，他的领带被扯掉了，但他的眼镜奇迹般的还没有碎。

"医生！"

"哎，我的朋友！哎，我快累死了！"

"你在这儿做什么？你刚才就在人群里面吗？"

"我试图制止他们，我的朋友。要不是有您，一切都没指望了。但我想，至少有一个人被这只拳头打上了标记！"

他伸出小小的拳头给弗罗利看上面受伤的关节。但现在天色太暗了。这时弗罗利听到身后一个人瓮声瓮气地说道："嗯，弗罗利先生，一切都结束了！只是火药匣里的流光①罢了。您我二人就足以吓退他们了——哈哈哈！"

那个人是吴柏金，雄赳赳气昂昂地朝他们走来，手里拿着一根大棒，腰带上别着左轮手枪。他故意穿得衣衫不整——只着单衣和挿族长裤——让人以为他是匆忙从屋子里跑出来的。他一直躲着直到危险过去，现在又连忙跑出来邀功。

"干得真是漂亮，长官！"他热情洋溢地说道，"看看他们，狼狈地逃到山上去了！我们把他们打得溃不成军。"

"我们！"医生愤慨地喘着粗气。

"啊，我亲爱的医生！我没有想到你在这儿。难道暴动你也有份？你——冒着失去最宝贵的生命的危险！谁会相信这种事情？"

"你倒是很会挑时候现身。"弗罗利愤慨地说道。

"好了，好了，阁下，我们把他们赶跑了，这就够了。"他注意到了弗罗利的语气，带着满意的语气补充道，"你看，他们正朝欧洲先生们的府邸去了。我想他们可能路上想乘火

---

① 火药匣里的流光（a flash in the pan）是英语中的典故，指旧式的火枪点燃火药后火光一闪而现但子弹却没有打出去，中文根据情况可译为"昙花一现"、"虎头蛇尾"或"雷声大雨点小"，这里译者仍保留字面上的原意，以符合故事的情境。

打劫。"

你不得不佩服这个人的厚颜无耻。他把那根大棒夹在胳膊下面，几乎以主人家的姿态走在弗罗利身边，而医生被落在后面，觉得困窘不安。到了俱乐部的大门，三个人都停了下来。现在天色一片漆黑，月亮消失了。头顶上隐约有几朵乌云像一群牲畜向东边飘去。山丘上吹来一股几乎是凉飕飕的风，夹带着一股沙尘和淡淡的水蒸气而来，空气突然间弥漫着一股潮气。风速变快了，树木簌簌作响，然后重重地相互击打。网球场旁边的那棵赤素馨花大树洒落一地隐约可见的花瓣。三个人转身匆匆找地方躲起来，这两个东方人回自己的家，弗罗利回俱乐部。雨开始下了。

第二十三章

第二天，小镇比一座星期一早上的天主教城市还要平静。暴动之后总是这样。除了几个囚犯之外，每一个可能与围攻俱乐部有牵连的人都有严密的不在场证言。俱乐部的花园似乎被一群野水牛践踏过，但房屋都幸未遭到洗劫，欧洲人没有新的伤亡，只是事情过去之后他们发现拉克斯汀先生烂醉如泥地躺在台球桌下——他拿着一瓶威士忌躲到了那里。威斯特菲尔德和威洛大清早的时候回来了，逮捕了杀害麦克斯韦的凶手，或者说，带回了两个很快就会被绞死以报复麦克斯韦之死的人。当威斯特菲尔德听说了暴动的事情时，情绪很沮丧，但无可奈何。又发生了——一场真正的暴乱，而他竟然不在现场进行镇压！他似乎命中注定不能杀人。郁闷，真是郁闷。威洛只说了一句话，说弗罗利（身为平民）向武警下达命令，实在是"胆大包天"。

与此同时，雨几乎一直下个不停。弗罗利一觉醒来，听到雨滴重重地砸在屋顶上，起身穿好衣服，立刻出门了，弗洛跟在身后。在房子的视线之外他脱掉衣服，任凭雨水冲刷他赤裸的身体。他惊讶地发现身上到处是昨晚留下的瘀伤，但三分钟内雨水就将他的痱子冲刷得干干净净。雨水的治愈功效真是太美妙了。弗罗利走到维拉斯瓦密医生的家里，鞋子嘎吱嘎吱作响，头顶的阔边毡帽时不时就滴着水顺着他的脖子流下来。天空是铅灰色的，无数的雨云就像一队队骑兵，彼此追逐着穿过练兵场的上空。缅甸人戴着巨大的木帽经过他的身边，但身上仍然溅满了雨水，就像喷泉中的青铜神像。纵横交错的溪流已经将路上的石头冲刷干净。弗罗利到达的时候医生刚好回到家，站在凉台的栏杆上挥舞着一把湿漉漉的雨伞，兴奋地朝弗罗利嚷道：

"上来，弗罗利先生，快点上来！您来得正系时候。我正要开一瓶老汤米牌杜松子酒。上来，让我为您的健康干一杯，您系乔卡塔的拯救者！"

两人聊了很久。医生心情好极了，好像是昨晚发生的事情奇迹般地解决了他的麻烦。吴柏金的计划被挫败了。医生不再受他摆布——事实上，形势发生了逆转。医生对弗罗利解释道：

"您知道吗，我的朋友，这起暴动——或您在暴动中的高贵品行——可不在吴柏金的计划之内。他策划了那次所谓的造反，抢得了镇压造反的功劳，他以为任何暴动都只会带给他荣誉。有人告诉我，当他听到麦克斯韦先生的死讯时喜不自胜——"医生将拇指和食指夹在一起，"——我该怎么说好呢？"

"无耻之尤？"

"啊，是的，无耻之尤。据说他还想跳舞——您能想象那恶心的一幕吗？还高声说道：'现在至少他们会把我策划的造反当回事了！'这就系他对人命的看法。但现在他的胜利到头了。暴动进行到一半的时候就被终结了。"

"怎么说？"

"难道您还不明白，因为平息动乱的功臣不系他，而系您哪！而大家都知道我系您的朋友。也就系说，我沾了您的光。

难道您不系当时力挽狂澜的英雄吗？昨晚上当您回到俱乐部的时候，您的欧洲人朋友难道没有张开双臂欢迎您吗？"

"我得承认，他们确实欢迎我。对我来说这倒是新鲜事。拉克斯汀太太对我大为倾倒，叫我'亲爱的弗罗利先生'，现在她肯跟我打招呼了，倒是把矛头对准了埃里斯。她没有忘记埃里斯骂她是该死的老虔婆，还叫她不要像杀猪般尖叫。"

"啊，埃里斯先生有时候说话系过分了一点。我注意到了。"

"美中不足的是，我命令那些警察朝人群的头顶开枪，而不是直接朝他们开枪。这似乎违反了政府的规定。埃里斯对此有点恼火。'你明明有机会，为什么不打死几个那些狗娘养的。'他说道。我指出，那样一来，人群中的警察可能会被打到，但他说他们只不过是些黑鬼。但是，他们原谅了我的罪孽。麦克格雷格引用了一段拉丁文——我想是出自贺瑞斯①的手笔。"

半个小时后，弗罗利走在去俱乐部的路上。他答应要去见麦克格雷格先生，解决选举医生进俱乐部这件事。现在这件事应该不难办了。在这次荒唐的暴动被遗忘之前，其他人都会听他的话。就算他到俱乐部发表称颂列宁的演说，他们也愿意忍受。美妙的雨倾盆而下，让他从头到脚都湿透了，让他的鼻孔里沁满在旱季被遗忘的泥土的芳香。他走在被毁坏的花园上，那个马里人弓着身子，雨水冲刷着他赤裸的脊背，将种百日菊的坑填平。几乎所有的花都被践踏殆尽。伊丽莎白在侧面的凉

---

① 昆图斯·贺瑞斯·弗拉库斯（Quintus Horatius Flaccus，公元前 65—前27），古罗马奥古斯都时期抒情诗人。代表作有《颂歌》、《讽刺作品》等。

台上，好像是在等候他。他脱下帽子，将上面的水从边缘倒下来，然后走过去见她。

"早上好！"他打招呼，因为雨水打在低矮的屋顶的声音很吵，于是抬高了嗓门。

"早上好！雨下得真大，不是吗？简直就是倾盆而下！"

"噢，这不是真正的雨季。你要等到七月份。整个孟加拉湾的水似乎就往我们头上倒，延绵不绝。"

似乎两人每次见面都离不开谈论天气。不过，说着这些陈词滥调的时候她的神情看上去很不一样。自从昨晚之后，她的态度完全改变了。他鼓起勇气。

"那块石头打中你的地方怎么样了？"

她对着他伸出胳膊，让他握住它。她的态度很温和，甚至很顺从。他意识到昨晚自己的拼搏让他几乎成了她心目中的英雄。她不知道其实那没有什么危险，而且她原谅了他的一切，甚至包括玛赫拉梅这件事，因为他在正确的时刻展现出了勇气。就像是那次赶走大水牛和捕猎豹子一样。他的心在胸膛里扑通扑通直跳。他的手顺着她的胳膊往下滑，抓住她的手指。

"伊丽莎白——"

"别人会看到我们的！"她说道，抽回了她的手，但并没有生气。

"伊丽莎白，我有话要对你说。你记得吗，我在丛林里给你写过一封信，几个星期前的事了，经过我们——？"

"记得。"

"你记得我在里面所说的话吗？"

"记得。很抱歉我没有回信。只是——"

"那时候我没有奢望你会回信。但我只是想让你记起我说过的话。"

当然，在信里他只是胆怯地说他爱她——会一直爱她，无论发生什么事情。他们面对面地站着，距离非常接近。冲动之下——他立刻采取了行动，后来他不敢相信这件事真的发生过——他将她搂在怀里，拉到身边。她乖乖地服从了，由得他抬起她的脸亲吻着她，然后她突然摇着头退缩了。或许是她害怕别人会看到他们，或许只是因为他的胡须被雨淋湿了。她什么也没说，挣脱他的怀抱，匆忙回到俱乐部里面。她看上去有点忧伤或内疚，但似乎没有生气。

他缓步跟着她走进俱乐部里，刚好碰到了心情非常愉快的麦克格雷格先生。他一见到弗罗利就亲切地大声问候道："啊哈！征讨大英雄来了！"然后，他以更加严肃的态度继续恭维他。弗罗利趁机为医生美言了几句。他绘声绘色地描述着医生在暴动中的英勇表现。"他就在人群里，像一头猛虎那样勇猛地搏斗。"等等等等。这并没有过于夸张——因为医生确实冒着生命危险。麦克格雷格先生很是感动，而其他人听到这个故事也颇为感动。任何时候都一样，一位欧洲人的美言对一个东方人的影响比一千个他的同胞所说的话更管用。在这个时候，弗罗利的意见很有分量。基本上，医生的名誉恢复了。他将被选举为俱乐部的会员一事也基本上确定了。

但这件事还没有最终获得同意，因为弗罗利要赶回营地。当晚他就出发赶夜路，出发前他没能再见伊丽莎白一面。现在走在丛林里很安全，因为这一次徒劳无功的暴动显然已经结束了。雨季开始之后，很少有人谈论暴动这个话题——缅甸人都忙着耕田，这些水田需要大量的男性劳动力去耕种。弗罗利会在十天后返回乔卡塔，牧师每六个星期来一次，他得参加礼拜。而实情是，当伊丽莎白和威洛都在乔卡塔的时候他不想留在那里。但是，奇怪的是，所有的痛苦——所有之前一直折磨着他的卑鄙下流的嫉妒——在他知道她已经原谅了他的时候，统统一扫而空。现在只有威洛横亘在两人之间。即使想到她被威洛搂在怀里，他也几乎无动于衷，因为他知道事情总会结束的。可以很肯定的是，威洛绝对不会娶伊丽莎白。像威洛这种年轻人可不会娶在印度小官署驻地邂逅的没钱的姑娘。他只是在和伊丽莎白逢场作戏罢了。很快他就会离开她，而她会回到自己身边——弗罗利的身边。这已经够了——这比他原先设想的要好得多了。真爱是如此谦卑，在某种程度上说，谦卑得实在是可怕。

吴柏金快气疯了。这场失败的暴动令他猝不及防，而后来发生的事情也让他毫无准备，就好像有几把沙子被扔进了他精心设计的机器中。诬蔑中伤医生的勾当不得不重新开始。当然，这件事已经开始了，何拉沛得写一堆匿名信，不得不向办公室请了整整两天假——这一次的借口是支气管炎。医生被扣上一切罪名，从鸡奸到盗窃公家邮票。放走纳苏欧的那个狱卒现在被送上法庭接受审判，结果得意洋洋地无罪释放。吴柏金花了两百卢比贿赂那些证人。雪花般的信件堆在麦克格雷格先生的桌头，详细地指证维拉斯瓦密医生才是越狱的真正主谋，让一个无权无势的小吏当他的替罪羊。但是，结果令人很失望。麦克格雷格先生写给行政长官的汇报暴动的密件被用蒸汽熏开，里面的措词令吴柏金很震惊——麦克格雷格先生说医生在暴动的当晚"表现忠心可靠"——吴柏金召开了所谓的军事会议。

"现在是时候下一着狠棋了。"他对其他人说道——早饭前他们在凉台前边秘密开会，在场的有玛津、巴森和何拉沛——他年方十八，是个长相很机灵的小伙子，看上去是一个前途无量的年轻人。

"我们要砸烂一堵砖墙。"吴柏金继续说道，"而这堵砖墙就是弗罗利。谁能预料得到这个可耻的懦夫会为了朋友而坚守立场？但是，事情变成这样了。只要维拉斯瓦密有他撑腰，我们就拿他没办法。"

"我找俱乐部的领班谈过话，长官，"巴森说道，"他告诉我埃里斯先生和威斯特菲尔德先生仍然不希望医生当选为俱乐部会员。您认为等暴动这件事被遗忘后，他们会再和弗罗利吵一架吗？"

"他们当然会吵的，他们总是在吵架。但与此同时，大错已经铸成。想象一下，那个人当选为会员！我想要真是这样的话我会气死的。不幸的是，我们得走出最后一步棋。我们必须对付弗罗利！"

"对付弗罗利，长官！但他是个白人！"

"我才不管呢。以前我也毁掉过白人。一旦弗罗利名誉扫地，医生也就完蛋了。我要让他颜面尽失，不敢再踏足俱乐部半步！"

"但是，长官！他是个白人！我们能指责他什么呢？谁会相信对一个白人的指控呢？"

"你不懂谋略，哥巴森。没有人会指控一个白人，你得将他逮个正着。在大庭广众之下当场丢脸。我自有妙计。现在安静下来，让我好好想想。"

会议暂时中断了。吴柏金背着他那双小手，站在那儿凝视着雨幕，重心自然而然地落在臀部上。另外三个人从凉台的另一头看着他，被这番要对付一个白人的话吓住了，等候着聆听他们根本想不出来的应付这种情况的妙计。这一幕就像那幅熟悉的画作，（是梅索尼埃①的作品吗？）描绘拿破仑在指挥攻克莫斯科的战役，正在地图前沉思，而他麾下的元帅们默不作声地等候着，手里端着三角帽。当然，吴柏金应付这种情况要比拿破仑更加得心应手。两分钟内他就想好了计策。当他转过身时，脸上洋溢着欢乐。医生曾形容吴柏金想要跳舞庆祝，但他说错了。吴柏金的体格可不适合跳舞，要不是这样，在这个时候他早就跳起舞来了。他把巴森叫了过去，在他的耳边低语了几句。

"这步棋不错吧？"他总结道。

巴森的脸上不由自主地露出难以置信的大大的笑容。

"五十卢比应该就够了。"吴柏金微笑着补充道。

这个计划详尽地讲出来之后，其他人都听明白了，大家都喜不自禁地开怀大笑起来，甚至包括不苟言笑的巴森和打心眼里不赞成这件事的玛津。这个计划确实妙不可言，真是太有才了。

雨一直下个不停。弗罗利回到营地的第二天起雨一连下了三十八个小时，有时候像是英国的绵绵细雨，有时候就像瀑布一样倾泻而下，你会以为整个海洋的水都被吸到云朵里面去了。过了几个小时，屋顶叮叮咚咚的声音让人几乎要疯掉。在下雨的间歇，日头还是像以往那么毒，泥地开始干裂，冒出腾腾的蒸汽，每个人的身子都长出了一摊摊的痱子。雨季一开始

---

① 让-路易斯·厄尼斯特·梅索尼埃（Jean-Louis Ernest Meissonier，1815—1891），法国古典画家、雕刻家，以描绘拿破仑的戎马生涯而著称。

成群会飞的甲虫就破茧而出，有一种叫做臭臭虫的极其讨厌的虫子到处肆虐，数目极其惊人地侵袭家家户户，赖在餐桌上，搞得食物根本没法吃。威洛和伊丽莎白在傍晚雨不是很大的时候仍结伴去骑马。对于威洛来说，任何天气都一样，但他不喜欢看到自己的马沾得满身是泥。几乎一星期过去了。两人之间什么也没有改变——比起以前关系还是那样。虽然她坚信威洛会提出求婚，但他至今还没有开口。然后，一桩叫人担心的事情发生了。麦克格雷格先生在俱乐部透露消息说威洛准备离开乔卡塔，那帮武警仍将驻扎在这里，会有另一位军官过来接替威洛的位置，但没有人知道确切的时间。伊丽莎白的心悬在半空中。如果他真的要走，那他应该很快就会开口吧？她没有问他——甚至不敢问他是不是真的要走。她只能等着他开口。他什么也没说。然后，一天晚上，没有提前说一声，他没有在俱乐部出现。整整两天伊丽莎白没有见到他。

太可怕了，但根本无可奈何。几个星期来威洛和伊丽莎白形影不离，但从某种意义上说他们几乎是陌生人。他一直跟他们保持着距离——甚至没有到过拉克斯汀家里做客。他们和他不是很熟，没法到驿站去找他或给他写信，早上他也没有出现在练兵场上。他们不知所措，只能等待他自己出现。当他出现时，他会向她求婚吗？当然会的，他一定会的！伊丽莎白和她的婶婶坚信他会向她求婚（但两人从未公开说起过这件事）。伊丽莎白盼望着两人的下一次见面，盼得心都疼了。上帝啊，求求您，至少再让他呆上一个星期吧！如果她能再和他骑上四次马，三次也行——就算只有两次也行，或许一切就会好起来的。上帝啊，求求您，让他赶快回到她的身边吧！她不敢想象当他回来的时候只是和她道别！这两个女人每天傍晚会去俱乐部，在那儿一直坐到很晚，倾听着威洛的脚步声，又装出若无其事的样子。但他就是没有来。对情况了如指掌的埃里斯怀着恨意看着伊丽莎白当消遣。而最让人无法忍受的是，现在拉克斯汀先生不停地纠缠着伊丽莎白。他根本不理会后果，在仆人的眼前他也会拦住她，抓着她，以最恶心的方式捏一把掐一把。她唯一的手段就是威胁说要告诉婶婶。幸运的是，他太笨了，不知道她根本不敢这么做。

到了第三天的早上，伊丽莎白和她的婶婶来到俱乐部，正好躲过一场暴雨。刚在休息室坐了几分钟，他们就听到走廊里有人将鞋上的水跺掉的声音。两个女人心头一震，因为那个人可能就是威洛。接着，一个年轻人走进休息室，进来的时候正在解开一件长雨衣。他是个矮矮胖胖的乐天派的年轻人，看上去大约二十五岁，两边面颊肉嘟嘟的，长着牛油色的头发，额头很窄，后来大家发现他的笑声特别洪亮，吵得要命。

拉克斯汀太太不知嘟囔着什么——失望之下嘴里唠唠叨叨的。然而，那个年轻人立刻客气地向她们打招呼，他是那种跟任何人一见面就能混个自来熟的人。

"你好！你好！"他说道，"精灵王子驾临！希望我不会打扰到你们吧？我不是闯进家庭聚会或什么聚会了吧？"

"才不是呢！"拉克斯汀太太惊讶地回答。

"我是说——我觉得我得到俱乐部转转看看，习惯一下本地牌子的威士忌。我昨晚刚到。"

"您是被派驻到这儿来的吗？"拉克斯汀太太问道，觉得很奇怪——因为她们没有想到会有新的人员被派来。

"是的。真是我的荣幸。"

"但是我们还没有听说——噢，就是这样！我想您是林业部派来的吧？顶替麦克斯韦先生的位置吗？"

"什么？林业部？才不是呢！我是新的武警领队，你知道的。"

"什么？"

"新的武警领队。过来顶替亲爱的威洛。那个家伙接到命令回部队里去了。走得很匆忙，还把你们这儿搞得一团糟。"

这位武警领队是个大大咧咧的年轻人，但就连他也注意到伊丽莎白的脸色突然间变得很难看。她发现自己说不出话来。过了好几秒钟拉克斯汀太太才尖叫道："威洛先生 —— 要走了？那他应该还没走吧？"

"要走了？他已经走了！"

"走了？"

"嗯，我想说的是 —— 火车半个小时后就会出发。他现在应该在火车站。我派遣了一支杂役队去帮他料理。得把他的马运上火车什么的。"

或许他还解释了什么，但伊丽莎白和婶婶一个字都没听进去。她们甚至没有向那位军警道别，十五秒钟后就走到前门的台阶上。拉克斯汀太太尖声叫来领班。

"领班！立刻把我那辆黄包车给叫到前门来！去火车站，车夫！"那个黄包车夫一来她就下达了命令，然后她在黄包车上坐好，用雨伞柄捅了捅他的背叫他出发。

伊丽莎白已经穿上了雨衣，拉克斯汀太太蜷缩在黄包车上她那把雨伞后面，但这两样东西都挡不了瓢泼般的大雨。还没走到大门口伊丽莎白的连衣裙就已经湿透了，黄包车几乎被风吹翻了，那个黄包车夫低着头，哼哼唧唧地奋力顶风前行。伊丽莎白心里十分苦恼。这是一场误会，一定是一场误会。他给她写了一封信，这封信寄丢了。就是这样，一定就是这样！他不可能就这么抛下她不管，连道别也没有就走掉！如果真是这样的话——不，就算到了这个时候她也不能放弃希望！当他在月台上最后一次看到她时，他绝不会那么绝情地抛弃她的！快到火车站的时候她躲在黄包车后面，各掐了自己两边面颊一把，希望恢复一丝血色。一队印度武警士兵匆忙走过，推着一辆手推车，单薄的制服湿成了几片碎布。这些人应该就是威洛的杂役队。感谢上帝，还有十五分钟。火车还有十五分钟才出发。感谢上帝，至少还有见他最后一面的机会！

她们来到月台上，刚好看到火车驶出月台，伴随着几声震耳欲聋的汽笛，开始逐渐加速。那个站长是个矮矮的黑胖子，正站在黄线上哀伤地目送着火车，一只手把防水料子的遮阳帽摁在头上，另一只手拦着两个聒噪的印度人，他们正缠着他不放，试图引起他的注意。拉克斯汀太太从黄包车上探出身子，激动地透过雨幕叫嚷着：

"站长！"

"夫人！"

"那趟火车去哪儿的？"

"那是去曼德勒的火车，夫人。"

"去曼德勒的火车！不可能的！"

"我向您保证，夫人！那的确就是去曼德勒的火车。"他朝她们走来，摘下遮阳帽。

"但威洛先生——那位警官呢？他应该不在上面吧？"

"在啊，太太，他已经出发了。"他朝火车扬了扬手，火车正急速消失在烟雨中。

"但火车还没有到时间啊！"

"没有，夫人。还有十分钟才到时间。"

"那它怎么走了呢？"

站长带着歉意左右挥舞着帽子，黑乎乎脏兮兮的脸看上去很忧伤。

"我知道，夫人，我知道！史无前例的事情！是那位年轻的武警长官命令我开动火车的！他说一切都准备好了，他不希望干等。我说这不合规矩。他说他才不理会什么规矩。我一再劝告他，但他一意孤行。总而言之——"

他比划着另一个手势，意思是威洛是那种一意孤行的人，连火车提前十分钟出发这种事情也做得出。他停了一停。那两个印度人以为自己的机会来了，突然间冲上前，一边哀号着一边把几本脏兮兮的笔记本递给拉克斯汀太太过目。

"他们想干什么？"拉克斯汀太太心烦意乱地叫嚷着。

"他们是草料贩子，夫人。他们说威洛中尉欠了他们一大笔钱就这么走了。一个是卖干草的，另一个是卖玉米的。不关我的事情。"

那辆远去的火车响了汽笛。它绕过路弯，就像一只屁股是黑色的毛毛虫一边走着一边回头看，然后消失了。站长湿漉漉的白色裤子可怜巴巴地在他的双腿间飘荡着。威洛提早启动火车是为了躲避伊丽莎白呢，还是躲避这两个草料贩子呢？这真是一个有趣的问题，但永远不会有答案。

两人回到路上，然后顶着大风走上山坡，风大得有时候两人被吹得往后退了好几步。走到凉台上的时候，她们已经快断气了。仆人们接过她们湿漉漉的雨衣，伊丽莎白甩掉头发上的雨水。自从离开火车站之后，拉克斯汀太太第一次开口说话。

"这下好了！在那些最粗野无礼的——极度让人讨厌

的……"

伊丽莎白脸色很苍白难看，虽然她的脸遭受雨打风吹，但她没有透露内心的感受。

"我还以为他会等着和我们道别的。"她冷冰冰地说道。

"信我说的话，亲爱的，你不要再理睬他了！……从一开始我就说过了，他是个最最可恶的年轻人！"

过了一会儿，她们洗完澡换上干净的衣服，坐下来吃早饭的时候感觉好多了，拉克斯汀太太说道："让我想想，今天星期几来着？"

"星期六，婶婶。"

"啊，星期六。那位牧师今晚就到。明天有多少人会去出席礼拜呢？嗯，我想所有的人都会出席！多好啊！弗罗利先生也会在场。我想他说过他明天会从丛林里回来的。"她几乎是以怜爱的口吻说道，"亲爱的弗罗利先生！"

第二十四章

晚上快六点钟的时候，教堂六尺高的锡尖塔里，老玛图拽动着钟绳，那口滑稽的钟敲响了当当当当的钟声！落日的余晖被远处的雨云折射，为练兵场染上一层火红绚丽的光芒。今天早些时候下过雨，待会儿还会再下。乔卡塔的基督教信徒总共有十五人，都聚集在教堂的门口等待进行晚礼拜。

弗罗利已经到了。麦克格雷格先生戴着遮阳帽，一身灰色装扮。弗朗西斯先生和萨缪尔先生穿着刚洗过的军服，快活地四处走动——因为每六个星期举行一次的礼拜是他们生命中的重大社交活动。牧师个子很高，头发花白，长相苍白斯文，戴着夹鼻眼镜，站在教堂的台阶上，穿着教袍和法衣，这身行头他寄存在麦克格雷格先生的家里。四个脸膛赤红的克伦邦基督徒正朝牧师鞠躬示意，而牧师则和蔼而无助地微笑，因为双方语言根本不通。还有另一个东方人基督教信徒——一个哀伤、黝黑的印度人，不知道是哪一个种族的，卑微地站在一边。有礼拜的时候他总是会到教堂来，但没有人知道他是谁，或为什么他会是一个基督徒。显然，他是从小就被传教士收养并接受了洗礼，因为成人时才皈依基督教的印度人几乎无一能坚持到底。

弗罗利可以看到伊丽莎白穿着淡紫色的连衣裙从山上下来，还有她的婶婶和叔叔。今天早上他在俱乐部和她见过面——在别人进来之前两人独处过一分钟。他只来得及问她一个问题：

"威洛走了吗——不回来了吗？"

"是的。"

没有必要再多说什么了。他只是搂住她，将她揽入怀里。她欣然接受，甚至有点高兴——他那张丑陋的脸就清晰地暴露在光天化日之下。有那么一会儿，她就像一个小孩子那样紧紧地搂住他，就好像当他是她的救主或保护神一样。他抬起她的脸亲吻她，惊讶地发现她在哭泣。当时没有时间说话，甚至没有时间说："嫁给我好吗？"没关系，礼拜结束之后时间多得是。或许六个星期后牧师下次来的时候就会为他们主持婚礼。

埃里斯、威斯特菲尔德和那个新警官刚从俱乐部走过来，他们三个抓紧时间喝了几杯，酒力足以撑到礼拜结束。被派来顶替麦克斯韦的护林官跟在他们身后，是个脸色蜡黄的高个子，除了耳朵前面有两团鬓角一样的头发外，头顶全秃了。伊丽莎白来的时候弗罗利只来得及对她说一声"晚上好"。玛图看到大家都到齐了，停止了敲钟。牧师领着众人走进教堂里，麦克格雷格先生跟在后面，帽子搁在腹部的位置，后面是拉克斯汀一家和那几个本地基督徒。埃里斯捏着弗罗利的胳膊，喷着酒气在他耳边说道：

"来吧，列队。哭鼻子演习开始了。齐步走！"

他和那个警官走在人群的后面，手挽着手跳着舞步——晃动着肥胖的身躯模仿草裙舞。弗罗利和这两人坐在同一张长凳上，在伊丽莎白对面，她的右手边。这是他第一回冒着风险将胎记对着她。"闭上你的眼睛，数到二十五。"坐下来之后埃里斯低声说道，引得那个警察偷偷窃笑。拉克斯汀太太已经在脚踏式风琴那里就座，这架风琴还没有一张写字桌大。玛图站在门口，开始拉葵蒲扇——这把葵蒲扇的位置只能给前面欧洲人坐的那几排长凳扇风。弗洛嗅着过道走了过来，找到了弗罗利的长凳，躺在底下。礼拜开始了。

弗罗利只是偶尔会来参加礼拜。他只知道起立、跪下和在冗长的祈祷中嘟囔着"阿门"，埃里斯老是推搡他，凑到他那本赞美诗集后面低声说着亵渎神明的话。但他太高兴了，不去想这些事情。地狱释放了欧律狄斯[1]。黄色的光线从敞开的大门照射进来，为麦克格雷格先生宽厚的背上那件丝绸大衣染上一层金芒，仿佛是一件金缕衣。伊丽莎白就在窄窄的过道对面，与弗罗利如此接近，他可以听到她的裙子每一声沙沙作响，似乎可以感觉到她身体的温暖。但他连一次也没去看她，担心其他人会发现。脚踏式风琴发出战栗的尖叫，因为拉克斯汀太太用唯一能动的脚踏板踩了太多的空气进去了。歌唱声荒腔走板——麦克格雷格先生热情地放声歌唱，其他欧洲人有点害羞地嘟囔着，后面则是高亢却没有歌词的嗯嗯哦哦，因为那几个克伦邦基督徒会唱赞美诗的旋律，却不会歌词。

他们又跪了下来。"该死的下跪训练又来了。"埃里斯低声说道。天暗了下来，雨点轻轻地打在屋顶上，外面的树木簌簌作响，一蓬黄叶打着旋飞过窗户。弗罗利从指缝间看着这些树叶。二十年前，在冬季的星期天，在家乡的教堂长凳上，就像这个时候一样，他总是看到黄叶在铅灰色的天空映衬下飞舞飘动。难道现在就没有可能重新开始了吗？就当那些劣迹斑斑

---

[1] 欧律狄斯（Eurydice），古希腊神话中诗人奥菲斯的妻子。奥菲斯在欧律狄斯死后到地狱向冥王哈迪斯求情，以其美妙的音乐感动了哈迪斯。哈迪斯答应奥菲斯将妻子带回人间的请求，但一路不得回头。奥菲斯在接近地狱尽头时看到光亮，以为已到人间，回头时欧律狄斯变成了石像，永远留在了地狱。

的年头从来没有发生在他身上一样。他透过指缝打量着侧面的伊丽莎白，她正低头跪着，脸藏在她那两只长着雀斑的年轻的手里。等他们结婚了，等他们结婚了！他们将在这片陌生却亲切的土地上快快乐乐地生活！他看到伊丽莎白在他的营地里，当他下班回来浑身疲惫时迎接他，哥斯拉拿着一瓶啤酒匆匆从帐篷里出来，他看到她与他并肩走在森林里，观赏着菩提树上的犀鸟，采摘无名的野花，在泥泞的牧地上漫步穿过凉飕飕的薄雾去打鹬鸟和水鸭。他看到她重新布置过的家。他看到自己的客厅不再是个邋遢的单身汉的住所，而是摆着从仰光买来的新家具，桌子上摆着一碗就像玫瑰花瓣的粉红色的凤仙花，还有书籍、水彩画和一架黑色的钢琴。最重要的是那架钢琴！他的思绪在那架钢琴上流连——那是文明安逸的生活的象征，或许是因为他不懂音乐。他永远摆脱了过去十年来糜烂的生活——纵情酒色，说谎吹牛，承受被放逐和孤独的痛苦，与妓女、放印子钱的人和白人老爷们纠缠不休。

牧师走到权当布道坛的木头小讲台上，解开一卷布道稿的捆带，咳嗽了几声，然后开始布道。"以圣父、圣子和圣灵的名义，阿门。"

"看在上帝的分上，长话短说吧。"埃里斯喃喃说道。

弗罗利没有注意到过去多久了。布道的话语平和地掠过他的脑海，都是一连串含糊不清的嘟囔声，几乎听不见。他仍然在想，等他们结了婚，等他们结了婚——

你好！有什么事吗？

牧师说到一半时停了下来。他摘下了眼镜，正不悦地朝某个站在门口的人挥舞着。那边传来了可怕的沙哑尖叫：

"派克—桑沛—来克！派克—桑沛—来克！"

大家都从座位上跳了起来，转过身。那是玛赫拉梅。他们转过身的时候她走进了教堂里面，粗暴地将老玛图推到一边，朝弗罗利挥舞着拳头。

　　"派克—桑沛—来克！派克—桑沛—来克！是的，我就是要钱——婆利，婆利！（她把弗罗利说成了婆利。）那个坐在前面的人，黑头发的家伙！转过身来看着我，你这个懦夫！你答应给我的钱呢？"

　　她就像疯子一样尖叫着。人们看着她，惊讶得不知所措，也不知道说什么好。她的脸上涂着灰色的粉末，油腻腻的头发披散了下来，笼基的下摆破破烂烂的，看上去就像巴扎集市里尖叫的老女人。弗罗利的心似乎结冰了。噢，上帝啊，上帝啊！他们非得知道——伊丽莎白非得知道——这个女人曾经就是他的情妇不可吗？但根本没有搞错对象的希望。她一遍又一遍地喊着他的名字。弗洛听到熟悉的声音，从长凳下面爬起来，顺着过道走过去，朝玛赫拉梅摇晃着尾巴。这个可耻的女人正大声而详细讲述着弗罗利曾经对她做过的事情。

　　"看着我，你们这些白人，还有你们女人，看着我！看看他是如何把我摧残的！看看我穿的这身破烂衣裳！他就坐在那儿，这个骗子、懦夫，假装没看到我！他就让我像狗一样在他家门口挨饿。啊，但我会让他没脸做人！转过身来，看着我！看看这个你曾亲吻过一千次的身体——看着——看着——"

　　她开始将身上的衣服扯开——这是一个低俗的缅甸女人最恶毒的侮辱。那台脚踏式风琴发出一声尖叫，因为拉克斯汀太太的手惊厥地抽了一下。那些人终于反应过来了，开始骚动起来。牧师刚才一直在徒劳地抱怨着，现在调整好了腔调，"把这个女人赶出去！"他厉声说道。

弗罗利脸色惨白。事情一发生的时候他就已经转过了头，咬紧牙关拼命装出毫不在乎的样子。但这没有用，根本没有用。他的脸苍白得像骨头，额头闪烁着汗水的微光。弗朗西斯和萨缪尔或许是生平第一次做了一件有意义的事情，突然间从长凳上跳起来，抓住玛赫拉梅的胳膊，将她拖到外面去，但她仍然尖叫着。

　　最后，他们把她拖到了听不见她叫嚷的地方，教堂里一片寂静。刚才那一幕实在是太激烈了，太下流了，每个人都为之心颤。连埃里斯看了也觉得恶心。弗罗利一言不发动也不动。他坐在那儿，紧盯着祭坛，脸色铁青，那块胎记看上去就像一摊闪闪发亮的蓝色颜料。过道对面的伊丽莎白瞥着他，反感的情绪几乎令她感觉到生理上的恶心。玛赫拉梅刚刚说了些什么她一个字也没听懂，但那一幕的意思她完全明白。想到他曾经是那个灰头土脸的疯女人的情人令她从骨子里不寒而栗。但比那更糟糕的，比任何事情更糟糕的是，此刻的他是如此丑陋。他的脸吓坏了她——那么苍白、僵硬、苍老，就像是一个骷髅头。只有那块胎记似乎是上面的活物。现在她极其讨厌他那块胎记。直到这时她才觉得这块胎记是那么不光彩，那么不可原谅。

　　就像鳄鱼一样，吴柏金朝敌人最脆弱的部位发起了进攻。毋庸讳言，这一幕的背后主谋就是吴柏金。和往常一样，他抓住机会，精心地唆使玛赫拉梅做出这一系列举动。牧师的布道草草了之。布道一结束弗罗利就快步走到外面，没有看其他人一眼。感谢上帝，天就快黑了。走出教堂五十码开外他停下脚步，看着其他人双双对对地朝俱乐部走去。他觉得他们走得很匆忙。啊，他们当然要去那里！今晚俱乐部有话题可以谈论了！弗洛肚皮朝天在他的脚边打滚，要他陪它玩游戏。"滚开，你这该死的畜生！"他踢了它一脚。伊丽莎白在教堂门口停了下来。麦克格雷格先生似乎正向她介绍牧师——真走运。过了一会儿，两人朝麦克格雷格先生的家里走去，牧师今晚会在他家里过夜。伊丽莎白跟在别人后面，相距有三十码远。弗罗利跑在她后面，几乎在俱乐部的大门口赶上了她。

"伊丽莎白！"

她转过头看到是他，脸色苍白，本想不发一言地匆匆走开，但他如此着急，抓住她的手腕。

"伊丽莎白！我必须——我有话和你说！"

"放开我，好吗？"

两人开始挣扎，然后骤然停了下来。两个克伦邦人刚走出教堂，站在五十码开外的地方，饶有兴味地在半暗的天色中看着他们。弗罗利压低声音说道："伊丽莎白，我知道我没有权利以这样的方式拦住你。但我有话对你说，我有话要说！请听我说。不要离开我，求求你！"

"你在干什么？为什么你要抓住我的胳膊？赶快放开我！"

"我会放开你的——好了，瞧！但请听我说，求求您！回答我这个问题，发生了这件事情，你能原谅我吗？"

"原谅你？你什么意思，原谅你？"

"我知道自己颜面扫地。这是最卑劣的事情！但是，从某种意义上说，这并不是我的错。等你冷静下来之后你就会明白的。你觉得你可以原谅这件事吗？——不是现在，这件事太恶劣了，但以后呢？"

"我真的不知道你在说什么。原谅这件事？这件事和我有什么关系？我觉得这件事很恶心，但不关我的事。我不明白为什么你要问我这么一个问题。"

听到这番话他几乎绝望了。她的语调，甚至她的措辞，和上一次两人吵架时一模一样。同样的事情又发生了。她不想听他解释，准备躲开他——声称他没有权力要求她做什么，以此冷落他。

"伊丽莎白！请你回答我。请对我公平！这一次事情很严重。我没有指望你能立刻重新接纳我。当我在大庭广众之下蒙受了这般耻辱，你做不到。但是，说到底，你都答应嫁给我——"

"什么？答应嫁给你？我什么时候答应嫁给你了？"

"我知道没有明说。但那是你我之间的默契。"

"我们之间根本没有什么默契！我觉得你是在胡搅蛮缠。我现在要去俱乐部。晚安！"

"伊丽莎白！伊丽莎白！听我说。你不听我的解释，对我不公平。你以前就知道我做过什么，也知道在我遇到你之前过着不一样的生活。今晚发生的这件事只是一桩事故。那个卑鄙的女人，我承认，曾经是我的——"

"我不想听，我不想听这些事情！我要走了！"

他又抓住她的手腕，这一次抓得很牢。幸运的是，那几个克伦邦人已经走了。

"不行，不行，你听我说！我宁可惹你生气，也不能让这件事就这么不明不白。这件事已经持续好几个星期，好几个月了，我一直没办法向你直接倾诉。你似乎不知道也不在乎你让我有多么痛苦。但这一次你得给我一个交待。"

她拼命想挣脱他，而且力气大得惊人。她的脸因为气愤而变得十分狰狞，是他原先根本无法想象的。她是如此痛恨他，要是能够挣脱双手，她会狠狠地揍他。

"放开我！噢，你这只禽兽，你这只禽兽，放开我！"

"我的天哪，我的天哪，我们竟然像这样打起来了！但我还能怎么办？我不能让你不听我解释就走掉。伊丽莎白，你一定得听我解释！"

"我不听！我不想争论这件事！你有什么权利质问我？放开我！"

"原谅我，原谅我！就这么一个问题。你愿意——不是现在，是以后，等这件卑劣的事情被遗忘之后——你愿意嫁给我吗？"

"不，绝不，绝不！"

"你不许这么说！别说得这么肯定。你现在可以拒绝我——但一个月后，一年后，五年后呢——"

"我不是说过不会吗？为什么你老是一再追问？"

"伊丽莎白，听我说。我一次又一次地试图让你知道你对我的意义——噢，那是语言根本无法形容的！但请你尝试着理解我。我不是告诉过你我们在这里所过的生活吗？那种可怕的、醉生梦死的生活！堕落、孤独、自怜自伤？试着理解那意味着什么，而你是世界上唯一能将我拯救出来的人。"

"你肯让我走吗？为什么你非要搞得如此难堪？"

"当我说我爱你的时候，难道你无动于衷吗？我不相信你真的理解我想要从你身上得到什么。假如你愿意，我们结婚后我答应不会碰你。我甚至不会有那种想法，只要你能和我在一起就好。但我没办法孤独地活下去，总是那么孤独。难道你就不能原谅我吗？"

"不原谅，绝不原谅！就算男人都死光了我也不会嫁给你。我宁愿嫁给——一个扫地的！"

这时她开始哭泣。他知道她是说真的。他自己的眼眶里也泪水盈盈。他又说道：

"最后一次。请记住，在这个世界能有一个人爱你并不容易。请记住，虽然你会找到比我更年轻、有钱、方方面面都更加优秀的男人，但你不会找到比我更在乎你的人。虽然我不是有钱人，至少我可以为你营造一个家。我们可以过着——温文优雅的——"

"说够了吗？"她更加平静地说道，"趁别人还没来，你能放开我吗？"

他松开了她的手腕。他失去了她，这是肯定的。他再次看到原先想象中的家，那是幻觉，痛苦而清晰。他看到他们的花园，伊丽莎白在小路上那丛长到她肩膀高的硫黄色的夹竹桃旁边喂尼禄和鸽子。客厅的墙上挂着水彩画，摆着凤仙花的瓷碗倒映在桌面上，还有那个书架，还有那架钢琴。那架不可能会有的虚幻的钢琴——象征着这桩意外所毁灭的一切！

"你应该买一架钢琴。"他绝望地说道。

"我不弹钢琴。"

他放开了她。再继续下去也没有意义。刚一摆脱他，她就拔脚跑进了俱乐部的花园，她讨厌见到他。在树丛间她停下脚步，摘下眼镜，拭去脸上的泪痕。噢，这只禽兽，这只禽兽！他抓得她的手腕好疼。噢，他真是一只无法形容的禽兽！她想起在教堂里看到的他那张脸，面色蜡黄，那块丑陋的胎记在上面闪闪发光，她巴不得他去死。让她觉得惊骇莫名的并不是他所做的事情。他就算做出上千件卑劣的事情她都可以原谅他。

但这耻辱下流的一幕，还有当时他那张狰狞丑陋的脸，这一切让她无法原谅他。最终毁灭他的，正是那块胎记。

婶婶听说她拒绝了弗罗利会很生气的。还有她的叔叔和他的猥亵——她不能再和这两个人生活下去了。或许，最终她只能单身一人回英国。黑甲虫！不要紧。任何事情——独身、苦差，什么都行——都要比嫁给弗罗利好。她绝对不会委身一个名誉扫地的男人！她宁可去死，还恨不得早点死。如果说一个小时之前她曾经有过利益盘算的想法，她已经将它们忘记了。她甚至不记得威洛抛弃了她，嫁给弗罗利将挽回她的颜面。她只知道他名誉扫地，根本算不上是一个男人，而且她痛恨他，就像她痛恨麻风病人或疯子一样。这一本能比理性甚至利己动机都更加深刻，她无法背叛这一本能，就像她无法停止呼吸一样。

弗罗利来到山上，他没有跑，但以最快的速度走路。他要做一件事情，而且得尽快完成。天色已经开始变得很黑。可怜的弗洛到现在还没有意识到事态的严重，紧紧地跟在他的脚边，自怨自艾地呜咽着，它是在责怪他刚才踢了它一脚。他走上小径时，一股风从那丛芭蕉树吹来，摇晃着破破烂烂的树叶，带来一股潮湿的味道。又要下雨了。哥斯拉已经准备好了晚餐的饭桌，正把几只自寻死路死在汽油灯下的甲虫掸掉。显然，他还没有听说教堂的那一幕。

"至圣的主人的晚饭准备好了。至圣的主人现在用膳吗？"

"不了，等会儿吧。把灯给我。"

他拿着灯，走进卧室，关上了门。一股陈腐的灰尘和香烟的味道扑面而来，在汽油灯跳动的白色灯光中他可以看到那些发霉的书籍和墙上的壁虎。他还是回到了这里——回到了以前的隐秘生活——发生了这些个事情，他还是回到了原来的起点。

难道他不能忍受这种生活吗？以前他也忍受过。慰藉的手段有很多——书籍、花园、酗酒、工作、召妓、打猎、和医生聊天。

不，这种生活再也无法忍受下去。自从伊丽莎白来了之后，他一度以为已经死去的、承受苦难和心怀希望的能力又焕发了新生。他原本沉溺其中的那自我麻痹的半梦半醒被打破了。如果现在他觉得痛苦，将来还会有更痛苦的事情。很快就会有人娶她。他可以想象出那幅情景——当他听到消息的那一刻！——"你听说了吗，拉克斯汀家的那个闺女终于嫁出去了？嫁给了又老又丑的某某，已经订好了教堂，愿上帝保佑他。"等等等等。还有那些漫不经心的问题——"噢，真的吗？什么时候结婚呢？"——他还得板着一张脸，装作不感兴趣。然后，她的婚期一天天接近，她的大喜日子——啊，不要！可恶，太可恶了。睁开你的眼睛看清楚吧。可恶。他从床底下拖出他那口锡军服箱，掏出自动手枪，往弹夹里装上一排子弹，把一颗子弹拉进枪膛里。

他在遗嘱里提到了哥斯拉。现在还剩下弗洛。他把手枪搁在桌子上，走到外面。弗洛正在厨房的阴凉处和哥斯拉的小儿子巴辛玩，仆人在那里生过火，留下一堆灰烬。它在他身边雀跃着，露出小小的牙齿，假装要咬他，而那个小男孩的肚子被余烬映成了红色，轻轻地拍打着它，笑个不停，却又有点害怕。

"弗洛！过来，弗洛！"

它听到了他的叫唤，乖乖地过来了，然后在卧室门口停了下来。它似乎察觉到有什么不对劲，往后退了几步，惊恐地站在那儿抬头望着他，不肯走进卧室。

"进来！"

它摇晃着尾巴，但没有挪步。

"过来，弗洛！弗洛乖！过来！"

弗洛突然吓坏了，耷拉着尾巴呜咽着，往后缩着身子。"过来，你这该死的！"他叫嚷着，抓住它的颈圈，把它拖进了房间，关上了房门，然后走到桌子那里拿起手枪。

"不要过来！乖乖听话！"

它趴在地上，呜咽着请求原谅，让他听了心里隐隐作痛。"过来，老姑娘！亲爱的老弗洛！主人不会伤害你的。过来！"它慢慢地匍匐到他脚边，肚子趴在地上，低着头似乎不敢看他，嘴里叫唤着。当它来到一码开外的时候，他开了一枪，将它的脑壳轰成碎片。

它那碎裂的脑浆看上去就像红色的天鹅绒。他自己将会变成这样吗？那就打心脏吧，不打脑袋了。他可以听到仆人们叫嚷着从他们住的地方跑过来——他们一定是听到了枪声。他匆匆扯开上衣，将枪口抵在衬衣上。一只就像是明胶做成的半透明的小蜥蜴正顺着桌沿逼近一只白蛾子。弗罗利的拇指扣下了扳机。

哥斯拉冲进房间，刚开始他只看见那只死狗，接着他看到主人的脚，脚跟朝上，从床那头伸了出来。他朝别人喝令别让孩子进房间，所有人都惊叫着从门口跑了回去。哥斯拉跪在弗罗利的尸身后面，与此同时，巴沛从凉台冲了进来。

"他是开枪打死自己的吗？"

"我想是的。把他翻过来。啊，看那儿！快去找那个印度医生！有多快跑多快！"

弗罗利的衬衣上面有一个小洞，和铅笔穿透一张吸墨纸差不多大。显然，他已经没救了。哥斯拉费劲地把他拖到床上，因为其他仆人不愿意触摸到尸体。二十分钟后医生来了。他只是隐约听说弗罗利受伤了，风驰电掣地骑着单车冒雨上山，把单车扔在花床上，快步冲过凉台。他气喘吁吁的，透过眼镜没办法看清周围。他摘下眼镜，眯着近视眼瞄着那张床。"怎么了，我的朋友？"他焦虑地问道，"您哪里受伤了吗？"接着，他走近了一些，看到躺在床上的尸体，吓得尖叫一声。

"啊，这是怎么回事？他怎么了？"

医生跪了下来，扯开弗罗利的衬衣，把耳朵放在他的胸膛上。他的脸上露出悲恸的神情，抓住尸体的肩膀摇晃着，似乎这样就可以把他摇活过来。他的一只胳膊软趴趴地垂在床脚边。医生把它放了回去，然后双手握着那只死气沉沉的手，突然间涕泪交流。哥斯拉站在床脚边，棕色的脸庞上布满了皱纹。医生站了起来，然后不知所措，靠在床柱上怪诞地放声大哭，背对着哥斯拉。他那肥厚的肩膀颤动不停。很快他恢复了自制，转过身来。

"这是怎么一回事？"

"我们听到两声枪响。他开枪打死了自己，这一点可以肯定。我不知道为什么他要这么做。"

"你怎么知道他是故意这么做的？你怎么知道这不是一次事故？"

哥斯拉默默地指着弗洛的尸体作为回答。医生想了一会儿，然后用他那双温柔而熟练的手将尸体包在被单里，把头和脚的部位打上结。他一死那块胎记也立刻褪色了，变成了一摊淡淡的灰斑。

"立刻把狗给埋了。我会告诉麦克格雷格先生这件事是意外，他在擦枪的时候枪走火了。一定要把狗给埋了。你的主人是我的朋友。他的墓碑上不能写着他是自杀的。"

第二十五章

幸运的是，牧师还在乔卡塔，因此他在第二天晚上上火车之前以合乎礼仪的方式主持了葬礼，甚至还对死者的美德进行了一番简短的褒扬。所有死掉的英国人都是好人。"死于意外"是官方的说法（维拉斯瓦密医生以他的法医技能证明，现场的情况表明这是一场意外），墓碑上刻出了死因。当然，不是所有人都相信这一番说法。弗罗利真正的墓志铭是那些难得才会被提到的闲谈——因为一个客死缅甸的英国人总是很快就被遗忘——"弗罗利？噢，是的，那个皮肤黝黑的家伙，长了一块胎记。1926 年的时候在乔卡塔他打枪打死了自己。人们说是为了一个女孩。可怜的傻瓜。"或许除了伊丽莎白之外，没有人为这件事感到吃惊。在缅甸有很多欧洲人自杀，这种事情已经司空见惯了。

弗罗利的死带来了几个结果。第一件事，同时也是最重要的事情，就是维拉斯瓦密医生的前途毁了，就像他所预料的那样。作为一位白人的朋友的名望——就是靠着这一名望他以前躲过一劫——已经消失了。确实，弗罗利和其他欧洲人的关系一直不太好，但他始终是一个白人，他的友谊带给了医生名望。随着他的身故，医生的毁灭就是板上钉钉的事情了。吴柏金耐心地等候了一段时间，然后再度发难，比以前更加猛烈。不到三个月他就让乔卡塔的每个欧洲人都认定医生是个彻头彻尾的恶棍。没有公共质询对医生展开——吴柏金非常小心，不让这种事情发生。就连埃里斯也不知道到底医生做了什么见不得人的事情，但大家都认为他就是个恶棍。渐渐地，大家对他的疑心被归结为一个缅甸词语——"朔德"。大家都说维拉斯瓦密医生是个聪明的小家伙——是个挺不错的本地人医生——却是个彻头彻尾的"朔德"的家伙。"朔德"确切的意思是"不可信任"，当一个本地官员被认为是"朔德"的人，他就玩完了。

医生一直害怕的高层内幕操作发生了，他被降格为助理医师，调到曼德勒综合医院。他一直呆在那儿，而且很有可能一直呆下去。曼德勒是一座很不适宜居住的城市——烟尘滚滚，而且炎热难耐。据说那里盛产五样东西：佛塔、流放者、猪、牧师和妓女——医院的日常工作极其枯燥无聊。医生就住在医院外面的一座热得像烤炉的小平房里，周围用瓦楞铁皮圈了起来。晚上他经营私人诊所，帮补减少的收入。他加入了一间印度律师经常光顾的三流俱乐部。这间俱乐部标榜有一位欧洲人会员——一个名叫麦克都盖的格拉斯哥电工，因为酗酒被伊洛瓦底江航运公司开除，如今在一间修车行打零工。麦克都盖是个不学无术的笨蛋，只对威士忌和电磁机感兴趣。医生从来不相信一个白人会是白痴，几乎每晚都尝试着和他进行一番他称之为"斯文人的对话"，但总是败兴而归。

按照弗罗利的遗嘱安排，哥斯拉继承了四百卢比，他和家人在巴扎集市开了一间茶店。但小店倒闭了，这是肯定的，因为他那两个老婆一天到晚老是吵架，哥斯拉和巴沛不得不重新回去当仆人。哥斯拉很有经验，除了会拉皮条、和放印子钱的人打交道、把喝醉酒的主人扶上床并在第二天早上用生鸡蛋给主人醒酒，还会缝补衣服、装填子弹、照顾马匹、熨西装、用切成碎片的菜叶和染了色的米粒摆出精美复杂的造型装点餐桌。他一个月可以挣到五十卢比，但他和巴沛在服侍弗罗利的时候变懒了，总是被人解雇，工作换了一份又一份。他们挨了一年的穷苦生活，小巴辛得了咳病，最后在一个闷热的夜晚咳死了。现在哥斯拉在仰光一间米铺当跑腿，老板的老婆神经兮兮的，总是不停地抱怨。巴沛在同一间米铺卖米，一个月的工资是十六卢比。玛赫拉梅进了曼德勒的一间窑子。她不再是个美女，客人只付她四亚那，有时还对她拳打脚踢。或许她比别的妓女更加痛苦，因为她怀念弗罗利在世时美好的时光，那时候她太傻了，没有把她从他身上捞到的钱存起来。

吴柏金实现了几乎所有的梦想，但有一个梦想落空了。医生身败名裂之后，吴柏金成为俱乐部会员候选人中的唯一人选，而他也确实被选上了，虽然埃里斯极力反对。最后，其他欧洲人都很高兴选了他入会，因为他是个不惹人嫌的新会员。他不是很经常到俱乐部去，特别会讨好人，还请客喝酒，而且很快就成为了一名桥牌高手。几个月后，他升官调离了乔卡塔。在退休前整整一年担任行政副长官，而那一年他收受了两万卢比的贿赂。退休一个月后，他被传召到仰光，接受印度政府授予他的勋章。

正式接见的那一幕实在是令人感动。接见台上悬挂着旗帜和鲜花，英国总督穿着礼服，在御座上正襟危坐，身后是一群侍从武官和高官大臣。大厅里到处站着身材高大蓄着胡子的总督亲兵，手执吊着三角旗的长矛，就像一具具闪闪发光的蜡像。外面有一支乐队时不时奏响音乐。楼座里坐着满心欢喜的缅甸夫人小姐们，都穿着白色长袖上衣，戴着粉红色的头巾。大厅里有一百多位男士等候着接受勋章，有穿着鲜艳的曼德勒式笼基的缅甸官员、缠着金布头巾的印度人、全副戎装并佩戴着叮当作响的佩剑的英国军官，还有花白的头发在脑后打了个髻、肩膀上挂着银柄长刀的上了年纪的部落头人。一位秘书以高亢清晰的声音宣读受勋的名单，有的人接受从爵士勋章，也有的人接受印着银版浮雕字体的嘉奖状。很快就轮到吴柏金了，秘书宣读他的嘉奖状上面的内容：

"今有吴柏金卸任行政副长官一职，任内尽忠职守，更兼平定乔卡塔民乱有功，兹特颁发此状，以示嘉许"云云。

然后两个仆人走上接见台，他们的职责是帮着扶吴柏金站起身，而吴柏金蹒跚着走上接见台，弯腰到肚皮能够承受的角度鞠了一躬，然后按照礼仪接受了嘉奖和祝贺，楼座上的玛津和其他支持者热烈地鼓掌庆祝，挥舞着手巾。

吴柏金达成了一个凡人所能成就的事业。现在是时候为来世着手准备了——简而言之，就是该开始修建佛塔了。但不幸的是，这时他的计划出了岔子。接受政府接见三天后，那些赎罪的佛塔还没来得及铺下一块砖头，吴柏金中风了，再也未能说一句话就死掉了。真可谓天网恢恢疏而不漏。这桩不幸让玛津伤透了心。就算她自己修建起佛塔，对吴柏金已是于事无补，只有自己修建佛塔才可以积累功德。想到吴柏金现在的去处她就觉得痛心疾首——在只有神明才知道的充斥着烈焰、黑暗、毒蛇和恶鬼的地狱里徘徊。就算他逃脱了最可怕的惩罚，他一直害怕的另一件事也可能已经发生，他轮回转世，变成了一只老鼠或青蛙。或许这个时候一条蛇正把他吞食掉。

至于伊丽莎白，事情没有她预料的那么糟糕。弗罗利死后，拉克斯汀太太立刻放下了伪装，公开说这个可恶的地方没有合适的男人，唯一的希望是去仰光或眉苗住上几个月。但她不能让伊丽莎白独自去仰光或眉苗，而和她一起去意味着由得拉克斯汀死于酗酒。几个月过去了，雨季达到了高潮，伊丽莎白下定决心她得回英国，身无分文，尚待字闺中——这时，麦克格雷格先生向她求婚。这个想法他已经酝酿多时。事实上，弗罗利死后他一直在等候着合适的机会。

伊丽莎白高兴地接受了他。或许他的年纪大了一点，但行政署长可是很有地位身份的人——比起弗罗利，他是个更好的结婚人选。两人都非常开心。麦克格雷格先生总是那么古道热肠，而结婚后他变得更加和蔼可亲。他的声音没有那么洪亮了，而且放弃了晨运。伊丽莎白成熟得很快，她与生俱来的冷漠刻毒越来越彰显，仆人们都很怕她，虽然她不会说缅甸语。她熟读《民政官名录》，总是举办令人陶醉的晚宴，知道如何接待那些下属官员的老婆——换句话说，她十分胜任上天安排给她的位置，很有白人太太的范儿。

作品题注

创作背景：

1921 年 12 月，奥威尔离开伊顿公学，由于成绩不佳，无望获得大学深造的奖学金，在与家人商议后，奥威尔决定到英国的亚洲殖民地，加入皇家印度警察部队。奥威尔顺利通过警察部队的招考，因为外祖母在缅甸生活，他选择了到缅甸服役。1922 年至 1927 年，奥威尔在缅甸担任皇家印度警察部队的警官。先是在曼德勒和眉苗受训，然后先后被派驻苗安妙、端迪、沙勉、永盛、毛淡棉、卡萨等地。本书中的乔卡塔小镇据信便是奥威尔根据他于 1926 年至 1927 年驻守卡萨的经历虚构而成。与大多数"白人老爷"不同，奥威尔在缅甸期间与当地人民有密切的交往。根据他的同事罗杰·比顿的讲述，"布莱尔（奥威尔原名）能够自如地与缅甸牧师进行交流……而且他还做了刺青，在每个指关节上纹了一个小小的蓝圈。许多缅甸人相信这样的纹身能够保佑他们不会被子弹打中或被毒蛇咬到"。奥威尔对自己在大英帝国体制中所扮演的角色一直感到内疚，而且在缅甸因为性格不合群而郁郁寡欢。而且他之所以被调至卡萨，是因为他射杀了一头大象（见《奥威尔杂文集》第二部），而大象是木材公司的宝贵运输工具。他的妻子索尼娅·布朗内尔也在奥威尔传记中证实奥威尔射杀大象是真有其事。1927 年，奥威尔罹患登革热，获准回国疗养，在英国疗养期间，奥威尔决定离职，并开始从事文学创作。

《缅甸岁月》的创作历经数年。在1928年至1929年奥威尔客居巴黎时就开始动笔，至1932年居住在南沃尔德期间仍在创作。1934年他将书稿交给经纪人列奥纳德·摩尔，曾出版奥威尔的《巴黎伦敦落魄记》的维克多·戈兰兹出版社曾拒绝出版此书，因为担心会被指控诽谤政府。基于同样的理由，海尼曼与凯普出版社也拒绝出版。这时，美国哈珀斯出版社的总编辑尤金·萨克森来到伦敦，摩尔安排他与奥威尔会面。萨克森同意出版此书，但要求对内容进行修改。1934年10月25日，《缅甸岁月》在美国出版，并于12月再版。1935年，维克多·戈兰兹出版社表示愿意出版《缅甸岁月》，但前提是奥威尔必须对小说中的人名进行改动，以回避影射诽谤的嫌疑。奥威尔勉强同意了这些要求，进行了改动。最初在英国出版的《缅甸岁月》中，维拉斯瓦密医生的名字改为穆卡斯瓦密医生，拉克斯汀夫妇改为拉提莫夫妇，吴柏金改为吴柏兴（本书中的人名沿用奥威尔最初定稿的名字）。1935年6月24日，维克多·戈兰兹出版社出版了内容经过部分删改的英国版本。

1946年，奥威尔在《缅甸岁月》的再版序文中写道："我要说的是，它在某些方面的描写并不公允，而且有些细节不是很准确，但大体上我只是陈述我亲眼目睹的事实。"在奥威尔的坚持下，《缅甸岁月》重新采用了美国版本中的原名和恢复了被删减的内容，最初的定稿成为标准英文版本。

作品评价：

《缅甸岁月》于1934年10月25日出版，首印2 000本，但四个月后的销售盘点表明只卖出了将近1 000本，而且在《纽约先驱论坛报》上得到负面的评价。但奥威尔的友人西里尔·康纳利①于《缅甸岁月》在英国出版时在《新政治家》上为它写了一篇正面的书评。

2012年，缅甸信息部授予《缅甸岁月》国家文学奖（外国翻译文学类），该奖是缅甸国内规格最高的文学奖项。

情节梗概：

《缅甸岁月》开头写到，贪赃枉法的缅甸小镇乔卡塔地区法官吴柏金筹谋摧毁印度籍典狱长兼民政医务官维拉斯瓦密医生的名誉。维拉斯瓦密医生与约翰·弗罗利是好友，因为后者是"白人老爷"，医生也因此沾光，并希望凭借这份关系入选为欧洲人俱乐部的会员，以此抵御吴柏金对他名誉的诋毁。吴柏金向欧洲人投匿名信，攻讦维拉斯瓦密医生怀有不忠思想及种种罪名，甚至是某个村子叛乱的主谋。

约翰·弗罗利在木材公司任职，小时候在公立学校的教育背景和多年来流浪异国他乡的经历造就了他孤僻内向的性情，并对英国殖民体制心怀不满，因与维拉斯瓦密医生为友而在欧洲同伴中人缘不佳。弗罗利有一个缅甸情妇玛赫拉梅，但两人并无感情。英国女孩伊丽莎白因双亲亡故，到乔卡塔投靠叔叔拉克斯汀，第一天出行时不小心触怒了从未见过的缅甸水牛，幸得弗罗利解救。弗罗利对伊丽莎白一见钟情，希望能与她共同生活。两人的关系日益接近，并在一次打猎中互生情愫。无奈伊丽莎白与弗罗利思想不合，前者仍坚持英国人理应比土著人高贵的理念，对缅甸的文化和生活持鄙夷态度，而后者却希

---

① 西里尔·弗农·康纳利（Cyril Vernon Connolly, 1903—1974），英国作家、书评家，代表作有《石潭》、《承诺的敌人》等。

望抱着对本土文化的欣赏与本地人和谐相处。弗罗利将情人玛赫拉梅逐出家门，却几番被其勒索，不胜其扰。弗罗利两次想向伊丽莎白求婚，但一次被她叔母打断，一次被地震打断，虽然后者愿意下嫁于他以此摆脱贫穷、老处女和寄人篱下的窘境，但求婚一事终未发生。过后，单身的武警中尉威洛来到乔卡塔，伊丽莎白对他更有好感，而叔母也认为两人更加般配，揭露弗罗利曾包养情妇一事离间弗罗利和伊丽莎白的关系。弗罗利想将那一次打猎所获的豹皮赠送伊丽莎白以此挽回芳心，但豹皮硝制失败，反倒弄巧成拙，只能看着伊丽莎白和威洛感情日炽，空自嫉妒忧伤。在此期间，吴柏金继续对维拉斯瓦密医生大肆攻讦，而他的真正目的是取代医生成为欧洲人俱乐部的新会员。吴柏金安排了一个犯人越狱，更煽动一座小村庄进行抗税暴动，以此嫁祸医生。暴动很快被镇压下来，护林官麦克斯韦枪杀了一个造反头目，而死者的亲属向他寻仇，将麦克斯韦杀死并碎尸，欧洲人与本地人的矛盾达到顶点。在维拉斯瓦密医生的帮助下，弗罗利竭力平息了冲突，吴柏金的阴谋终未得逞，维拉斯瓦密医生受损的名誉终于得以洗清。

威洛不辞而别，离开乔卡塔，伊丽莎白希望与弗罗利言归于好，但怀恨在心的吴柏金买通玛赫拉梅，在星期天布道的时候当众使弗罗利难堪，他与伊丽莎白的关系彻底破裂。爱情的失败与对前途的绝望促使弗罗利杀死了爱犬弗洛并自杀身亡。维拉斯瓦密医生失去了靠山，被调到另一个地方，吴柏金终于当选为俱乐部会员。由于坏事做尽，吴柏金希望通过出资修建佛塔洗清自己的罪孽，但在佛塔修建之前就死于中风，妻子玛津深信丈夫轮回时将沦为青蛙或老鼠。伊丽莎白最后嫁给了年纪大她甚多的地方行政副长官麦克格雷格先生，过上了养尊处优、专横傲慢的生活，为本地奴仆们所畏惧，尊称她为"威严的白人太太"。

译者评论：

西方研究奥威尔作品的评论家认为《缅甸岁月》受到英国作家爱德华·摩根·福斯特[①]出版于1924年的作品《印度之行》的影响。两本书都描写了一个英国人与一位印度医生的友谊，此外都还写到了一个英国女孩来到殖民地，与男主人公订婚，但最后婚约破裂，并以英国人的俱乐部作为殖民地统治阶级的写照。奥威尔在杂文《我为何写作》里对这段创作经历作了如下反思："……假如当时我真的有志著书的话，我清楚地知道自己想写什么样的书。我要写的，是自然主义风格的鸿篇巨制，以悲剧为结局，而且要有语出惊人的譬喻和细致入微的描写，还要辞藻华丽，追求文字音韵的美感。事实上，我第一部完整的小说《缅甸岁月》就是这么一本书。《缅甸岁月》完书的时候我三十岁，但构思创造要比那早得多。……我先是在不适合自己的工作上挣扎了五年（在缅甸担任英国皇家警察），然后我经历了贫穷的生活，心中充满了挫败感。这让我更加痛恨权威，也让我第一次真正意识到劳动人民的存在，而缅甸的工作让我了解到帝国主义的本质，但这些经历并不足以让我树立明确的政治方向。……"

当时英国治下的缅甸是印度殖民地的行省之一，由于物产丰富和局势相对稳定，是东南亚最富庶的地区之一，但由于英

---

① 爱德华·摩根·福斯特（Edward Morgan Forster，1879—1970），英国作家，代表作有《看得见风景的房间》、《印度之行》等。

国人大肆掠夺自然资源，行事专横跋扈，并培植贪污腐化的本地官员，民族主义开始兴起，对内要求权利平等，对外要求民族自治。在《缅甸岁月》中，奥威尔对英国殖民主义进行了无情批判和揭露，他指出英国开发印度和缅甸绝非为了开化当地人民和促进当地发展，而是为了掠夺财富，一旦他们被迫离开殖民地，"将不会留下半丁点儿财富和一个处女"。那些"白人老爷"依靠自己的优势地位垄断了行政、司法及经济事务，整天在俱乐部酗酒、闲扯、吵架、发牢骚，对本地人极尽挖苦侮辱之能事。此外，奥威尔并没有浓墨重彩地描写缅甸人民的反殖民斗争，而是把重点放在了"哀其不幸怒其不争"的世态刻画。维拉斯瓦密医生是知识分子，接受西式教育，鄙夷民间的传统疗法，对大英帝国和西方文化极为推崇。他与弗罗利聊天时，后者是英国人，却对英国大肆批评，而他身为被殖民者，却竭力为其辩护。吴柏金是政府买办势力的代表，从小吴柏金就意识到英国不可战胜，立志为这些"魁梧的巨人"服务，靠着厚黑权谋之术平步青云，但他最远大的理想是成为欧洲人俱乐部的会员，不惜以种种狠毒下流的招数诋毁中伤维拉斯瓦密医生，连平时看不惯他的妻子玛津也被他的这个理想所感染，默许了他的作为。虽然维拉斯瓦密和吴柏金一斯文隐忍，一粗鄙嚣张，但两人都以亲近欧洲人为人生最高理想，这就是缅甸小镇精英阶层的立场：妄自菲薄，膜拜强权。至于民族主义运动，那是首都曼德勒的事，山高皇帝远，伺候好这里几尊洋菩萨才是最要紧的事情。至于缅甸的下层人物——忠心为主的管家哥斯拉、英语流利却总被呵责的俱乐部领班、幻想自己是"白人太太"的玛赫拉梅、开小店抽鸦片的中国遗老、里外不是人的欧亚混血儿——每个人都浑浑噩噩，不知民族大义为何物，不知独立自由之宝贵，只满足于应付白人老爷和如何占得便宜。

弗罗利本性善良，一个"孤独而内心贫乏的个体，困顿于庞大的体制之中，人性中美好的一面被妄自尊大的殖民者的傲慢逐渐侵蚀：说到底，土著人就是土著人——他们确实很有趣，但说到底，他们就是劣等种族"。虽然文武皆不成，但他本能地察觉到"白人老爷"们的生活方式只会导致堕落和绝望；他渴望改变，却无力自拔。他愿意保举维拉斯瓦密医生，却屡次因为害怕得罪欧洲同伴而不敢提议，更被迫联名签署羞辱医生的告示。他渴望真正的爱情，希望找到志同道合的人生伴侣，最后却心如死灰，以自杀作为归宿。在某种程度上，弗罗利是奥威尔在三十年代思考身份危机的思想投射：对古老的东方文化的尊重和推崇与维护大英帝国主义的殖民利益之间的矛盾。殖民政府体制内的身份让他目睹了殖民统治的残暴和贪婪（见奥威尔的杂文《绞刑》、《射象》、《一个国家是如何遭受剥削的》等）。他痛恨不公，但看不到改变这种不公的出路，只能辞职避世，虽然未能保护弱者，但保全了自己的良知和原则。